では、ハチ様いよいよ出発です。
準備はよろしいですか？
いつでも
オッケーだよ！
オーブさんが僕の周りを高速で
回転を始めると体に浮遊感を感じた。
ハチ様の
旅路に幸あれ！
えむえむおー！
自由にゲームを攻略したら人間離れしてました
鴨鹿
イラスト 布施龍太
1

石動《いするぎ》影人《えいーと》（ハチ）
はぐれ補助術士。本人は
楽しく遊んでいるだけだが、
自由で破天荒な行動がよく
特殊なイベントを引き起こす。
アトラ＝ナト
魔物の村の村長。その実は
βテスト版で誰も勝てなかった
負けイベント級の隠しボス。

ロザリー
アイリスの姉。ゲーム内女性プレイヤーでは最強格のマジックフェンサー。
アイリス
凛とした女侍。見た目が影人のクラスメイトにどこか似ていて……？
ハスバカゲロウ
自他ともに認めるドMなスク水忍者。変態だけど割と強い。

ここからは
僕のターンだ。
【インパクト】
【インパクト】
【インパクト】
これで……終わり！
ガチ宮さんが場外まで吹っ飛ばされる。

MMO! えむえむおー!

I was just free to play the game,
but I was so far from being human

自由にゲームを攻略したら人間離れしてました

1

鴨鹿　イラスト 布施龍太

MMO! I was just free to play the game, but I was so far from being human

CONTENTS

放課後の帰り道、横断歩道の信号は赤。同じ高校の女子生徒も信号が変わるのを待っていたが、リズムを軽く取っているみたいだし、イヤホンも見えたから音楽でも聴いているのだろう。

「もうちょい、伸びるかなぁ……」

音楽で僕の声は聞こえていないだろう。目の前の女子生徒は自分より身長が高いので、僕も身長がもう少しあればと考える。おっといけない。父さんにネガティブ思考は良くないって言われてた。

この人はスタイル良くてまるでモデルみたいだ。なんて頭を切り替えて、信号を待っているとやっと信号が青になった。歩き始める目の前の女子生徒と僕。

「ゴォォォォ!!」

「なっ!?」

車がこっちにアクセル全開で迫っている。運転手がハンドルに凭《もた》れ掛かっているし、間違いない。突っ込まれると気が付いた僕は逃げようとしたのだが、女子生徒はイヤホンで異変に気付いてない。というか今から気付いてももう遅い。その時、僕は女子生徒に悪いと思いながらも突き飛ばした。

「えっ!?」

後ろから突然突き飛ばされた女子生徒は怪我《けが》してしまうかもしれないが、死ぬよりは良いだろう。

直後、車の動きがゆっくりに見えた。これがタキサイキア現象って奴《やつ》なのかなぁ？　なんて呑気《のんき》に考えてたら体に衝撃が走る。実際の時間だと数秒も無いが、体に車が当たる瞬間がはっきり見えて吹っ飛ばされた。車に撥《は》ねられただけで痛いのに、運悪く吹っ飛ばされた先に街灯があって背中からぶつかったのが分かった所で僕は意識を失った。

「……ん」「あっ！」

目が覚めたら白い天井が目に入った。体が全く動かない……目だけで辺りを確認するとナースが視界に入った。ここは病院か。そのまま待っているとナースの代わりに白衣の男が入ってきた。

「おい、喋《しゃべ》れるか？」

「あ……え……？」

「無理すんな？　自分が誰か分かるか。YESなら瞬《まばた》き1回、NOなら2回してくれ」

自分が誰かは分かる。僕の名前は石動影人《いするぎえいと》、16歳だ。自分の事は分かるので瞬きを1回する。

「分かるんだな？　一応確認すると石動影人……だが、自分の記憶してる名前と合っているか」

瞬き1回で返事をする。

「よし、それなら今の自分がどうなってるか分かるか」

「……」

ベッドで寝ているのは分かるけど、体が動かない以外分からないので瞬きを2回する。

「……ショックを受けるかもしれないけどいずれ分かるから先に伝えておく。石動君は交通事故に遭って脊髄を損傷、首から下が不随状態になってしまった」

「……うぅ」

心のどこかで何となく分かってたからそれほどショックではなかった。体が動かない、ショックを受けると言われた時に見当はついていた。だが、言葉にされると勝手に涙が流れるものだ。

「すまない、こんな事を聞かされて冷静ではいられないよな……やっぱ慣れねぇな……」

言葉の節々からこの人が無理して喋ってるんじゃないかと思いつつ、瞬きを2回する。

「瞬き2回……冷静だって言いたいのか？」

瞬きを1回。

「君は強いな？　君が救ってくれた子は感謝してたぞ？」

感謝してた……って事はあの時の女子生徒は助かったんだな……良かった。

「なぁ？　ここだけの話なんだが……体、動かせる様になりたいか？」

「……え？」

僕に近付いて小声で話す白衣の男。動かせる様になりたいかだって？　そんなの当然だ！

「瞬き1回、だよな。よし……君の損傷した脊髄の部分に機械の補助を付ける。そして動ける様になるかテストさせて欲しい。端的に言えば臨床試験や治験って所だ。どうだ？」

そういうのってランダムに選ばれるものじゃないのか？

「そんな目をするな。俺はお前さんみたいな人間をまた動ける様に……いや、やめやめ、要は軍の人間とかが怪我した時にする治療を一般の人間のレベルに落とした物を試したいんだ」

やっぱり人体実験？　色々と気になるけど、体が動かせるのならやってみる価値はありそうだ！

「瞬き1回、やりたいって事だな？」

もう一度瞬きを1回する。

「リハビリはきつくなるぜ。それでもやるか？」

瞬き1回、こんな状態で居るよりは舞い降りたチャンスにかける。

「分かった。本人の了承は取れたから後は親御さんの了承が取れればやってやるよ！」

色々話したけど、あの人の名前とか知らないな？　うーん、本当に医者だったのかな？

白衣の男が出て行ってからまた一人になったので、もう一度体を動かそうとしてみる。

「ぐ……う……」

ダメだ……やっぱり全く動かせない。というか首から下が石になったみたいだ。

「よし、許可取れたぞ！」

許可取るの早いなぁ……部屋の外に居るのかな？

「一応お前さんは現在面会謝絶状態だ。親だろうが会わせられないが一応外には居るぞ？」

「……う……ん……」

やっぱ外には居るんだ。会いたいけど、今の姿は多分母さんにはショックが大き過ぎるな……

「実はもう準備は済んでるが、今やるか？」

怪しいがこの状態で1週間とか嫌だ。瞬きを1回する。

「瞬き1回、よし任せろ！　絶対動ける様にしてやるからな！」


手術は全身麻酔のお陰で一瞬に感じた。目が覚めると体の感覚が、手足が付いてるって感じる！

「よう、調子どうだ？」

「え、元気……ではないかな？」

話しかけられて咄嗟《とっさ》に返事をしたけど、今の状態は万全とは言えないだろう。

「まぁでも話せる様にはなったな？」

「はい、体は……まだ自由に動きませんけど」

「いや、まず喋れる様になっただけでも万々歳だ」

確かに、瞬きだけで会話するのに比べたら喋れる様になっただけでも大きな進歩だ。

「ありがとう、ございます」

「いや、完全に動ける様になるまでは油断出来ねぇ。これからリハビリをする事になる」

リハビリ、手術前に厳しいリハビリになるって言ってたな……いったいどんなリハビリなんだ？

「あの、どういうリハビリをするんですか」

「お前さんには、とあるゲームのβテスターとしてＶＲＭＭＯをやってもらう」

「ＶＲＭＭＯのβテスター……？」

ＶＲＭＭＯと言えば人気のジャンルだ。だが僕はレトロゲームが好きでＶＲはやった事が無い。

「alter《アルター》・world《ワールド》っていうゲームのβなんだが……ＣＭとか見た事ないか？」

alter《アルター》・world《ワールド》……ＣＭで何度か見た事がある。他のＶＲゲームと一線を画すリアリティと自由度推しの見ただけでやってみたくなるゲーム。そのβテスター募集中のＣＭを何度かテレビで見た。

「あります。確か『もう一人の自分になれ』でしたっけ？」

「おう、それだ。だが、ただ遊ぶんじゃなく、お前さんはそのゲームでリハビリをするんだ」

「ゲームで……リハビリ？」

いくらリアリティがあると言っても果たしてゲームでリハビリなんて出来るのだろうか？

「もしかしてVRのゲームをやった事が無いのか？」

「えぇっと……はい。ハード持ってないんで」

ここで嘘《うそ》をついても仕方ないし、正直に答える。

「だったら尚更《なおさら》都合が良いかもな」

「都合が良い……ですか？」

「ゲームの中とは言え、現実の体まで同時に動いたら物を壊したりするだろ？　だから脳内の電波を受け取ったギアがそれをゲーム内にのみ反映する様に変換しているんだ。だから、それを逆に利用してゲーム内で動ける様になれば現実でも動ける様になるって寸法よ」

それがゲーム内でのリハビリという訳か。ゲーム内で体操とかやれば良いかな？

「理屈は分かりました。でもアルターのβって今凄《すご》い倍率になってるって聞いたんですが……」

抽選倍率も1000倍だとネット記事とかでも取り上げられていた気がする。

「そこはほら、コネって奴よ？」

コネで1000分の1枠を取るのは他の人に申し訳ないな……リハビリは真面目に取り組もう。

「あの……あなたはいったい何者なんですか？」

ずっと気になっていた事を遂《つい》に聞いてみる。治療もだけどβの枠も取れるって……何者なんだ？

「俺か？　俺は東郷《とうごう》。ま、教えられるのはそれだけだな」

正体は分からないけど名前……というか苗字《みょうじ》だけは教えてもらえた。

「東郷さんはどうして僕にこれだけ良くしてくれるんですか？」

「そりゃあ、貴重な実験体……は冗談だ。お前さんの目がとても気に入ったからだ」

「目、ですか？」

「お前さんの目には強い意思《ちから》を感じた。リハビリが辛《つら》いと言えば大半は嫌な顔をするだろう。しかもお前さんは体が動かないのに冷静だって目で語るんだ。そんな奴気にならない方がおかしい。とりあえず今日からやってみるか？」

「是非、やらせてください」

そんな思いでやってくれたのか。やるからにはキッチリと頑張って早く動ける様になろう。

「了解した。じゃあこれを付けるぞ？」

そう言って東郷さんが後ろにあった箱からＶＲ用のヘッドギアを取り出す。

「まだそこまで動けないのでお願いします」

東郷さんに頼んでヘッドギアを付けてもらう。おぉ、こんな感じなのか……

「そんじゃ、リハビリやってこい。『コネクティング』で始められるはずだぜ？」

「分かりました」

とにかくやってみない事には始まらない。東郷さんが装着してくれたので後は始めるだけだ。

「コネクティング」

「俺達《たち》が作ったゲーム。たっぷり遊んでくれよ？」

既に接続した影人には聞こえていない言葉を呟《つぶや》きながら東郷が部屋から出て行った。

◆プロローグ

「おぉ……これがフルダイブのＶＲ……凄《すご》い」

白い空間に立っているのは分かる。なんか立ってるだけなのにちょっと懐かしい感じすらある。

「ようこそ。旅人様」「なんだ……これ？」

急に目の前に光るオーブの様な物が飛んで来て話しかけられた。旅人様？

「自身の情報をまだ設定していない為《ため》、暫定的に旅人様と呼んでいます。まずは設定しましょう」

「分かりました」

とにかく目的はリハビリなので、種族を人間、名前は影人《えいと》なのでハチ《8》にした。現実と同じ姿にしたけど、プライバシーの問題があるとかで、左目の上に白いメッシュを入れ、瞳を赤にした。

「これでオッケーです」

「分かりました。では体を動かせるか試しましょう。納得出来るまでチェックしてください」

始まった。ここからが僕のリハビリと言っても過言ではない。

「うわっ!?」「大丈夫ですか？」

力が入らずその場に倒れた。オーブが心配して近くに寄ってきたので、自分の状況を説明する。

「えっと、リハビリの為にこのゲームを始めたんですか……そう簡単には歩けないみたいですね」

サッと歩けてリハビリになるのかと思っていたけど、ここまで反映されるとは思わなかった。

「リハビリ……失礼ですが、どの様な症状か聞いてもよろしいですか？」

このオーブさん結構人間ぽいなぁ……

「えっと、交通事故に遭って脊髄損傷。首から下が動かない状態になりまして……」

「そんなに酷《ひど》い状態だったのですか……補助しますのでまずは座って手を動かしましょう」

地面から椅子がせり上がってきた。ここではオーブさんに頼めば地形を変えたり出来るのかな？

「まずは腕を持ち上げて放しますのでキープしてみてください」

光の玉2つが僕の両手を持ち上げる。腕を持ち上げられたからか感覚が少しだけ分かる。

「数日前まで使えてたのに、急に体が使えなくなるって不思議だなぁ……」

「……そのような場合普通なら恐怖や不満、怒りなどの感情が湧いてくるのではないでしょうか？」

だらんと下がる腕を見てたらオーブさんに不思議がられた。

「だって怒っても腕は動かないし？　オーブさん。もう1回お願いします」

「オーブさん……私の事ですか？　分かりました。ではもう一度行いましょう」

オーブさんとリハビリをしたけど今日は特に進展は無かった。まぁ、流石《さすが》に1日じゃね？

「今日の所はこの辺にしておいても良いですか？」

「長時間リハビリしましたし、本日は終了しても良いかと思います。ゆっくりやりましょう」

初日から手伝ってくれたお陰で毎日楽しくリハビリが出来た。10日程経過したら……

「ハチ様、大分動ける様になってきましたね？」

「オーブさんのお陰だよ。現実でもやっとご飯が自力で食べられる様になったんだ」

10日間毎日3時間以上リハビリしてぎこちないけどゲームの中だと歩ける様になった。

「それは素晴らしい進捗ですね。ではそろそろ……」「歩ける様になるまでみっちりやるぞー！」

「……分かりました。最後までお付き合いしましょう！」

オーブさんとのリハビリで、ヨロヨロとだけど歩けるまでになったんだ。元に戻るまでやるぞ！

「今日はこのくらいにしませんか？　現実でもリハビリする事でもっと効果があると思います」

「はい、今日もありがとうございました。じゃあ今日はこの辺で！　バイバーイ！」

「ハチ様、まだ職業も決定してないんですが……ハチ様が完全に動ける様になるのとβテストが終了するのは、どちらが先になるのでしょうか？」

ハチが既にログアウトした空間で独りごちるオーブさん。その声がハチに届く事は無かった。

ヘッドギアを外すとベッドの脇には父さんと母さんが居た。心配する父の石動《いするぎ》一矢《かずや》と母の石動雲雀《ひばり》。5日間程リハビリを続けたら親は面会出来る様になり、毎日来てくれている。

「ふぅ」「体の調子は大丈夫か？」「大丈夫!?」

「もう10日近くやってるからかなり良くなってきたよ。ほら」

机に置いてあったペンを持ち、くるくると回してみせる。中々良い感じで回せてるな。

「おぉ！　凄いじゃないか？　父さんそこまでペン回し上手《うま》く出来ないぞ？」

「大丈夫そうね……安心したわ。でもゲームでリハビリなんて、本当に出来るのね？」

「えっと、東郷《とうごう》さんに『体なんて所詮電気信号で動いてんだ。なら脳と直接電気信号をやり取りするVRゲームでそれを繋《つな》ぎ直す事だって出来んだろ』って言われてなるほどなぁって思ったよ？」

「『おぉーなるほどー』」

両親も僕が東郷さんにされた説明をすると納得した。それで良いのか……

「とにかく絶対に元に戻ってみせるよ！」

「そうそう、何事も悪く考えない！　その気持ちを忘れるんじゃないぞ？」

物事を悪く考えない。それは父さんが常に僕に言って聞かせる言葉。確かに悪い様に考えると解決策も出てこないし、心に余裕も無くなるから物事は良い方に考える様に心掛けている。

「私は影人が無事でいてくれるならそれで良いわ」

「母さんも心配しないで？　というか毎日来なくても……。仕事に影響があるんじゃ？」

「仕事なんて影人に比べたら何て事ないの！」

「それは流石にダメでしょ……」

僕が日本で一人暮らしをしている最中に事故に遭った。という連絡が両親に行ったら飛んで来た。文字通り海外から飛行機で。

「連絡を貰《もら》った時は倒れるかと思ったわよ……」

「母さん仕事をほっぽり出して飛行機のチケットを買って真《ま》っ直《す》ぐ来たからな……しかも自分の分しか買わなかったから私も急いでチケットを買ったけど1日遅れてしまったよ……」

「確か事故に遭ってから丸二日起きなかったんだっけ……」

それは心配するよね……でも父さん置いて行かれたんだ……可哀想《かわいそう》に。

「でも、元気そうで良かったわ」

「うん、こっちは大丈夫だから仕事の方を何とかした方が良いと思うよ」

リハビリは順調だから問題無いけど仕事を放置するのは良くないよ……

「ある程度は何とかするけど、ちゃんと雲雀さんも弁明してよ？」

「えー、そこを何とかしてくれる器量があるのが一矢さんの良い所じゃない」

「仕方がない。頑張るかぁ」

父さんも苦労人だなぁ……どう見ても面倒だからって押し付けられてるよ。

「それじゃあ言い訳頑張ってくるよ」

病室から出て行く父さん。あれが父の背中かぁ……

「忘れてた。影人。これ」

「おぉ、助かるよ母さん。これ無いとちょっと辛《つら》いんだよね」

母さんから伊達《だて》メガネを受け取って掛ける。太めのフレームが良い感じだ。僕は視界の端でも物をしっかり把握出来る。が、逆に把握出来過ぎて頭がクラッとしてしまう事があって伊達メガネで視界を制限していた。事故に遭ってから眼鏡が無かったので助かる。

「よく持ってたね？」

「当然よ？　影人が事故に遭ったって聞いてチケットの次に用意したのよ。あと5本はあるわ」

持ってき過ぎでしょう……

「でも、助かったよ。これで歩ける様になっても困らない！」

「影人ならすぐ歩けるわよ！　毎日頑張ってるんだから！」

その日から10日で足の感覚が戻り、手術からたったの1ヵ月で影人は元通り動ける様になった。

「ハチ様、遂《つい》に完全に動ける様になられたのですね？」

「オーブさんのお陰だよ。1ヵ月で動ける様になるなんて医療技術の進化って凄いね！」

たったの1ヵ月でまた動けるなんて思わなかった。オーブさんとリハビリしたお陰かな？

「毎日3時間以上も飽きずにリハビリ出来るハチ様の精神力の賜物《たまもの》だと思いますよ？」

「そうかな？　やろうと思えば誰でも出来ると思うけど……」

オーブさんと30日間リハビリしたの結構楽しかったけどなぁ？

「あまり他の旅人様の情報を話すのは良くありませんが……βテスト参加者はハチ様を除いた全員が直ぐにalter《アルター》・world《ワールド》の世界……アルテアに降り立ちましたよ？」

「へぇー……まぁ他の人の事はどうでも良いんだけど」

「あらら、やはりハチ様は他の方とは違いますね？」

オーブさんが空中でコケる。オーブさんからの評価が悪い様な……まぁ気にしないでおこう。

「ところで、ハチ様。流石にもう動ける様になったので職業、決めましょう！」

「え？　設定ってまだ終わってなかったの!?」「まさか……気が付いてなかったんですか!?」

互いに驚く。30日間もあったのに残っていた設定について話さなかったオーブも、リハビリに一点集中でオーブさんが話そうとする前にリハビリを敢行して話を聞かなかったハチも悪い。

「えーっと、どんな職業があるんですか？」

ここで立ち止まっても仕方がない。オーブさんをこれ以上困らせない為にも早く決めよう。

「では一覧をどうぞ」「うわっ!?」

ぱっと見ただけでもかなりの数がある。うへぇ……この中から選ぶの?

「一応、ランダムに決める方法もありますが……何が出るか分かりませんよ?」

「ランダムに決める事も出来るんだ……特に何がやりたいってのも無いし、ここは一つ運試しでやってみよう!　オーブさんお願いします!」

「分かりました。ではこのスロットをどうぞ」

白い空間の床からデデーンと大きなスロットが現れる。

「ではこのレバーを引いてください」「はーい、よいしょっと!」

オーブさんに言われ、レバーを倒すとギュイーン!　と唸《うな》る様に回転した。これ、大丈夫?

「あの、これ大丈夫ですか……」

「はい、大丈夫です。職業が多いのでランダムを選択すると回転がこうなります」

「そっか、さっきの表を見れば納得かも」

「因《ちな》みにランダムでしか出ないレア職業もございます。あっ、ランダム決定は取り消せません」

「それ、言うの遅くない?」

「ハチ様は気にしないでしょう?　1ヵ月も一緒にリハビリした仲ですよ?」「まぁ気にしないね」

なんかオーブさんに悪い方向で信頼されてない?　でも、信頼されてるなら良いか。

チーンッと電子レンジの様な音がする。スロットが止まったみたいだ。

「何々、補助術士?」

スロットには『補助術士』と出ていた。

「おっと、さっき言っていたレア職業が出てしまったみたいですね？」「ラッキー。かな？」

レア職業って事は就いている人はそんなに居ないだろう。

「……申し上げ難《にく》いのですが、レア職業には強力な面もありますが、デメリットもあります」

「へぇ、じゃあ補助術士って何がデメリットに？」

「攻撃呪文の習得不可、それと武器の装備制限ですね」「Ｏｈ……中々酷い」

まるで自分から攻撃するなと言わんばかり……

「でもその代わりレア職業は成長率が高かったり、ユニークなスキルを覚えられたりしますよ？」

「えっと、職業はもう決まったからステータスで確認出来るのかな？　ステータス」

目の前に半透明の板状の物が現れ、ステータスが表示される。

ハチ　補助術士Lv1　HP150　MP350
STR10　DEF10　INT15　MIND50　AGI25　DEX40

随分な偏り……というか他が分からないので数値が高いのか低いのかも分からない。

「うわぁ……私も補助術士のステータスは初めて見ましたがこれは中々苦行そうですね……」

オーブさんも心配するほどなの？　でも見た所ＭＩＮＤとＤＥＸの値が高いからこれを活《い》かせると結構良い感じになるんじゃないだろうか？　活かし方がまだ分からないけど。

「んー、まぁ何とかなるでしょ」

「このステータスで動揺しないとは流石ですね……とにかく楽しんでください。と、言いたい所なのですが。誠に申し訳ないのですが……βテスト終了の時間になってしまいました」「え!?」

しっかり動ける様になったからこれから遊ぼうっていうこの時に終了？　そりゃ無いよ……

「製品版でまたお会い出来る事を楽しみにお待ちしております……」

「そんなぁ……」

「申し訳ありません。製品版でまたお会い出来ましたら、私から餞別《せんべつ》を差し上げますので……」

「ううん、本来ならβテスターになれなかったハズなのにこうして30日もリハビリを手伝ってくれたオーブさんにこれ以上貰うなんて出来ないよ。でも製品版が出たら絶対遊ぶから！」

「そう言っていただけると何よりです。では……ログアウト。していただけますか？」

「うん、製品版までさようなら！　バイバイ！」

●

「まさか最初の旅人様があの様な方とは。所詮は練習の空間。他の旅人様からここは要らない、直接アルテアに行かせろ等言われましたが……ハチ様にとって大事な空間であったと思案します」

誰にも聞かれない独り言を漏らすオーブであった。

●

「よう！　楽しめたか？」

「東郷さん……alter《アルター》・world《ワールド》が絶対に買えるコネとか無いですかね？」

「流石にそれは無理な相談だな？　そこは公平にいかないと」「ですよね……」

可能性数％、もしかしたらもっと低い状態で製品を入手する事は多分ほぼ不可能……

「何で気落ちしてるのか知らねぇけど、βテスターは製品版をそのまま入手出来るぞ？」

「へ？」

「1000人にタダで放出してもその後1万人に売れればガッツリ稼げるしな！　そのヘッドギアに入ってるalter《アルター》・world《ワールド》は既にお前さんのモンだ」

その時ベッドから飛び出しそうなくらい喜んだ。

「おいおい、そんな喜ぶと危ねぇぞ？」「おっと……でもやった！　今度こそやるんだ！」

今度こそアルテアに行ってみよう。

「一応手が動いてからは勉強してたから夏休みが短くなる事は無いし、沢山楽しめそうだ！」

「あぁそういやどこまで進んだんだ？」

どこまで進んだ？　あぁ……

「この通り今まで通り動ける様になりましたよ！」

リハビリの成果を見せる為、ベッドから下りて歩き回ってからまたベッドに戻る。

「あぁー……まぁリハビリもそうなんだが、ゲームの方だよゲームの」

「え？　えっと……お恥ずかしながらキャラクターを作った所で終わっちゃいました」

やってた事はリハビリ一点集中。キャラ作成すら中途半端な状態でリハビリしてたと白状した。

「ぷっはっは！　マジかよお前さん？　1ヵ月もあってキャラ作成だけって！……ウソだろ？」

「いや、マジです。オーブさんと毎日リハビリをやってここまで動ける様になったんです。ゲームは完璧に動ける様になってからやるって決めてリハビリを頑張ってたら、終わっちゃってました」

「途中、そのオーブさんが何回か映像とか見せて冒険してみないか？　とか勧めてなかったか？」

「勧められた事はありましたけど、まずはリハビリだ！ってオーブさんを押し切ってました」

やってみませんか？　とか言われたけど、悪いと思いつつ体の感覚を取り戻す方を優先した。

「おいおいおい、こりゃとんでもない奴《やつ》だな？　楽しそうとは思わなかったのか？」

「そりゃ楽しそうだと思いましたよ？　でも楽しむ為には我慢するって奴です」

アルターを絶対面白いゲームだと思っているからこそ完璧な状態で遊びたいのだ。

「お前さん……いや影人君。君は確かＶＲのヘッドギアも持っていないと言ってたな？」

「はい、そうですけど……」

「退院祝いにそのギアをプレゼントだ。最新型だぜ？」

「良いんですか！　ありがとうございます！」

「製品版は楽しんでくれよ？」

「それはもちろんです。今も楽しみで仕方がありませんよ！」

「そりゃ結構。それじゃあな？」

「はい、さようなら！」

東郷さんが病室を出て行き、代わりに父さんと母さんが入ってきた。

「完全復活っ！」

動きがぎこちない所は一つも無い。むしろ前より体の部位の動かし方を理解出来た気がする。

「「おぉー！」」

両親共にパチパチと拍手してるけど……お仕事の方は大丈夫なんですかね？

「僕の方は問題無くなったけど……仕事の方は大丈夫なの？」「「うっ……」」

「心配してくれるのはありがたいけど、仕事に戻ってあげて。職場の人に迷惑を掛けちゃうよ」

「「はい……」」

「いざとなったらおじいちゃんとおばあちゃんも居るから……」

「それは……そうだけど……」

「やっぱり一人息子だからどうしても心配なんだよ。その辺を考えてあげてくれるかい？」

一人息子が事故に遭って動けなくなったと聞けば、心配になるのが親心だ。理解は出来る。が。

「分かってるけど、流石にいくら掛かるかも分からない手術だからお金の方が心配で……」

ずっと貯めてある自分の貯金を全て放出したとしても足りないかもしれない。そんな状況で両親の仕事が無くなるなんて事になれば僕は生きていける気がしない。

「ひょっとしてお金が心配で早く帰らせ様としていたのかい？」

「うん……」

「息子が死にかけているって言ったら止める人なんて居ないわ。止める様ならそいつをころs」

「ストップストップ！　雲雀さんどうどう……とにかくお金は心配しなくていいんだ。さっきの東郷さんが全てこっちで持つからと。いやぁ、やはり凄いなぁ」

「全部こっちで持つって東郷さんって医者じゃないの？　父さんは東郷さんの事、知ってるの？」

父さんから東郷さんへの尊敬を感じ取れたので訊《たず》ねてみる。

「東郷さんはD・C・カンパニーのVR技術部門のトップ……alter《アルター》・world《ワールド》の生みの親だよ」

「え!?　東郷さんってそんな偉い人だったんだ!?」

東郷さん偉い人なのかなぁ？　と思っていたけどまさかのアルターの開発者だったとは……

「まぁ、退院しよう。一応纏《まと》まった休みも貰えたから影人の部屋の掃除でもしようか？」

父さんは軽く言ってるけど、掃除を始めると熱中して黙って4時間はやるからなぁ……

「そ、それはまた今度にしよう。学校にだって行かないとだし……」

「……ハッ!?　そうね！　学校には私が付いて行くから安心しなさい！」

「……事情説明の為の最初の1回だけだよ？」

母さんは親バカな所があるから先手を打っておかないと。

「わ、分かってるわよ……」

視線が泳ぎまくってる。心配してくれるのは嬉《うれ》しいけどやめてよ……もう高校生なんだから。

着替え等を纏めて退院する。一応捜したけど東郷さんは見当たらなかった。

「今日は私が料理を作ってあげる！　何が食べたい？」「父さんの料理が食べたいかなぁ」

母さんの料理は毒奏的……コホン、独創的なので出来れば父さんのレシピの味が食べたい。

「そう言われたら仕方がないなぁ。父さんが作ろう！」「もう、どうしてよぉ！」

やいのやいの言っても最終的にキッチンには父さんが立った。久々の家での睡眠を取り、翌日。

「一応は完治したので、問題ありません」

「出来る限り慎重にお願いします！　また事故にでも遭えば私は後を追って死にます」

高校にて担任である女性の星野先生と面談中だ。母さんも後追い自殺宣言とかしないで？

「石動君は大丈夫と言っていますが……」

「とにかく、事故が起こらない様にお願いします！」

「は、はいぃ……」

星野先生がオドオドしているけどただの親バカだからスルーして欲しい。

「あの、母さんの事は気にしないでください……僕はいつも通りの扱いで構いませんから」

「そんな事母さんが許さな……」「特別扱いは僕が嫌なの、分かって」

教室の隅で読書やネット記事を読んだり……その時間を取られる様な事は出来るだけ避けたい。

「……分かったわよ。普通の扱いをお願いしますね？」

「はい、そう言ってもらえると助かります……」

何とか話が纏まった。そんなに友達が居ない人間が特別扱いされるとか地獄めいた展開は回避した。友達を増やす……そっち方面はまだポジティブ思考にはなれなかった。

「石動君、確認だけど本当にもう大丈夫なの？」

そりゃ事故に遭って1ヵ月で戻ってきたら心配にもなるよねぇ。

「はい、色々頑張ってリハビリしたお陰で何とか。だから特に何も伝えなくても大丈夫です」

教室の窓際の一番後ろの奴が居なくても気が付く人はそうそう居ないだろう。

「勉強の方はどうですか？」

「もらった課題は全て終わらせました。夏休み前のテストでもどんとこいです」

手が動かせる様になってから学校からタブレットが届いて、授業内容を確認させてもらえたので、勉強が遅れるという事は無かった。星野先生がその辺手を回してくれたらしい。良い先生だ。

「それなら大丈夫そうですね。とにかく気を付けてこれからも学校で生活してくれると……」

「はい、気を付けます」

うーん、気を付けて生活しろって言われてもあの時は咄嗟《とっさ》だったしなぁ……

「じゃあ、教室に行きましょうか」「はい。母さんはもう心配しなくていいから。ね？」

このままだと教室までついてきそうなのでここでお別れだ。

「……分かったわ。先生、何かあったら連絡をください。これ名刺です」

「はい……えっ!?　ラ・ベールってあのラ・ベールですか!?」

「貴女《あなた》の思っているので合っているわ」「絶対に無事に生活させます！」

「ええ、頼みます。これはほんの気持ちですが……」

母さんが先生に小瓶を渡す。子供の目の前で裏取引するのやめてくれません？

「これ、新作ですか!?」「ええ、貴女にあげるわ」

母さんはフランスに本社がある化粧品会社に勤めていて、海外で働いているのだ。父さんも同じ会社で新商品の開発に勤《いそ》しんでいる。僕は自立する為の練習、と父さんが日本での一人暮らしに賛成してくれた。

「ありがとうございます！……石動君？　この事はご内密に」

「分かってます。というかそういうのは人の目が無い所でやってください」

「じゃあ、影人、頑張ってね？」

堂々とした裏工作のお陰でサラッと自然に窓際最後尾の自分の席に座る事が出来た。特に友達も居ないので話しかけてくる人も居ない……ハズだった。

「あの……」

とても綺麗《きれい》な人が話しかけてきた。確か……

「えーっと……織部《おりべ》さん？　何か？」「覚えててくれた……」

普通クラスで一番人気の人の名前を覚えてない人は居ないと思う……若干忘れかけてたけど。

彼女は織部菖蒲《あやめ》。黒髪ロングで美人で巨乳。性格まで良いとなれば、人気者にならない訳がない。

こんな人に話しかけられるだけでこっちも注目されて嫌だ……

「本当にありがとう……あの時、石動君が居なかったら死んでたかもしれない」

「あの時……あ、あの人って織部さんだったのか」

背中を突き飛ばして助けた人は織部さんだったらしい。助けられて良かった。

「音楽を聴いていて急に突き飛ばされて振り返ったら事故で……血だらけだった君が学校に来なかったから私のせいで死んじゃったんじゃないかと思って、気が気じゃなくて……うぅ」

「あの、とりあえず落ち着いて、泣かないでください……」

僕が泣かせているみたいで非常に良くない。病院で治療したから大丈夫だと説明して何とか泣き止《や》んでもらえた。泣き出した時の周りの視線が怖い事怖い事……正直、すぐに帰りたいと思った。

織部さんのお陰《せい》で注目を浴びる事になったけど、命を助けた云々《うんぬん》を聞いていた人が全部理解したようで収束させてくれた。皆気を遣ってくれるのは嬉しいけど、そっとしておいてくれるのが一番嬉しいんだ。織部さんが話しかけなければ所詮僕はクラスの中ではモブだ。

「父さんが連れて行ってくれたから何とかなったけど。母さんがまだ居たらいつ、あの料理（?）を食べさせられるかビクビクしなくちゃいけなかったからなぁ……」

父さんが母さんを説得してくれたお陰で何とか帰っていった。これでもう夏休みを待つだけ。

「では皆さん。夏休みの間も気を付けて生活してください」

今回のテストは100点満点……じゃなかったけど、補習とかにならなくて良かった。なんとかなったのはタブレットで授業を纏めてくれた星野先生のお陰だろう。ありがたや。

「なぁ、帰りにどっかで食っていこうぜ?」「お、良いねー!」「ふぅ! 遊ぶぞぉ!」

クラスの会話が聞こえるけど、残念ながら僕には関係無いし、嫌な予感もするから帰る事にした。

「ねぇ、誰か石動君見てない?」

「あれれー? 織部さんもしかして石動君を捜してるの?」

「おやおや〜? これはこれは……」「むふふ、恋って奴ですかなぁ?」

織部さんが影人を捜すだけで女子が囃《はや》したてる。クラスの一番人気が教室の隅の影の薄い奴に命を救われて恋に落ちる……なんて広がりそうな話題があれば食い付くのも当然。

「石動ならさっさと帰ってたぞ？」「え、もう帰ったの？　早いよ……」

だが、菖蒲にとっては残念な事に、当の影人は既に家に向かっていた。


「久々にシューティングゲームで遊ぼうかな……あ、でも先に課題少し片付けてからにしよう」

家への道を歩きつつ貰った課題をどう片付けるか考えながら帰る事にした。何と言っても明日からアルターで遊べるのだから勉強、家事、ゲームの配分を考えて無理の無い計画を組まないと……

「この課題は……今日やっちゃうか」

やっぱりキャラを作っただけで止まっていたから明日からはしっかり遊びたい。初日に課題を可能な限り終わらせて後はちょっとずつやって行こうと決めて、日が沈むまでやった。

「よし……お風呂入ってサッパリしよう」

お風呂に入って体を洗い湯舟に浸《つ》かる。やっぱりお風呂は最高だなぁ。

「今日も体操はやっておくかぁ」

体が動く様になったと言ってもリハビリしてた時と同じ様に毎日体操するのは忘れない。

「晩御飯何にしようかな……素麺《そうめん》で良いかな」

簡単だし、つるっと食べられるからそうしよう。今日はさっさと寝て、明日に備える！

「明日は久しぶりにオーブさんと会えるなぁ……後はアルテアがどんな世界かも楽しみだなぁ」

机の上にあるヘッドギアを見て、オーブさんは話しやすかったからまた会いたいなぁと思う。

というかまぁ自分の我儘《わがまま》に付き合わせてしまったからまずは謝りたい所だ。楽しみで眠くないけど、仕方がない。明日はalter《アルター》・world《ワールド》の製品版で遊べるんだ！　あぁ興奮して中々寝られない！

「流石に夜中にアクション映画を観たのは失敗だったなぁ……」

寝付けずに、アクション映画でも観るかと考えたのが間違いだった……時刻は昼の2時。

「とりあえずご飯食べよう……」

簡単に野菜炒《いた》めを作ってお昼ご飯とする。

「課題は……昨日進めたし、寝坊した分は大丈夫かなぁ……とにかくご飯食べたら1回やろう」

お昼ご飯を食べ終わると食器を片付けてヘッドギアを被《かぶ》り、ベッドに横たわる。

「コネクティング！」

眠る様に意識が途切れ、気が付くと真っ白な空間。

「オーブさん！」

「ハチ様、alter《アルター》・world《ワールド》を引き続きプレイしていただきありがとうございます。お久しぶりですね。いよいよ遊べますよ？　長かったですね」「うん、長かった……」

リハビリとか、βテスト終了だとかで、ゲーム本編は結局お預けだったからなぁ……

「ハチ様、引き継ぎについてなのですが……」「引き継げるものって何かあるの？」

「ハチ様の場合はキャラクターデータ、のみですね……βテストで遊んでいた職業から別の職業に変えた方にはアイテムを引き継いで別職業に就く方等も居ましたが……」

「このままキャラクターデータだけ引き継いでください」

だって補助術士は欠片《かけら》も遊んでいないし、遊ばずに他の職業にしちゃうのは勿体無《もったいな》い。

「ローブは私から、それ以外は全員が同じ初期装備になります」

オーブさんから放たれた光の玉がこっちに向かってきて、体に当たると白いローブに変わった。

「それは術士のローブです。武器は職業の装備制限があるので、差し上げる事は出来ませんが……世界を探せばハチ様でも装備出来る武器があるかもしれません」

「おぉ……意外と良いかも！」

麻の服とかだとすぐ変えたくなるけど最初から中々カッコイイ装備だ。フードとか付いてるな。

術士のローブ　レアリティ　ユニーク　全ステータス＋5　耐久値　破壊不可
とある存在から渡されたローブ。未知の素材で出来ており、破壊される事は無い。
初期のズボン　レアリティ　コモン　耐久値　100％
旅人が最初に穿いているズボン。特筆する能力は無い。
初期の靴　レアリティ　コモン　耐久値　100％
旅人が最初に履いている靴。特筆する能力は無い。

「へぇ……あれ？　フードを被っても周りが見える……」

「ハチ様は現実の容姿からそれほど変えていませんので最初から顔を隠せる様に……と思いまして。顔を隠しても普段と変わらない様にしてあります。設定で普通の状態と同じ様に出来ます」

「配慮ありがとう。助かるよ」

フードを被れば顔を出さないで遊べるのは嬉しいな。

「それからこちらは素材を取る際にお使いください。私からの餞別です」

渡された物を確認するとそれは白いナイフだった。

オーブ・ナイフ　レアリティ　ユニーク　耐久値　破壊不可　レア素材入手率アップ
とある存在から信頼された者に渡されるナイフ。武器としては使えないが、素材を取る際に使用するとより良い素材を入手出来る可能性がある。

「それにしても2つとも凄い物だ……信頼してくれてるんだね」

アイテムの説明を見るとオーブさんに信頼されているからこそこのアイテムが貰えたみたいだ。

「ここを利用した方にハチ様を超える方は居ませんでしたから。私が一番信頼している方です」

うん、オーブさんからの信頼を裏切らない様に頑張ろう。

「では、ハチ様いよいよ出発です。準備はよろしいですか？」

「いつでもオッケーだよ！」

「了解しました」

オーブさんが僕の周りを高速回転し始めると体に浮遊感を覚えた。

「ハチ様の旅路に幸あれ！」

オーブさんの祝福の言葉が聞こえた。これは頑張らないとな。

「ハチ様の未来に沢山の仲間と、夢溢《あふ》れる冒険があらんことを」

オーブさんのエールを受けつつ僕は白い空間から消えた。


「ここは……凄い、森だ」

起き上がって周囲を確認すると、森の中の広場の様な場所に居る事が分かった。同時にピコンッと何かを知らせる音が聞こえた。

『称号【ぼっち】を入手』『称号【ぼっち】が【無縁】にランクアップしました』

いきなりのぼっち宣告に意味が分からず内容を確認する。

【ぼっち】 プレイヤーと24時間連続接触しない事で入手。ソロプレイも良いですが、パーティプレイも良いですよ？　記念称号
【無縁】 【ぼっち】の進化称号。100時間連続で生物と接触しない事で入手。あの……ゲーム楽

しんでますか？　特定のＮＰＣとの友好度が上がりやすい。他のプレイヤーとパーティを組んでいない場合、全ステータス＋30％アップ

「え？　幸あれ……って送られたのにいきなりぼっち？」

製品版のプレイヤーはファステリアス王国《最初の国》からスタートするが、βテスターが初めてアルテアの地に降り立つ場合、このベイタの森からスタートする事をハチは知らなかった。

「とりあえず歩いてみよう。でもその前に……あった」

周りを見ると木の枝が落ちていたのでそれを拾う。

『木の枝を入手』

アイテムを入手した事が表示されるのだが、これいちいち表示されるのはちょっと邪魔だな。

「ステータス、設定」

様々な設定があるが、とりあえず自分好みに済ませておく。こういうのは冒険に出る前にやるべきだろう。プライバシー設定や、感覚調整があったので、どっちも一番高くしておいた。プライバシー設定の方は分からないけど、感覚は１００％にしておかないと何かムズムズしたし。

「後は適当に……よし。これでオッケー！　さて、どこに向かうか運試しー」

木の棒を投げて倒れた方向に向かうという、道に迷った時にやって余計に迷う方法を使う。

「おぉ、どう見ても森の奥地行きだなぁ……よーし、行ってみよう！」

どこに向かうか木の棒で決めたんだ。森の奥だからやっぱやめようとかは考えていない。

「というかリアリティ本当に凄いなぁ。森の匂いまで感じるよ」

感覚100％の効果なのか、それともアルターがそもそも匂いまで分かるゲームなのか分からないけど、現実とほとんど変わらない事に驚きながら森を進んでいくと先に動く物を目で捉えた。

「あれは……うさぎ？」

兎《うさぎ》……なんだろうけど頭に角が生えている。でも中々可愛《かわい》いな。抱っこしてみたい。

「おいでー」「ギュッ！」

僕の姿を確認した兎は身構えて、その角を使って突進を仕掛けてきた！

「えっ!?」

だがその突進はとても遅く見えた。この感覚……事故の時と同じだ。これなら避けるのも容易《たやす》い。

僕の体もゆっくりだけど、動きを考える時間があればなんとかなる。僕の心臓に角を突き刺そうとしてくる兎に対して左足を少し引き、半身になる事で目の前を通過……する所を両手で捕獲する。

「ギギュ!?」

突進する所を捕獲され、驚きを隠せない様子の兎。毛並みは中々良いな？　モフモフしてる。

「ギュ！　ギュッギュ！」「落ち着け落ち着け、暴れるなって！　痛て、痛てて……」

腕の中で暴れるので少々ダメージを受ける。仕方がないので兎は手放す事にする。

「ギューギュッ！」

兎の突進でまた世界が遅くなる。その突進に対してしゃがみ、胴体にアッパーを叩《たた》きこむ。

「ギュイー！」

アッパーを喰《く》らった事で兎が吹っ飛ぶ。一撃では倒せないか……ＳＴＲ少ないしなぁ。

「じゃあもう1回だ！」

兎の攻撃は直線的で対処しやすいのと事故の影響で僕自身の体に何かあったのか、攻撃的な行動でこっちに迫ってくる兎はスローモーションで動きを捉えられたので、首に手刀を落としたり、木に刺さった兎に膝蹴りを喰らわせると動かなくなった。討伐成功、かな？

「えーっと、ナイフを刺せば良いんだっけ……おぉ、こうなるのか」

『兎の毛皮、兎の肉が手に入りました』

兎にナイフを軽く刺すとポリゴンと化し、兎の素材が手に入った。これは便利だ。

『スキル　【格闘術】　を入手』

「おっ？　初スキルだ！　どんな効果かな？」

1回戦闘をやっただけなのにどうやらスキルを入手出来たみたいだ。戦い方が良かったのかな？

【格闘術】　パッシブスキル　武器を持たない攻撃に対してダメージボーナスを得る

「情報それだけなんだ……というか補助術士って最初は魔法使えないの……？」

まさかの術士なのに最初に覚えたのは【格闘術】というスタート……まぁ、色々見てみるか。

「あの木の実、取れないかなぁ？」

兎との戦闘が終わった後、森を進むと木の実が生っている木を見つけた。赤い林檎《りんご》みたいな実だし、食べられるかなぁと思いながら木登りを敢行する。

「よいしょ、よいしょ……うおっと！……ふぅ、何とか登れた。近くで見たらより林檎っぽい」

苦戦しつつも何とか登り、やっと手の届く範囲に木の実があるので1つ取ってみる。

『アプリンの実　程よい甘みがあり、食べやすい木の実』

説明を見る限り林檎みたいだし、一口食べてみる。

「やっぱり林檎じゃないか……」

食感も味も林檎だ。いくつか取っておこう。1本の木に5個くらいしか実が生っていないから沢山取る為には何度も木を登るしかない。

『スキル　【木登り】　を取得』

何本か木を登っていたらスキルを入手出来た。入手してからは凄く登りやすくなって便利だ。

「さて、アプリンの実は結構集まったし、そろそろもう少し先に行ってみるかな」

「「「「ウゥゥゥ！　ガウッ！」」」」

アプリンの実を取っていたらいろんな方向から犬の様な声が聞こえた。オオカミだ。

「これはちょっとマズいか？」

まだ対多数には自信が無いからやり過ごしたい所だ。あっ！　やり過ごす方法あるじゃん！

「「「「ガウガウッ！」」」」「うわぁ、取り囲まれちゃったなぁ……」

現在、木の上から下に居るオオカミ達《たち》を見下ろしている状態だ。早速役に立ってくれた【木登り】のお陰でオオカミ達が手を出せない木の上に逃れる事が出来た。やっぱ良いスキルだ。

「諦めるまで木の上で待ってるかぁ……アプリンの実でも食べてるかな」

オーブさんから貰ったナイフでアプリンの実の皮を剝《む》いていく。良い感じに剝けるなぁ……

「「「「ガウッガウッ！」」」」「ふふふーんふーん♪」

木の下で唸るオオカミ達は木に登れないので木の上で鼻歌を歌いながらアプリンの実を剝く。

「んー美味《うま》い！」

アルターでは空腹度がある為、食事を取らないと移動速度ダウンやステータス低下、餓死もある。待つだけじゃもったいないし、アプリンの実を食べて空腹度を回復だ。

「美味《おい》しかったー。とりあえずここで一旦休憩しよっと」

オオカミ達が下に居るから下りられないけど、アプリンの木の枝はそれなりに太くて、座っても全然折れる気配がしない。探すと寝っ転がれそうな配置の枝もあったので、そこに寝転がる。

「オッケー良い感じだ。よし、一旦ログアウトしよう」

ログアウトしようとすると「セーフティエリアではない為ログアウトまで1分間お待ちください」と表示が出た。その下に警告で「セーフティエリア外の為、ログアウト中も体はその場に残ります。本当によろしいですか？」と出たけど、どうしようもないので、そのままログアウトする。

「とりあえず一旦家事をやってからもう一度ログインしようかな……」

ログインするにしてもオオカミ達がまだ待ってるだろうし、家事とかやってしまう事にする。

1時間程度で家事が終わったのでもう一度ログインしよう。アルター内は8時間で1日らしいから時間経過は約3倍……だから3時間かな？　流石にオオカミ達も諦めただろう。ログインだ！

「ハチ様、初《しょ》っ端《ぱな》から飛ばしますねぇ？」

「おっと、オーブさん。そんなに飛ばしてるかな？」

ログインすると真っ白な空間がありオーブさんが目の前に居た。何かあったのかな？

「ハチ様に成長ポイントの説明を忘れていました。次からは直接アルテアにお送りしますね」

相変わらずお茶目なオーブさんだ。次から直接送るってここには来られなくなっちゃうのかな？

「成長ポイントもそうだけど、ここに来られなくなっちゃうの？」

「新たにプラクティスメニューを追加しました。選択をする事でここに来る事が可能になります」

「そっかぁ。じゃあこれから毎日プラクティスを選んで……」

「ハチ様、私にもゲームの進行を遅れさせてしまうという罪悪感があります。ほどほどに」

「そ、それは……あり得るなぁ……」

ガイド役のオーブさんがゲームの進行の邪魔をしたら矛盾した存在になっちゃうのかなぁ……

「分かったよ……それで成長ポイントって？」

「レベルアップ時に職業によって成長する能力の他に自分で成長させたい能力に割り振るポイントが入手出来ます。ポイントの振り直しには貴重なアイテムが必要になりますので割り振る際は慎重にとお知らせするのを忘れていました。まだレベルアップ前だったので間に合いましたよー。ふぅ」

オーブさん。信頼してくれているからか冗談とか言ってくるけど、それ結構大きい情報だよ？

「あ、そうだ。補助術士って最初は魔法使えないの？」

最初に【格闘術】を入手した事を伝えてステータスを開いたけど、魔法が何も無い事を告げる。

「そうですね。術士と言っても最初からは魔法を使えないみたいです。レベルアップすれば……」

「やっぱ最初は覚えられないかぁ……まぁ職業の名前からしてパーティ向けか。でも今のままだとパーティなんて組めないけど、なるようになるかぁ……色々ありがとう。じゃあ行くよ！」

最初は魔法を覚えていない。それが分かれば後は問題無い。良かったたぁ、不具合とかじゃなくて。

「はい、行ってらっしゃいませ」

グルグルとオーブさんが僕の体の周りを回り、アルテアに転送される。

「悪ふざけで職業作らないでくださいよ……ハチ様以外ならキャラクターデリートですよ……」

補助術士……それはとある技術主任が悪ふざけで作った職業。その技術主任が気に入って助けた子がまさかその職業に就くとは因果か運命か……


「おぉ、生きてる」

『称号【肝っ玉】を入手。称号【肝っ玉】が【豪胆無比】にランクアップしました』

「またかぁ」

また称号を入手出来た。これは何だ？

【肝っ玉】　戦闘中に食材を採取して食べる等で入手。肝据わってますねぇ？　恐怖耐性アップ
【豪胆無比】　【肝っ玉】の進化称号。戦闘中に1時間以上ログアウトし、生存状態で再ログインした単独プレイヤーのみ入手。戦闘中にログアウトするとか頭おかしい……　精神系状態異常無効

「うおっ！　なんか凄い称号じゃないこれ？」

無効に出来るのは絶対強い。入手条件的にはかなり厳しいけど、取っちゃったから関係無いね。

「とりあえずもう居ないみたいだね」

下を見てもオオカミ達は居なかった。アプリンの実を落として確認しても反応は無い。下りるか。

「ふぅ、木の上に居れば何とかなりそうなのは分かったけど……もう少し対策を練らないとなぁ」

今のままじゃまたオオカミの集団が現れたら死ぬ。対抗する物を何か作るか獲得するしかない。

「とにかく草と蔦《つた》と葉っぱを集めよう。オーブさんのローブが汚れちゃうけど、仕方ない」

木登りをしてナイフで蔦を切ったり、葉っぱを切ったり、雑草を毟《むし》ったりして素材を集める。

そんな中、葉がツヤツヤしている草もあったので試しに取ってみると……薬草の中にちょっと効果が高い物も見つける事が出来た。

「ふぅ……とりあえずこれだけあれば……」

『蔦×40　葉っぱ×60　雑草×53　薬草×5　薬草（優）×3』

とりあえずこれだけ素材を集めた。後はどうにかして組み合わせてみよう。

「こうして……編み込みって難しいな……あ、こうした方が！　後はここに差し込んで……」

一人であれこれ言いながら蔦を編み込み、雑草や葉っぱ、薬草を差し込んで遂に完成した。

お手製ギリーマント　レアリティ　ＰＭ《プレイヤーメイド》　ＤＥＦ＋１　耐久値　１００％
特殊効果　草木のある場所での隠蔽率大幅上昇。火属性攻撃弱点化

「やれば出来るもんだなぁ」

自分でアイテムを作れたから、今度は木の上に隠れないで、マントの効果を試してみよう。

「お、居た居た」

前にも倒した兎さんを見かけたので、近場に落ちていた石を兎の近くに向けて投げる。

「ピギュッ!?」「あ、当たっちゃった？」

石が直撃して臨戦態勢になる兎さん。マントを被って隠れると、兎さんはキョロキョロしながら石をぶつけた犯人を捜している。飛んで来た方に見当がついたのか、こっちへ向かってくる。

（見つかってない。大丈夫……これ本当にバレてないよね？）

こっちに向かってくる兎さんはどう見ても怒っている。ギリーマントで体を覆い、地面に伏せて

いたら、兎さんが僕に乗り上がった。そして立ち止まるものだから中々にスリリングな状態だ。

「ギュ？　ギュッギュ……」「………」

不思議そうにしながらも通り過ぎる兎さん。石当てた罪悪感もあるし、ここはやり過ごそう。

ゲームとしては積極的に倒していくのが良いんだろうけどね……

「ふぅ、行ったか」

『スキル　【擬態】　を入手』

【擬態】　アクティブスキル　消費ＭＰ10　発動するとその時の周囲の風景と同化する。
動かない限り敵に発見されない

お？　何かスキルを入手出来た。詳しい効果が知りたいし、また敵が来てくれないかな？

「「ガウガウッ！」」

おっと……オオカミ達がやってきた。けど前より数が減ってるな……対多数戦。やってみるか！

「えっと、【擬態】　おぉ!?」

オオカミ達が走り寄ってくる前にスキルを発動すると、体やローブの色が周囲の風景と同化する。

「ガウッ！」「「ガウガウッ！」」

１匹が先行して後ろから２匹が追いかけて来る。

「「グルルゥ……」」

（動物って大体鼻先が弱点だよな……？　先頭の奴が近付いて来たら一撃お見舞いしよう）

まだ発見されてないみたいだし、近寄ってくるリーダーオオカミが間合いに入ってくるまで待つ。

「ふぅ……」

息を静かに吐き、リーダーオオカミを正面に捉える。目前で立ち止まったので鼻先に手をかざす。

リーダーオオカミは困惑しているが、後ろから追いかけている２匹はその異変に気が付いていない。

「ふっ！」「ギャウンッ！」

短距離からの掌底。所謂寸勁《いわゆるすんけい》というもので、喰らったら吹き飛ばされるほどのパワーがある。

（ＳＴＲの値が低いからダメかと思ったけどこれが出来るなら何とかなる！）

飛ばされた１匹を見て立ち止まるオオカミ２匹の内の１匹に駆け寄り、オオカミ同士をぶつける様に今度は横から右脇を締め、肩でぶつかる鉄山靠《てつざんこう》を当てる。

「「ギャウゥ！」」

やっぱりいくらＳＴＲが低くても全身を使った攻撃とかならダメージは入るな？

「おりゃ！」「「ギャフッ……」」

重なっているオオカミにシステムのストライク《パンチ》をお見舞いする。脱力の一撃がオオカミの内臓に多大なダメージを与えると、重なっていた２匹の口から赤いポリゴンが出て動かなくなった。

「グルルゥ……！」

飛ばされていたリーダーオオカミが復帰して飛び掛かってくるが、動きがスローに見える。まただ。事故の影響かもしれないが、便利だな？　ここは退《ひ》かずにオオカミの鼻に頭突きを喰らわせる。

「キャイン……」「ってて、こっちも中々痛いな……」

オオカミもまさか噛《か》みつこうとした相手が頭突きしてくるとは思っていなかっただろう。こっちもちょっと痛かったけど多分もう少しだ。

「悪いね？」「グギャ……」

倒れたオオカミの首をネックツイストで逆に捻《ひね》ると動かなくなった。

『Lv3にレベルアップしました　魔法【レスト】【フラッシュ】を習得』

ハチ　補助術士Lv3　HP150↓170　MP350↓380
STR10↓11　DEF10↓11　INT15↓17　MIND50↓56　AGI25↓29　DEX40↓44
成長ポイント30

お？　レベルアップしたみたいだ。ステータスも上がったが、何より魔法を覚えたぞ！

『スキル【受け流し】を習得』『スキル【格闘術】が【格闘術・技】に変化しました』

「おーっとっと？　こっちもですか？」

スキルも入手と変化？　があるみたいだ。とりあえず全部見てみよう。

【レスト】　消費ＭＰ20　命中した相手は休息状態となる。〔休息状態〕30秒間体と心を休め、ＨＰ、ＭＰを回復する。休息状態では動けず、受けるダメージは倍になる。30秒経過するか、攻撃を喰らうと解除される
【フラッシュ】　消費ＭＰ３　一瞬だけ強く光る。至近距離で直撃するか、連続で発動すると相手を盲目状態にする
【受け流し】　パッシブスキル　敵の攻撃を防ぐ際に補正が入る
【格闘術・技】　パッシブスキル　武器を使用しない攻撃をする際、参照する値をＳＴＲからＤＥＸに変更する

「魔法はちょっと使いにくそうな……いや、これも使い方次第だな。こっちは凄い進化だ！」

【格闘術・技】のお陰でこれはかなりの戦力強化と見ても良いと思う。さっきの戦闘でＳＴＲ参照で戦っていたとしたら数値的に４倍も違うってかなり違うよ？

「３匹倒してレベルが上がるって事は割と強かったのかな？　とりあえず素材を取ろう」

倒れたオオカミ３匹にナイフを突き立て素材にする。

『フォレストウルフの毛×4　フォレストウルフの毛皮×2　フォレストウルフの牙×1　フォレストウルフの肉×1　森狼《もりおおかみ》の血×1　を入手しました』

「んー、毛があれば匂いを誤魔化せたりするかな？」

【擬態】だけでは誤魔化せないし、ギリーマントにウルフの毛を少し加えてみるかな？　ギリーマントの改造をしてから森をもう少し進んでみる事にした。

お手製ギリーマント改　レアリティ　PM《プレイヤーメイド》　DEF＋1　AGI＋1　耐久値　100%
特殊効果　草木のある場所での隠蔽率大幅上昇。動物系魔物に発見されない。火属性攻撃弱点化。

「これは中々良いんじゃないか？」

動物系魔物に発見されないなら、森ではこれを被って【擬態】も使えば、ゆっくり出来そうだな。

「流石にアプリンの実だけだとなぁ。お肉食べたいけど火をおこさないと。あと水も欲しいな」

喉の渇きは今の所無いけど、水があればアプリンの実ジュースを作れないかなぁと想像する。

「ここは……」

当ても無く森を歩くと視界が広がり湖が見えてきた。おぉ……これは良い景色だ。

「おぉ……何か魚も釣れそうだな。何か糸になりそうな物は……あれなんかどうかな？」

湖の近くに大きな蜘蛛《くも》の巣が1つあった。あの巣から糸を少し貰えれば……と、近寄って行くと巣の真ん中に象と同じくらいの大きさの蜘蛛が縮こまっていた。

「うーん……糸だけ欲しいんだけど、蜘蛛を倒さないとダメか？」

まだ日が出ているし、縁起が悪そうなので出来れば蜘蛛は倒したくない。というかあれは無理だ。周りをよく見ると大きな巣だけど、蜘蛛が居る巣とは別に蜘蛛の糸が張ってある所を見つけた。

「ここの糸なら切ってもあの蜘蛛にバレないかな？」

『蜘蛛の糸×3　蜘蛛の柔糸×1　を入手』

糸を切っても蜘蛛が動き出す様子は無い。起きた時に目の前に食べ物があれば時間稼ぎが出来るか？　念の為、兎の肉とアプリンの実を数個巣の前に置いて行くか。肉食か草食か不明だから、どっちも置いてけ理論だ。欲しい物は取れたからこの場を離れて、別の所で色々素材を集めよう。

「中々良い感じの木材があるなぁ」

目に付いた木をオーブさんから貰ったナイフで切ったり、拾ったりして素材を集めた。

『乾燥した木材×10　硬い木の枝×5　木の枝×3　木の繊維×5』

後は……出来れば良い感じの石が欲しいな。

「まさか石で困るとは……でもゲームで良かった。水に入っても服がすぐ乾くのはありがたいね」

中々見つからなかった石探し。最終的に湖の中で見つけてやっと作りたかった物が作れる。

蜘蛛の糸3本を縒《よ》り合わせてロープモドキを作り、木の枝と合わせて小さな弓にする。硬い木の枝の両端をナイフで程よく尖《とが》らせ、皮も剝ぐ。乾燥した木材も削って平らにする。

「よし！　出来た！」

火おこしセット　レアリティ　PM《プレイヤーメイド》　耐久値　100%　火をおこす事が出来る
お手製釣り竿　レアリティ　PM《プレイヤーメイド》　耐久値　100%　釣りをする事が出来る

余った硬い木の枝と蜘蛛の柔糸で竿《さお》、それにフォレストウルフの毛といつの間にかローブに付いていたフックの実で毛針を作り、釣り竿を作る事が出来た。折角なので、釣りをしよう。

「夕方で釣り時だし、よっと。これで少し待てば……うおっもう来た！……これは鮎《あゆ》？」

ボロッちい竿だけどなんといきなり鮎っぽい魚がヒットしてくれた。

『アユチバリス　淡水に多く生息している』

なるほど……やっぱり鮎だな？　となればやる事は1つだ。

「おりゃ――――！」

火おこしセットを使って左手で弓を前後に動かし、右手で石を使って棒を押さえる。木材と棒が擦れ合って摩擦熱でドンドン熱くなっていく。煙が上がったら、繊維を火種に近付ける。繊維に火が燃え移ると、葉っぱや木の枝、そして木材にまで移して焚《た》き火《び》を作り上げた。

「よし！　それじゃあコレを……」

焚き火を前に今釣ったアユチバリスを下処理して、木の枝で串刺しにして、焚き火の近くの地面にセット……一度これやってみたかったんだよねぇ！

『焼きアユチバリス　焼いただけだが、シンプルで自然な味が美味しい　空腹度10％回復』

「塩は無いけど焼きアユー。頂きまーす！　はふはふっ……うまー！」

焼きアユチバリスを頬張る。身がふんわりしてとても美味しい。けど……んー、塩欲しぃ！

「ふぅ、美味しかった。現実じゃ中々出来ないねー……ってそうだ。晩御飯作らないと……」

あくまでも今のはゲーム内での体験。だから現実でもご飯を食べなければ。

「これから夜になるとしたら出てくる生き物とかも変わるのかな？　まぁそれはどうでもいっか」

周りに何もない状態だとギリーマントも効果が下がっちゃうだろうし、叢《くさむら》のある所に移動する。

焚き火は……放置で良いか。火を嫌う生き物が居れば消えるまでは近寄らないかもしれない。

「【擬態】も1回発動すれば動かない限り分からないし、体中に土付けて匂いだけ消しておこう」

土塗《まみ》れ、【擬態】、ギリーマントの三重で、地面に伏せてログアウトしよう。木の上じゃないからオオカミに襲われちゃうかもしれないが、そう思っただけで特に気にせずログアウトした。

「ふぅ……よし、ご飯ご飯」

適当にご飯を済ませて、残ってる家事も全部終わらせてからもう一度ログインする。

「おざまーす。おぉ！　朝日だ。あれ？　なんで……というか逆さま、あ、蜘蛛の巣ですねぇ！」

ギリーマントを被ってたハズだから朝日なんて見えないハズと思ってたけど、背中が蜘蛛の巣にくっ付いている。この蜘蛛の巣見た事あるよ？　あの糸を貰った所だねぇ？

『称号【無頼】を入手』

「キシャア」「Oh……デカい」

あの巨大な蜘蛛が僕の前に居る。これは大きい……称号とか今はそんな事はどうでも良い。

「まさか、食べられる？　あの……どうせ食べるなら頭からにして欲しいかなぁ……なんて」

感覚100％だから手足から食べられたら絶対痛い。それなら即死だろう頭から行って欲しい。

「カッカッカ！　これは面白い！」「へ？」

急に声が聞こえたから驚く。だってここには僕と蜘蛛しか居ないから声が聞こえる訳がない……

「何を驚いている。目の前に居るじゃろ」「目の前？　えーっと、蜘蛛……さんですか？」

「そうじゃ。全く、あんな捜すのが難しい隠れ方をするな……見つけるのに苦労したではないか」

どうやら蜘蛛さんは僕の事を捜していたらしい。捜される様な事何かしたっけ？

「攻撃せずに供物を置いていったじゃろ？　中々見どころがあるのう？」

「あれは……糸が欲しくて、でも勝手に糸を持っていったら後から追いかけられるんじゃないかと思って、食べ物を置いて行ったら足止め出来るかなぁって……」

「カッカッカ！　正直にそんな事まで喋《しゃべ》るとは益々《ますます》気に入った！」

あれを供物と思われてたんだ……そのせいで僕追いかけられたの？

「あの……それで僕は食べられるんですかね？」

「喰わんよ。お主を良い所に連れて行ってやろうと思ってな。お主の名は？」

「あ、僕はハチです」

「ハチか、良い名前じゃ。儂《わし》はアトラ＝ナト。好きに呼ぶが良い」

「じゃあアトラさんで」

「カッカッカ！　良いだろう！　それではハチよ。お前をハグレ者の村に連れて行ってやろう！」

巣から剝がされて、アトラさんの背中に乗せられる。あっという間でこちらに拒否権は無い。

というか何で喋れるんだろう？　気になったから聞いてみる。

「あの、何でアトラさんって人の言葉が話せるんですか！」「おん？　そりゃ儂が賢いからよ！」

何という賢い回答……

「じゃあ少し速度落としてもらえると嬉しいんですけどー！」

「そりゃ無理だな！　ワハハハハ！」

楽しんでるっぽいアトラさんに振り落とされない様に必死で、周りの景色も分からない。

「もう少しで着くから辛抱してくれ」

「頑張りまーす！」

どこに辿《たど》り着くのか分からない。けど、もう少しで着くらしいのでしがみ付いて耐える。

「よし！　着いたぞ！」

「うう……結構危なかった……おぉ？　村だ」

アルテアに来て初めての村は人の村ではなく、魔物の村でした。

「＊＊＊＊＊＊＊＊＊＊＊＊！」「…………………！」「――――――――――！」

「何言ってるのか全く分からない……」

アトラさんの背に乗って連れてこられたはいいけど喋《しゃべ》っている言葉はサッパリ分からない。

「ふむ、ではこのスキルをやろう」

『スキル　【呼応】　を習得』

【呼応】　パッシブスキル　特定のＮＰＣと会話する事が出来る

「アトラ様、この者旅人じゃないですか！」「ハグレ者が集まるこの村に旅人……」「ぽよぇ……」

おうふ、やっぱり悪印象が凄《すご》いんだけど……というか【呼応】で思い出したけどここに来る前に何か称号入手してたよね？　確認確認……

【無頼】単独で購入したアイテムなどを持たずにセーフティエリア外で討伐、製作、採集、調理、睡眠を行い、生き残っている場合に入手　普通セーフティエリア外だとパーティでも生き残れない場合があるんですが……　他のプレイヤーとパーティを組んでいない場合に限りステータス20％アップ。セーフティエリア外で特定スキルの効果上昇

また凄い称号だ……なんか順調に誰かとパーティ組むと弱くなる様になってるんですが……

「まぁ待て。こやつ、ハチというのだが、孤独すら超えた無縁の存在だ」

「「!?」」

待って？　アトラさん何かサラッと僕の事ディスってません？

「無縁の存在……寂しかっただろう。そら、これでも喰《く》え！」「遠慮せずに家に来ても良いからな！」「ぽよっ！　ぽよぽよっ！」

アトラさんが【無縁】をバラした途端、村の人達《たち》（人達？）が一気に優しくなった。まぁ良いか。

黒い骸骨。蛇の下半身を持った青肌の女性。真っ赤なスライムが僕を歓迎してくれる。これって【無縁】の好感度が上がりやすいけど発動してるって事なのかな？

「とりあえずここに居て良いって事ですか？」

「もちろん。ハチの様な奴《やつ》しかここには来られないがな！　では儂《わし》は戻るからハチの事は頼んだ

ぞ！」

「任された！」「はいよー！」「ぽよっ！」

僕を置いて、去っていったアトラさん。村なら、ここはセーフティエリアなのでは？

「ハチだったか？　無縁だと言っていたが、旅人がアトラ様に連れて来てもらうとはな……」

「アトラ様は少し前に旅人の集団とやりあっていたけど、全部コテンパンに倒してたからなぁ……

だからこそハチがここに辿《たど》り着いた事が驚きだね」「ぽーよっぽよっ！」

「あの、さっきから気になってたんだけど、アトラさんってそんなに偉い方？　なの？」

「「え⁉」」「ぽよっ⁉」

凄く驚かれた。かなり偉いのかな？

「アトラ様はこの村を作ってくれた村長さ！」

「村長なのに湖近くで巣を張ってるの？」

「変な奴が来られない様に門番をしてるんだ。滅茶苦茶《めちゃくちゃ》強いから下手に手を出すと瞬殺されるぞ？」

要はボスって訳ですね？　しかも負けイベレベルの。何で生き残ってるのか本当に不思議だな。

「まぁゆっくりしていきなよ。ここは安全だから」

「そうさせてもらいます」

多分ゲーム始まって以来のゆっくり休める場所を見つけたかもしれない。

「この泉、綺麗《きれい》だなぁ」

村の真ん中に泉が湧いていたので、感想を漏らすと後ろから解説の声が飛んで来た。

「それはあんたら旅人が使える安らぎの泉だ。知らないのか？」

「えっと……どこ行こうか棒を倒して行先を決めたんで、街に行った事が無くてですね……」

「アッハッハ！　こりゃアトラ様が気に入る訳だ！」「ぽよぽよ」

今スライム君が何を言ったのかは僕でも分かったぞ。絶対「うんうん」って言ってた。

「旅人が行った先でその泉に触れれば行った事のある泉まで一気に移動する事が出来る」

ファストトラベルポイントなのかな？　それは便利だ。

「なるほど。そういえば皆さんの名前は……」

教えてもらって感謝したいけど名前を聞いていなかったのでこの際聞いてみる。

「俺達に名前は無いさ」「名前持ち《ネームド》なんてウチじゃアトラ様くらいさ」「ぽよぽよ」

他のゲームでも強いモンスターには固有名があって弱いモンスターには無いのと一緒か……

「一応種族名だけでも教えてもらえませんか」

名前が無いとしても何という種族なのかは知っておきたい。

「俺はワイトソルジャー・ヴァリアント」「ぽよっぽ、ぽよよよ！」「私はエキドナ・アクエリア。その子はブラッドスライムって言うの」

もう聞くからに強そう。この村。皆の種族名的に、亜種とか変種の村と考えて間違いないかな。

「じゃあワリアさんとドナークさんとちのりんって呼ぼう」

名前が無いなら勝手に愛称をつけても問題無いだろう。

「ワリア？」「ドナーク？」「ぽよよよ？」

「ワイトソルジャー・ヴァリアントでワリア。エキドナ・アクエリアでドナーク。血糊《ちのり》みたいだからちのりん」「ぽよ！　ぽよぽよぽーよ！　ぽよ！」

自分だけ種族名からじゃない！　と抗議されてる気がする。ちのりん……可愛《かわい》くない？

「まぁ略称みたいな物か」「私は気に入ったな！」「ぽーよ、ぽよぽーよ」

何だかんだ言ってたけど、ちのりんで納得してくれたみたいだ。

「それじゃあワリアさん、ドナークさん、ちのりん。ちょっと周りの探索に行ってきますね」

ハグレの村は安全らしいからその近くなら探索しても大丈夫だろう。危険なら逃げればいい。

「この近くには最近ゴブリンが出てるらしいから、いざとなったら村に戻りな」「ぽよぽよー」

なるほど、ゴブリンか。集団戦になりそうだなぁ……というか、ちのりんがどこかに行っちゃった。

「ぽよぽよよー！」

ちのりんが何かを持って戻ってきた。あれはなんだろう？

『薬研《やげん》　を入手』

薬研　レアリティ　レア　耐久値　85％　調薬が可能になる

こ、これは！　薬草とか入れてゴリゴリする奴！　何か素材が集まればやってみよう！

「ありがとう！　いい素材とかが見つかったら使ってみるよ！」「ぽよぽよー」

手（？）を振るちのりんに手を振り返して村の外に出る。

「さて、今度は村を見失わない様に気をつけながら周囲を探そう」

流石《さすが》に今回は棒ではなく、常に村が見える範囲でのみ探索を行う。遠くに行くのはまた今度だ。

「おぉ、これはなんだろう？　採取採取」

肉厚の丸い葉っぱが目に留まり、1枚取ってみる。

『インクリー草　を入手』

『インクリー草　単体では特に効果は無いが、他の物と混ぜると能力を向上させる事が出来る』

「今ジャストで欲しい奴ぅ！」

薬草と合わせれば何か作れそうだから、もう少し取って行こう。採り過ぎない様に注意して……

他にも色々探してみると痺《しび》れ花、炎熱花、睡眠花という触っただけで自分に影響が出る様な危ない物だったり、粘り草、針千草、千里草、水含草という比較的安全で使いやすそうな物だったり……

これですよ。花と違って草は安全でしかも有用だ。僕は断然草派ですね。

「さて、これを薬研でゴリゴリやってみますかね？」

せっかくの薬研を使わないのは勿体無《もったいな》い。早速調薬に挑戦してみる。

「よいしょっと、多分ここに入れてゴリゴリすれば良いんだよね？」

舟形の溝部分に薬草とインクリー草を1本ずつ入れて、レッツゴリゴリ。

「ゴリゴリゴリ〜おぉ？　何だか薬っぽい匂いがしてきた」

薬研で擦り潰されて段々水気を含んだ粉っぽくなっていく。このゴリゴリするの結構楽しい。

『野戦生薬　を生成』

野戦生薬　安全を確保出来ない状況で作られた薬。苦い。ＨＰ25％回復

「あれ？　思ってたのと違う……」

普通に傷薬とか出来ると思ってたのに……まぁそれはそれとして、早速使ってみよう。

「では早速……くぅ！　苦い！　もう一包！」

どのくらい苦いのかと思ったら青汁くらいだった。これなら戦闘中でも飲めそうだ。

『複合スキル　【サバイバル術】　を入手しました』

「ん？　またスキル？　でも複合？」

何やらいつもと違う感じのスキルが手に入った。

【サバイバル術】　複合スキル　採集、釣り、採掘、料理、生産時に追加のボーナスが発生する。

セーフティエリア外では更に効果上昇

ひょっとして僕、街に入るなって言われてるのかな？

「悲しんだら良いのか喜んだら良いのか……とりあえず色々手に入ったし、ギリーマントを改良しよう。これを一旦外して、細い蔦《つた》でここを作り直して……水含草で燃え難《にく》くなったりするかな？」

そんな感じでちょっとした工夫も入れつつギリーマントを改良した結果……

改良型ギリーマント　レアリティ　PM《プレイヤーメイド》　DEF＋4　MIND＋3　AGI＋3　耐久値130％
特殊効果　草木がある場所での隠蔽率超上昇。ほとんどの魔物に発見されない

水含草を加えたお陰か火属性弱点化が消えた。これで火だるまになる事は無いかな？　【擬態】があるとしてもやっぱり最初に自分が作った物だし、これからも使っていきたい。

「色々回収出来たし、一旦戻ろう。あっ、折角だし、村の皆をビックリさせよう！」

改良したギリーマントを被《かぶ》れば、皆をビックリさせられるかなと考えて村に向かおうとする。

「……あれ、どっちだっけ？」

調子に乗って色々採取してたらどっちが村か分からなくなった。途中で水含草の採取の為《ため》に川に入って、ちょっと流されたせいだなぁ。山菜取りで遭難するってこういう事か……

「あっ！　あの木に登れば村の場所が分かるかも！」

一際高い大木が目に入ったので、そっちに向かう事にする。ギリーマントも被ってご安全に！

「ブモォォォ」「おぉ……」

目の前を通り過ぎていく猪《いのしし》みたいな魔物を目で追いながらギリーマントの効果を実感する。多少動いても隠密《おんみつ》効果で敵と遭遇して戦闘になるのはかなり少なかったが、バレてしまう敵も居た。

「シャァァァ！」「うっ、蛇か」

現実の蛇と一緒でピット器官があるのか、温度で僕の居場所が正確に分かるみたいだ。体をバネの様に伸縮させ、口を開けてこちらに飛んで来るが、僕に向かってくる物は基本スローモーションに見えてしまう為、あっけなく見切れてしまい、噛《か》みつきを避け、そのまま首を押さえる。

「隠れてたのに向かってきたそっちが悪いんだぞ」

蛇の頭をその辺の石で叩《たた》き潰す。巻き付いて抵抗していた蛇が地面にだらんと落ちる。

「蛇は貴重なタンパク源！　ってサバイバル動画とかで見るし、倒したからには食べてみたいなぁ」

普通なら素材を取って、はい次……になっていたかもしれないが、素手で命を取ったと実感するとやはり供養というか自分の糧にしないと……蛇の特上肉というアイテムと皮になった蛇に感謝。

「おっと、早く村に帰らないと」

帰る為に大木に走って向かう途中にサルやクマみたいな魔物に出会ったけど……

「【フラッシュ】！」

【フラッシュ】で目くらましをした後に【擬態】とギリーマントを使って隠れると、敵はこっちを見失って見当違いの方を探しに行ったり、閃光《せんこう》だけで逃げ出す魔物も居た。

『称号【戦場に潜むもの】を入手』

大木までもう少しという所で何度かフラッシュを用いた強行軍を行ったせいか称号を貰《もら》った。

【戦場に潜むもの】 戦闘中に敵が自分を見失っても追撃や逃走をせず、隠れていた場合に入手
潜むぜぇ？　超潜むぜぇ？　基礎隠蔽率アップ。ヘイト上昇率を抑制

パーティで地雷プレイしてたら入手出来そうな称号だが……今の状況だと嬉《うれ》しい。

「もう少しで大木だな……むむ？　あれは……」

大木まであと僅かという時に目の前に緑色の皮膚の子供……ゴブリンが居た。

「ひょっとしなくてもアレ、ゴブリンだよねぇ……でもなんか武装が凄く強そうなんだけど？」

ゴブリンと言えど、フルアーマーゴブリンみたいなのが居たり、軽装でいかにも偵察しますよ！　って感じのゴブリンが居たり、今の自分じゃ到底勝てなそうなゴブリン集団だ。

「やっぱり村に帰れないのかなぁ……」

あの大木は辺りを見るのに絶好のポイントだし、村の位置を確認出来なかったら多分帰れない。

「仕方がない。やるだけやってみよう！」

偵察ゴブリンがとても怖い状況だけど匍匐《ほふく》で大木まで近寄ってみよう。

「くぅ……匍匐で進むのも中々大変だなぁ……」

ギリーマントがあるとはいえ、周りは背の低い草が生えているだけだ。隠蔽効果上昇とかが無ければ余裕でバレている可能性もある。慎重に進んでいくとゴブリン達が目の前を歩いていく。

「どうだ、逃げきれたか？」「分からないが、姫様を救う為には我々は逃げるしかない」

「あのオーガが……」「姫様は特別だから目に留まって……」「可愛さ故なのか……」

ゴブリン達の会話で大体の状況を察した。ゴブリンプリンセスなる種族になった姫様がオーガに結婚を迫られ、拒否。姫様が居た集落をオーガが破壊して逃げたのがこいつらと……

こんな感じか。これは中々大変そうだな……相手のオーガは３ｍ超えらしいので、そりゃ逃げるわ。姫様の強化《バフ》で足を強化して逃げてたけど、ＭＰが切れて休憩中。そしてこの状況という訳だ。

「皆、ごめんなさい。私が弱いばかりに……」

そんな中、大木の根元に置いてあった小さな駕籠《かご》の様な物の扉が開き、中から少女が出てきた。

「「「姫様！」」」「え？……あっ」

ゴブリンプリンセスという名称から勝手にドレスを着たゴブリンを想像していたが、ギャップで思わず声を出してしまった。だってほとんど人間の子供だったからだ。

「そこ、誰か居るのですか！」

バレて警戒される。これ以上姿を隠すのも良くないので、両手を上げて答える。

「はい、居ます！　ごめんなさい！　敵意は無いです！」「本当に居た……」

自信無かったんかーい！　マントを外してしっかりと姫様を見た。やっぱ人間にしか見えない。

「あなた、言葉が分かるのですか？」「はい、そこに居るゴブリンさんの言葉は分かります」

ここで下手に返事しなかったら周りのゴブリン達に何されるか分からない。

「分かりました。では聞きます。何故《なぜ》ここに来たのですか？」

「村に帰る道に迷ったのでその大木に登って確認しようとしたら、この周りに皆さんが居ました！」

「ぷっ」「怪しいぞ！」「警戒しろ！」「武器を下ろすな！」

今姫様が噴き出した気がするけど、扇子で口元を隠した。そしてゴブリン達が槍《やり》を向けてくる。

「待ちなさい。あなたは自分の村に戻る為にこの大木に登りたい。そういう事？」

「はい、その大木に登りたくてうずうずしています！」「ぷくくっ」

姫様が必死に笑いを堪《こら》えている気がする。笑って許してくれないかなぁ？

「私達を追って来たりはしていないのね？」

「良い感じの草と花を追って迷子にはなりました！」

「あははっ！　もうダメ！　おかしい……くくっ、あははは！」

勝った！　いや、途中から笑わせる方に意識が向いていたかもしれない。笑う姫様を見て、周りのゴブリン達も「姫様が笑った！」とか言ってるから何か大丈夫そうかな？

「あなた面白いわ！　名前は？」

「ハチです」

「へぇ。ねぇハチ？　何か食べる物とか無い？　魔力を使ってお腹《なか》が減ってるの」

急にフランクになったなぁ？　この姫様。

「木の実……か、肉がありますけど」

「姫様！　得体の知れない相手から食べ物を貰うのは……」「じゃあお肉の方を頂戴！」

中々お転婆なのかな？

「あの、燃やす物が欲しいので、木材とかあれば……」

「それならそこの木の剣を使いなさい。それじゃあ持っていてもオーガには勝てないから」

村を出る時に持ってきたのか、木剣を燃やす様に言ってきた。確かにこれは頼りにならない。

「分かりました。ではありがたく燃やします」

火おこしセットを使って火をおこし、木の剣に引火させる。蛇の肉をじっくり焼く。

「「「「ごくりっ……」」」」

ゴブリン達から生唾を飲む音が聞こえる。そりゃ僕だって食べたいもん。

蛇の特上ロースト　じっくりと直火で焼いた蛇の特上肉。美味い（確信）　空腹度20％回復　追加効果1時間　HP上限＋5％　MP上限＋5％　STR＋10

何か追加効果付いてるぅ。

「はい、出来ました」

出来上がった能力付きの特上ローストを姫様に差し出す。

「おぉ……では早速」「姫様！　毒見が必要です！　私が！　私がやります！」「いやいや、私が！」

忠誠心からなのか食欲からなのか毒見を申し出るゴブリン達。これは多分食欲だな。

「こんな美味《おい》しそうな物を食べて死ねるならそれでも良い！　はむっ！」

ワイルドな宣言をしつつ、ローストの真ん中をガブリと一口嚙む姫様。

「……うっまー！」

とても美味しそうにお肉を食べる姫様。皆食べたいだろうけどその肉はもう無いんですよ……

「ごめん、あの肉はもう無いんだ。木の実ならあるんだけど……食べる？」

途中で集めた食べられる木の実を出せるだけ出して他のゴブリン達に渡す。

「おぉ！　ありがたい！」「感謝する！」

木の実を食べ始めるゴブリン達。ギリギリ全体に行き渡ったが、僕が食べる物は無くなった。

「とりあえず村の場所を確認したいんで木、登っても良いですかね？」

「良いぞ！　出来れば追手が居ないかも見てくれると助かる」

お肉で気分が良いのか、大木に登る許可をくれた。他のゴブリン達も道を開けてくれる。

「分かりました。そっちの方も見てみます。よいしょ！」

大木に手を掛けて木登りを始める。途中でデカい鳥の巣みたいな物と卵が見えたけど今は触れるべきじゃないとスルー。先に天辺《てっぺん》まで登って場所の確認だ。

『スキル【木登り】が【登攀《とうはん》】にランクアップしました』

【登攀】 パッシブスキル 様々な場所を楽に上り下り出来る

登り切った時に【木登り】が【登攀】に進化した。木しか登ってないから違いが分からない……

「はぇー、まあこれは置いておいて、村は……あった！」

辺りを見渡すと村はすぐに見つかった。えっと何だっけ？ 追手が来てないかだったか？

「追手、追手……ん？ なんか来てるな？」

村とは反対方向の森の木が揺れ、倒れている。距離はまだあるけど、その内ここに来る。

「よし、下りるか。皆に説明しないと」

下りる最中に鳥の巣を見て、この卵を持っていけば親鳥も巻き込んで逃げやすくなるかなと一瞬考えたけど、そんな事をしたら卵が可哀想《かわいそう》だし、止《や》めておこう。

「【登攀】凄いぞ！ もはや落ちるくらいの速度でも手と足がついていればいつでも止まれる！」

落下するくらいのスピードで大木から下り、姫とゴブリン達の元に戻った。

「姫様、多分姫様達を追いかけているだろうオーガがこっちに向かって来てると思う」

「「「えっ!?」」」「やはりもう来たか……」

姫様は覚悟していたのか驚くというよりは知っていたという感じだ。

「……姫様。提案があるんだけど?」

「なんじゃ?」

「ハグレ者の村に来てみない?」

このゴブリン達、なんか放っておけない。来たばかりだけど、村に勧誘してみよう。

「ほほう? そんな事をして良いのか?」

「分かんない。実は僕もその村に着いたのはちょっと前だから……」

「くはは! ハチよ。私達をその村まで連れて行ってくれないか? なに、オーガに村が壊されそうならば、私がオーガの嫁となり村の者に手を出さぬよう頼むから」

諦めや期待、楽しみや悲しみとも言えぬ、だが覚悟だけは決まった瞳でこっちを見てくる姫様。何としてもオーガに勝たなくちゃ。村の皆やゴブリン達とも協力してそのオーガを討伐する!

「こっちだ!」「皆の者頑張れー!」「「「御意!」」」

大木から確認した村の方向に一直線に移動する。姫様は駕籠に乗りながらゴブリン達を鼓舞して、僕を先頭に森の中を進むが、何か後ろから声が聞こえる気もする。確実にこっちに来てるな。

「このままではマズいな……【軍馬の歩み】!」

姫様が何かを発動したらしく、移動するスピードが上がった。なるほど、こういうサポートか。

「ありがとう姫様！　皆もう少しで着くから頑張って！」「「「アイアイサー！」」」

返事おかしくない？　だが、姫様のお陰で村まであとちょっとだ。

「ただいま！」「おう、おかえ……ってどうしたんだ!?　ゴブリンなんか引き連れて!?」

丁度村の入り口に居たドナークさんが僕達を見ると驚きの声を上げて警戒する。

「待ってドナークさん！　今オーガに追われてるんだ！」

「迷惑を掛けて済まない。ゴブリンプリンセスだ」「あ、あぁエキドナ・アクエリアだ……」

ドナークさんがぎこちない挨拶をしている間にちのりんとワリアさんを捜す。

「おーい！　ワリアさーん！　ちのりーん！」

「ぽよっ？」「どうした？」

声を掛けたら2人とも出て来てくれた。

「2人にも手伝って欲しい事があるんだ」

ここに居る皆を巻き込んで僕が勝手に起こした村の防衛戦。申し訳ないが、皆の協力が必要だ。

「勝手な話だけど皆にも手伝って欲しい！」

状況を説明して頭を下げる。断れない状況まで持ち込んだ僕の責任だ。

「そうか……」「ぽよ……」

状況を理解した2人も悩んでいる様な気がする。表情が分からないから声音の判断だけだが……

「ハチだけが悪い訳ではない。私がハチに頼んだのだ。どうかこの通り、力を貸して欲しい」

姫様も頭を下げて村の3人にお願いをする。

「協力はしてやるさ。ただこっちにもお願いがある」

「なんでしょう？」

「アンタ。事が終われば村長に会ってもらうよ？」「ああ、俺もそれで良い。それに、村を守るのは俺達の役割だしな」「ぽよぽよぽーよ！　ぽよっ！」

笑って答える3人にキョトンとしてしまう僕と姫様。そしてゴブリン達。

「まぁなんだ。久々に戦えるから血が騒ぐってもんよ！　骨だけどな！」「村を壊そうとするなら私は許さないよ？」「ぽよっ！　ぽっぽよぽよよ！」

「皆、ありがとう！」

3人には感謝しか無い。オーガが来るまであまり時間が無いが、やれる事はやっておこう。

「ちょっと薬作ってくる！」「おいおい？　薬を作るなら村の中でも……」

「僕、称号の効果で安全じゃない場所の方が良いものが作れるんだ。だから外で作ってくる」

「ぽよっ！　ぽっぽよー」

薬を作ろうと村から出て行こうとしたらまたちのりんに止められ、何か渡された。

『ボルウ虫の殻×13　劇毒草×4　出血草×3　を入手』

ちのりんから渡された素材。これは……

『ボルウ虫の殻　ボルウ虫の殻。外側は衝撃に弱いが、内側は毒に強い膜が付いている』

『劇毒草　恐ろしい毒性がある。皮膚に触れれば爛《ただ》れ、体に入れば……　根が解毒薬になる』

『出血草　葉に触れると皮膚が切れ、葉の成分を摂取すると血が止まらなくなってしまう』

渡された素材を見てピンッと来た。虫の殻でこの草を投げられる様にしたら良いんだな？

「ありがとう、ちのりん！　早速作ってくる！」

「ハチの護衛をしてきなさい」「「「御意！」」」

ゴブリン達が僕を守ってくれるみたいだ。村の外に出て、薬研で劇毒草を擦り潰す。

「うおっ！」

急いで擦り潰そうとして劇毒草の汁がこっちに飛んで来た。汁を避けて地面に落ちた時、シュ―と音がして少し煙が出たのを見て、どんな状況でもゆっくり丁寧に作業をしようと心に決めた。

インクリー草で毒性を高め、ボルウ虫の殻に流し込み、粘り草を使ってしっかり閉じる。

猛毒玉　投げて命中した者に猛毒を付与する

「こういう事だったか。13発まで作れるが、素材が色々あるから組み合わせとかも色々と……いや、今は速度重視で沢山の素材を掛け合わせるより単体で作ろう」

そうして数種類の玉を作った。

麻痺玉　投げて命中した者に麻痺を付与する
睡眠玉　投げて命中した者に睡眠を付与する
出血玉　投げて傷口に命中した者に出血を付与する

とりあえず、4種の玉を2つずつ（麻痺《まひ》だけ3つ）作り、途中で思いついた劇毒草、出血草、痺れ花、睡眠花の花粉と、炎熱花の燃える花粉を取り出し、インクリー草でブーストしたものを混ぜてボルウ虫の殻に封入した採集兵器……もとい最終兵器が出来上がった。

デッドボール　投げて命中した者に金縛り、火傷、睡魔、出血、猛毒を付与する

少し成分が変質したが、喰らっただけでヤバい物が1つ完成してしまった。

「デッドボール……正しく喰らったら死にそうだ……これをもっと作れれば……」

「ドシン、ドシン」

クソ、時間切れか。まだ殻は3つあるのに……

「オオオォ！　ウオォォォ！」「「「う、うわぁぁ！」」」

咆哮《ほうこう》を上げるオーガ。見上げる程高いし、角や牙はまさに鬼《オーガ》と呼ぶに納得の外見だ。あの腕や足で殴られたり蹴飛ばされたら、多分一撃で僕は死んじゃうだろうな。ゴブリン達もビビってる。

「喰らっちゃいけない……だけど腕1本くらい持っていく！」

「ウガァァア！」

オーガの拳が振り下ろされるが、スローモーションに見えるから避ける事は可能だ。相手が行動を起こしても必要最小限の動きで即座に反応して手を伸ばし、相手の拳がゆっくり迫ってくるのを受け流す。真《ま》っ直《す》ぐ突き出される拳を横から押す事で拳が僕から逸《そ》れ、横向きに地面に刺さる。

「ふっ！」「グガァァア！」

地面に刺さったオーガの肘に外側から膝蹴りを入れると、オーガの肘が逆向きに折れた。肘を折られた痛みからなのか暴れるオーガ。中々危ないので麻痺玉を1発投げつける。

「ウガッ!?」「せいっ！」

麻痺玉を喰らったオーガは片足を上げた状態で痺れてバランスを崩し、そのまま地面に倒れる。ついでに頭に一発回し蹴りを喰らわせておく。

「グガウッ！」「いよっと」

麻痺がもう解けたのか、暴れて振るった腕をハンドスプリングの要領で飛び越える。

「ウガァァア！」

苛立《いらだ》ちからか、手足を振り回しながら暴れるオーガの攻撃を避ける。滅茶苦茶だな？

「ほら、これもあげるよ」

オーガの攻撃を避けた後、少し距離を取る為にオーガが僕を蹴り上げようとした足に乗り、膝を使って衝撃を軽減する。ついでに猛毒玉をオーガに投げつける。

「ウゴッ！　ゴハァ！」

「おしっ！　【登攀】凄いな？」

【登攀】の効果なのか、木に手を付けると幹を1周してから体が停止した。前を見ると猛毒玉が当たった部分をオーガが掻《か》きむしっている。毒液を取り除こうと必死に藻掻《もが》いている。それならば！

「これも追加だよ！」「アグッ、ガハァ！」

接近して出血玉をぶつけると、赤ポリゴンが溢《あふ》れ出す。苦しんでいる姿を見るに、傷口に当てられた様だ。この勢いのまま、他の玉をバシバシ当てていく。途中でゴブリンが戦闘に参加しようとしたが、事故ったら死体が増えるだけと判断し、撤退させる。姫様の所に居た方が良い。

「はぁ……はぁ……」「グォ……グオォ！」

向かってくる物がスローモーションに見えるのは良い事だと思っていたが、どうもこれはとても脳を使っているみたいでオーガの攻撃を見ているとかなり疲れる。

途中から距離を取って目を閉じ、視野情報をたまにカットして脳を休めつつ戦闘を続けているが、目を閉じている時にオーガの蹴飛ばした石を喰らってしまい、大ダメージを負った。離れていたから大ダメージで済んでいるが、間近だったら即死してたかも……石がぶつかってとても痛い。

感覚100％の弊害だろうけど、同時に生きてると実感出来る。

「ごめん皆、そろそろそっちに連れて行くね……」

最後に残した隠し球《デッドボール》を喰らわせるのは皆の前でだ。僕一人しか居ない状況で当てるより、他にもアタッカーが居る状況でアレを使った方が効果的だと考えて、移動を開始する。

「はぁ、はぁ、ほらこっちだ！」「ウガァァ！」

3mも身長があれば僕にあっという間に追いつける……と考えていたので、移動する前にオーガの両膝を粉砕しておいた。石を飛ばしてきた右足は特に念入りに粉砕しておいた。オーガも這《は》って僕を追いかけて来たけどこっちもボロボロだ。何とか村が見える距離にやってきた。

「皆！　後を、頼むね……」

デッドボールを追いかけてくるオーガに向けて投げつける。運良くデッドボールがオーガの口に入る所を見たけど……疲労で足も頭も上手《うま》く回らない。ごめん、僕だけ先に楽にならせてもらうよ。

「【レスト】」

自分にレストを使う。30秒間動けない間に、レストの効果で全回復するか、2倍のダメージで死ぬか。どちらにしてももう僕が出来る事は無いのでここでリタイアだ。

「んん……あれ、生きてる？」

僕は……30秒間オーガに殴られずに生き延びたのか？　皆がオーガを倒してくれたのかな。

「ハチー！」「ハチ！　とりあえず村に早く入れ！」

ドナークさんとワリアさんが呼んでる。なんで村から出てこないんだろう？　とりあえず行くか。

「おぉ、体が軽い！」「早くしろ！」

レストで休んだお陰か、体の痛みは無く、自由に動き回れる気がするけど、まずは村に入ろう。

「今行きまーす」

「よし！　これで奴が立ち上がっても大丈夫だ！」

「奴？」「ぽよっ」

ちのりんが後ろを指し示すので振り向いてみるとオーガが息も絶え絶えに……まだ生きてる!?

「私らは日が出てる間は村から出られないんだ。ゴブリン達はまだ出られるが、奴が何時《いつ》動けるか分からねぇから止めるしかなかった。村に入ってきたら私らも戦える！　よくやったぞ！　ハチ！」

全て終わったらドナークさん達に確認しよう。でもオーガの姿を見れば、本当にあと少しという感じがする。攻撃が出来ないって言ってたけど……あれなら。

「ドナークさん」「なんだ？　ハチはもう休んでおけ。あとは私達が……」

「僕をあのオーガに向けてぶん投げて欲しいんですが」「はぁ？」

まぁ当然の反応だろう。でもあと少しで倒せそうなら皆の力を借りてでも僕が倒したい。

「多分あと1発……一撃入れる事が出来れば倒せると思うんだ！」

「そういう事ならコイツの方が適任だと思うぜ？」

ワリアさんが割って入ってきた。ん？　ちのりんが適任？

「ぽよっ！」

ちのりんが任せろ！　と言わんばかりにぷるぷるしている。本当に適任なのか……

「それならば私も手伝おう！」

姫様も手伝うと名乗りを上げる。

「ありがとう。姫様、ちのりんのパワーをアップ出来る？」

「ハチの方ではないのか？」

「僕を強化するより、ちのりんの力を上げてくれた方が威力が上がると思うんだ」

「別に2人とも上げる事も出来るぞ？」

「あっそうなの？　じゃあ頼むよ」

僕の力を強化してもほぼ意味が無いけど、バフを入れてもらえるなら入れてもらおう。

「任せろ！　【鬼の剛力】」

僕とちのりんの体から赤いオーラが出る。オーガを倒すのに鬼の力とは……皮肉が利いてるなぁ。

「じゃあちのりん！　思いっきりぶっ飛ばして！」「ぽよっ！」

ちのりんが僕の体を摑《つか》み、グルグル振り回す。うぷっ、気持ち悪い……

「ぽーよっ！」「うぐっ……」

赤いオーラが出ているちのりんに振り回されて僕の体がオーガの方に向かって発射される。

ビックリするほどの加速度で世界がスローモーションに感じる状態になった。これ、僕が高速で動いてもなるのか……でも【レスト】を使ったお陰か、またスロー状態になっても大丈夫そうだ。

「おりゃ」「ガハッ、ゴハァ……」

口が開いた状態で這いずっているオーガの口に向かってドロップキックの形で突っ込んでいく。

軽い掛け声でオーガの口を貫き、頭も突き抜けた。流石に死んだよね？

『Lv15にレベルアップしました　魔法　オプティアップ　オプティダウン　リブラ　パシュトを習得』

ハチ　補助術士Lv15　HP170→290　MP380→560
STR11→18　DEF11→17　INT17→30　MIND56→85　AGI29→55　DEX44→70
成長ポイント150

オーガを貫き、そのまま突き進む勢いを木に張り付いて止める。止まるまでに幹を2周したからちのりんのパワーの恐ろしさが分かった。だってオーガの2倍だよ？

「やったか？」

レベルアップしているのだからやったのは確実だが、3から15って一気に伸びすぎだろう……あのオーガそんなに強かったのか……

「「ハチー！」」「ぽよー！」

「はいはーい」

皆の元へ帰る。オーガの死体は……とりあえず今は放っておこう。先に皆に無事を伝えなきゃ。

「ありがとう皆、お陰で倒せたみたいだよ」

「全く無茶しやがって……」「村に入っちまえば私らがやってやったのに、危ない事して！」

「ハラハラさせるんじゃない！　私のせいで死んでしまったかと思ったぞ！」

皆心配してくれるけど姫様？　ポカポカ叩くのはやめて欲しい。痛い。途中から姫様のポカポカ攻撃を捌《さば》いていたらむぅ～っとふくれっ面になってしまったが、叩かれるのは痛いからね……

「ごめんよ、とりあえずあのオーガはどうしようか？」

村の外に倒れたオーガの死体をどうするか皆と話し合いをしないと。

「倒したのはハチだ。素材にするなり何なり好きにしな」

ドナークさんがここの暫定的リーダー格になってる様で、オーガの死体は僕に任せると言ってきた。使えそうな物があったら皆に譲ろう。その前にさっき手に入れた魔法を確認しなきゃ。

【オプティアップ】　消費MP30　5分間、対象のステータスのうち1つを10％上げる
【オプティダウン】　消費MP45　5分間、対象のステータスのうち1つを10％下げる

オプティという名称にアップとダウンだから似たような能力の様だ。好きなステータスを5分間10％アップとダウンする事が大きいのか小さいのか分からないけど……

【リブラ】　消費ＭＰ１００　ステータスを２つ選ぶ。５分間、対象ステータスの片方を５０％上げ、もう片方を５０％下げる

リブラ……多分天秤《てんびん》？　これまた凄いな。逃げる時はＳＴＲを下げてＡＧＩを上げたり、攻撃する時なら【格闘術・技】があるからＳＴＲかＩＮＴを下げてＤＥＸを上げれば攻撃の威力が上がるかな？

【パシュト】　消費ＭＰ５０　１０分間、追撃状態を付与する　〔追撃状態〕攻撃を当てた時、同等のダメージを与える

これ、単純に威力が２倍になるって事？　絶対修正される……僕、何か凄く強化されたぞ？

「とりあえず、えい！」
オーガにナイフを突き立てて、アイテム化する。
『オーガの牙×２　オーガの爪×４　オーガの角×２　魔石（中）×１　を入手』

魔石（中）　魔物の魔力が詰まった結晶体。様々な用途がある

何だか、汎用性の高そうなアイテムだ。これなら皆にあげても良いかも。

「ねぇねぇ、この魔石って色々使えるらしいけど、皆は使える？」

「おぉ!?　魔石か！」「中々良いサイズの魔石じゃないか。旅人なら色々使えるらしいな？」

「ぽよぽよっ！」「魔石は欲しいが……アイツから出た魔石か……私はいらん」

皆様々な反応をしているけど概《おおむ》ね良いアイテムみたいだ。

「おぉぉい！　大丈夫か！」

ばたばたと大きな音と声を出しながらアトラさんがこっちに向かって走って来た。

「あ、アトラさん。お疲れ様です」「お、おう……それで、襲撃者は!?」

「オーガですか？　倒しました」

「ほう？　オーガを倒したのか！　やるじゃないか！」

アトラさんがオーガを倒した事を褒めてくれた。他の人（人？）に褒められると嬉しいなぁ。

「にしても報告を受けた時はひやひやしたぞ……儂の村の住人は儂の加護を受ける代わりに日の出ている間は村を出られなくなってしまう。ハチが村の外で死んでしまうのではないかと思ったぞ？」

外で戦ったのは当たってますねぇ……というか、村を出られないのはそういう理由だったのね。

「で、そこの者がハチの見つけてきた者か？」「は、はい！　ゴブリンプリンセスです！」

あの姫様がガチガチに緊張してる……やっぱ実はアトラさんって凄いんだなぁ。

「どうするのだ？　村の住人になるのか？」「是非！　この村の住人にしていただきたい！」

「分かった、では今日からお主もこの村の住人だ」

アトラさんがそう言うと一瞬姫様の体の周りに蜘蛛《くも》の糸が巻き付く様なエフェクトが出た。

「凄い……ありがたき幸せ！」「よいよい、体の調子はどうだ？」

「はい、問題ありません。アトラ様ありがとうございます」

アトラさんに深々とお辞儀をする姫様。どうやらこれで姫様はこの村の住人になった様だ。

「あ、アトラさん。ちょっと聞きたい事があるんだけど良いかな？」

「ん？　何じゃい？」

ラフな会話に戻るアトラさん。威厳ェ……

「出来ればこの魔石の使い道を教えてくれない？」

「ほう？　魔石か。魔石は魔道具の燃料としたり、魔力を持つ武器の素材にする事が出来るぞ」

魔法武器！……って言っても装備制限があるんだった。

「アトラさん達は魔石の使い道が違うの？」

「儂らは魔石を取り込めば強くなる事もあるからな。いわばご馳走《ちそう》だと思う者も居るだろう」

「じゃあ、ここに連れて来てくれたアトラさんに対してのお礼って事で受け取ってくれる？」

「おっ、良いのか？　それを素材に色々便利な物を作る事も出来るのだぞ」

「不便を楽しむのも冒険だよ。はい、どうぞ」

魔石をアトラさんが受け取りやすい様に手に乗せて高く掲げる。

「不便を楽しむ……なるほどな。その内、あの山の麓に行くと良い。面白い物が見つかるだろう」

アトラさんが何か情報をくれた。明日起きてから行ってみる事にしよう。今日はもう疲れた……

「とりあえずオーガを倒して疲れたので休ませてもらっても良いですか？」

「あぁ、あの家は空いているから好きに使うと良い」

「じゃ、僕はこれで」「ハチ！」

空いている家に行こうとしたら姫様に引き留められた。

「この村まで連れて来てくれてありがとう！」

「森を逃げ続けるよりは良かったでしょ？」

「あぁ、ずっと良い！　感謝してるぞ！　またあの肉を喰わせてくれ！」

今それ言う？

「肉？　なんの事だ？」

「何か食べたのか？」「美味《うま》い肉をハチに喰わせてもらったんだ！」「え？　私達には？」

ドナークさん。そんな目で見ないで……

「ゴメン、全部姫様とゴブリン達に食べられちゃった」

兎《うさぎ》肉が残ってたけど、今度ドナークさん達の分も取ってこよう。今は姫様とゴブリン達にヘイトを向けて、言われた家でログアウト。現実に戻ると眩暈《めまい》もあったが、翌日……

「すっきり！　快眠だったなぁ」

脳を酷使した後にぐっすり寝たので、とてもスッキリした目覚めで起きる事が出来た。

「さて、ご飯に勉強、その他諸々《もろもろ》さっさと終わらせて山の麓に行ってみよう！」

アトラさんに聞いた所に行く為に用事を済ませる。目的があると家事や勉強も捗《はかど》るなぁ。

「今は……お昼かな」

ログインすると、太陽の位置的にお昼みたいだ。早速山に行ってみようか！

「おっ、おはようハチ！　良く寝たなぁ？」

「ワリアさん。おはようございます。もう昼ですけどね……」

「旅人が何日も寝るのは本当なんだな。姫さんが心配してたぜ。家に居るから会いに行ってやれ」

「はい、顔出してきまーす」

山に向かう前に姫様の所に行くかぁ。

「おーい、姫様ー」

「む！　ハチ！　やっと起きたのか！　心配したぞ！」

「えっと、旅人が寝てる間は時間の流れが違くて、そこまで心配しなくても良い……みたいな？」

なんで僕が説明してるんだろう。曖昧だけどこれで何となく伝わるかな？

「つまり心配損だったという事か。なら心配させたお詫《わ》びにこの前のあの肉を持ってきて欲しい！」

欲張りと言うべきか強《したた》かと言うべきか……

「見つけられたら持って来るよ。山の方に行くけど、姫様何か知ってる？」

何か知っているなら事前情報は欲しい所だ。

「アルファン山の事であれば教えても良いが……お肉３枚だ」

「じゃあ良いや、分からないなら分からないなりに楽しみが増えるから」

「お、おう……？　とにかくお肉待ってるぞー！」

「じゃ、いってきまーす！」

情報料が高過ぎる。そういえば情報料で思い出したけど今お金ってどうなってるんだろう？　今お金があっても使えないから価値なんて無いに等しいが、所持金を確認してみるか。

『所持金　１６７３Ｇ』

このお金がどのくらいの価値なのか分からないけど、とりあえず１Ｇを取り出してみよう。

「これ、鉄かな？」

鉄っぽい丸い硬貨だ。これが日本円で幾らくらいの価値になるかなぁ。

「シャァァァ！」

おっと、前に見たのと同じ蛇だ。手に持っていた物を蛇に投げつけて先制攻撃だ。あっ。

「ゲポッ!?」

そこそこ距離があったのに蛇の口に１Ｇが入って、僕へ飛び掛かるのをミスした。チャンス！

「そいやっ！」

空中で、蛇の首を手刀で切り落とす。ステータスがアップしたお陰か簡単に落とせたな……

「お願いします……出来れば特上肉で！　美味しく頂きますから！」

　姫様が。

『蛇の特上肉　を入手』

　それだけ、それしか出てこなかったがガッツポーズをしたのは言うまでもない。

「オーブさん。きっと見ていてくれたんだな！」

　勝手にオーブさんに感謝しながら山への歩みを進める。

「肉は何とかなったとして……面白い物が使えそうな物だと良いな」

　アトラさんの言う面白い物が本当に物なのかも分からないが、とにかく山の麓まで行く事にする。

「えっと、これ……かな？」

　森を進み、獣道っぽい道を辿っていくと山の麓に辿り着いた。そして見つけたのは……

「洞窟、だよね」

　見るからにザ・洞窟って感じの洞窟があった。あれが面白い物……あの中に入って行くのかぁ。

「どうしよう、松明《たいまつ》とか無いよ？」

　洞窟探検をするなら松明が必要な気がするが……とりあえず入り口の近くだけ見てみよう。

「おぉ！　綺麗……これなら松明要らないかも！」

　洞窟に入ってみると思っていたのとは違う光景が広がっていた。洞窟内部の至る所にあるキラキラと光る鉱石のお陰で薄明るく照らされており、松明が無くても洞窟内を歩く事が出来そうだ。

「綺麗だけど……これを取るなら鶴嘴《つるはし》とか無いとダメだよね？　無視して進んでいくか」

光る鉱石のお陰で何の問題も無く進む事が出来た。掘る道具が無いし、今回は取らないで良いか。

「あっ、ここギリーマントが効果を発揮出来ないや。とりあえずは【擬態】だけが頼りかな？」

ギリーマントが効果を発揮出来るのは草木のある場所のみ。洞窟じゃ効果を発揮しないから今回ギリーマントはお休みだ。魔物と遭遇した場合【擬態】だけが頼りだ。

「今の所、魔物は出てこないなぁ……おっ？　あれは宝箱？」

洞窟を進むと、魔物の代わりに道の途中に宝箱が鎮座していた。道の真ん中に宝箱って……

「これは怪し過ぎるでしょう？　流石に開けないよ」

宝箱に扮《ふん》した魔物の可能性だってある。昔のゲームだとこういう敵がめっちゃ速くて、即死呪文でパーティ全滅……なんて事もあったしなぁ。この宝箱をスルーして更に奥へ進んでいく。

すると、周りにあった鉱石が青白い水晶の様な物に変わってきた。洞窟だけど綺麗な景色だ。

「おっ！　地底湖だ！」

更に進むと地底湖に辿り着いた。天井が鉱石で星空みたいだなぁと思ってたら声を掛けられた。

「何者だ？」

ザバァッと地底湖から何か出てきた。結構大きいな……

「僕……ですよね？」

「そうだ、お前以外に誰が居る」

「そうですね、僕以外誰も居ないです。僕はハチって言います。旅人です」

「ほう？　旅人か」

湖面から現れたのは白い大蛇。もしかして蛇の魔物を倒したから恨まれて……とかはやめてよ？

「ひょっとして、お名前とか……お持ちですか？」

名前持ち《ネームド》はそんなに居ないらしいけど、一応聞いてみる。

「ほう？　名前持ち《ネームド》かどうかを訊《たず》ねるか……良かろう。我はヴァイアだ」

ヴァイアさん……いや、アトラさんみたいにフレンドリーか分からないから様でいこう。

「えっと、じゃあヴァイア様？　この洞窟ってここが終点なんでしょうか」

「様……い、いや？　ここが終点ではないぞ」

なんだ？　なんか嬉しそうだぞ？

「偉大なるヴァイア様、どこに進めば良いのでしょうか？　僕に教えてくださいませんか？」

「むふふっ！　ハチと言ったな？　お主見所があるな。良かろう！　水の中に進む道があるぞ」

「水の中……ですか」

水中生物じゃないし、水の中を進むのって凄く大変そうだな……溺れるのは勘弁して欲しい。

「おっと、そうだったな？　人間はここを抜けるまで息が持たんな。ではこれをやろう」

『スキル　【水中呼吸】　を習得』

【水中呼吸】　パッシブスキル　水の中で呼吸が出来る

単純だけど水中で呼吸出来るのはデカい。陸から逃げられるのは凄いアドバンテージだ。

「ありがとうございます！　流石ヴァイア様！」

「むふふふっ！　我は気分が良い！　特別に奥まで連れて行ってやろう！」

ヴァイア様の尻尾が伸び、僕の体に巻き付いて背に乗せられる。前にもこんな事あったなぁ？

「しっかり摑まるのだぞ？」「はーい」

今回は水中なので本当にしっかりくっ付かないと抵抗で流されてしまうかもしれない。そうだ！

「【リブラ】えーっと力と賢さ！」

かっこ悪い言い方だが、ＳＴＲを50％上昇、ＩＮＴを50％下降させて、何とかしがみ付く。

「ほう？　面白い魔法を使う……落ちない様に全力で摑まると良い」

「はい！　やっぱりヴァイア様はお強いんですね！」

「むふふふふっ！　では行くぞ！」

なんかヨイショするのが楽しくなってきた。背中にしっかり張り付いて、水中を突き進む。

「本当に呼吸出来る……凄い」

「それは良かった。ここは中々深いからな、呼吸出来ない者はこれ以上先には進めん」

でしょうね。そもそもヴァイア様が出てこなかったら洞窟湖綺麗だねーで終わりだっただろうし。

「ほら、着いたぞ？」

「ありがとうございますヴァイア様。では行ってきます」

「むふふっ！　待っておるぞ！」

何だかタクシーみたいな扱いになっている事にヴァイア様は気付いているのかな？　この洞窟の終点と思われる所。地底湖の底にある門。その近くで降ろしてもらえたし、1人で進んでみよう。

「結構重たいな……」

「ん？　門が開かないのか。ほら、これで良いだろう」

重くて開かないと困っていたらヴァイア様が尻尾で門をぶっ壊した……それで良いんですか？

「ヴァイア様、凄い力ですね！　憧れちゃうなぁ……」

「むふふっ！　もっと褒めても良いのだぞ？」

正直、門が開かない時点で今の僕にはまだ早いから進むのを止めようかと思っていたが、開いちゃったんなら行くしかないよね！　ヴァイア様もニッコニコでこっち見てるし。

「ヴァイア様は強いし優しいし、その白い姿も綺麗でカッコよくて美しいですね！」

ヴァイア様の性別が不明なので、ヨイショするにしても男性でも女性でも良い様に褒めてみた。

「き、綺麗？　う、美しい？　むふふふふっ！」

これは女性ですね、間違いない……今後褒める時の参考にしよう。

「では改めて、行ってきます」

「気を付けるのだぞー！　むふふっ！」

ヴァイア様に挨拶をして、壊れた門の先に進む。

「さて、この先には何があるかな？」

地底湖の底の更に奥。門（だったもの）を越えるとその先には部屋があり、大きな柱が真ん中に立っていて、その柱の中に深い蒼《あお》色の宝玉が浮いている。

「うわぁ……こんなものもあるんだ。綺麗……」

水中だから泳いでその宝玉に近寄る。近くで見ると益々《ますます》綺麗な宝玉だ。

「でもこれ綺麗だけど取ったら絶対何か起きるよ……」

悪い予感がするから綺麗だけどあれは止めておこう。宝石を取ると起動する系のトラップが怖い。

「一応まだ先があるのか。行ってみよう」

入口と反対側の天井に穴があったので入ってみる。

「これは大剣？」

穴の先には地面に突き刺さった大剣があった。刀身は海の様に蒼く、柄《つか》にもさっきの宝玉と同じ色の宝玉が付いているし、見るからに水属性付いてそう。ちょっと引き抜いてみようか！

「ぐぬぬぬ……抜けなーい！」

やっぱりと言うか当然と言うか。ＳＴＲが低すぎて抜けませんでした！　あっ、たとえ抜けたとしても装備制限で使えない……のかな？

「はぁ……帰ろう」

今回はスキルを教えてもらえた事が一番の収穫！　って事で、泳いでヴァイア様の所に戻る。

「おぉ、戻ったか！」

「ただいま戻りました。今日はもう帰りたいので、また乗せてもらっても良いですか」

「ん？　どうした。あまり顔色が芳《かんば》しくないが？」

「今の僕は弱いので強くならなければと思いまして。ヴァイア様に申し訳ないです」

あの大剣を引き抜くのにＳＴＲがどれだけ必要なのか分からないけど引き抜いた所で使えないし、実はこの洞窟は僕にとってはメリットが無かったのかもしれない。

「そうか……まぁ良い。気にするな。強くなった時また来ると良いさ。乗れ」

「失礼します。ヴァイア様に乗ると何だか落ち着きますね？」

「むふふっ！　そうか？」

実際僕より遥《はる》かに強いヴァイア様と敵対しないってだけで十分ありがたい事だしね……

「しっかり摑まるのだぞ？」「はい！」

ヴァイア様にしっかり摑まり、上昇する。水中から見る景色も中々趣があるなぁ？

「よし、着いたぞ、ハチ！」

「ありがとうございます。また強くなったら来ても良いですか？」

「強くならなくてもハチならいつでも歓迎するぞ！　むふふっ！」

ヴァイア様に名前を呼ばれた。何か嬉しい。

「また今度ー」「また来るのだぞー！」

ヴァイア様が尻尾の先端を振っていたので手を振って返した。とても会話しやすい存在だったな。

「結局洞窟で何も手に入れられなかったなぁ……」

ヴァイア様が見えなくなり、出口が見えた時に自然に口から洩《も》れてしまった。おっといけない何も手に入れてない訳じゃない。ヴァイア様と仲良くなれたんだから何もではないな。

「太陽が目に来るー」

『称号　【無欲】を入手』

「おん？」

【無欲】　ダンジョンに入り、素材や宝などを1つも持ち帰らずにダンジョンの終点から脱出した単独プレイヤーのみ入手　何の成果も得られなかった様ですね……
レアアイテム入手率アップ。特定NPCとの友好度が上昇しやすい。全ステータス10％アップ

欲が無いんじゃなくて、運が無かったんだと思うけど……称号が手に入ったのなら良いか。

「とりあえず山の近くまで来たし、少し登ってみるか！」

洞窟を出て、眼前に広がるアルファン山。完全に暗くなる前に途中まで登ってみよう。

「せっかくならあの切り立った崖の所でも行こうか。【登攀】を信じれば行けるはずだ！」

ロッククライミングで山を登ってみよう。あの崖の上なら良い景色が見られるかもしれない。

「レッツ、クライミング！　なんてね」

なだらかな坂道を歩くより、【登攀】を持っている僕なら切り立った崖を登った方が早い。

「中々登りがいがある崖だなぁ」

切り立った崖でもスイスイ登れる。やっぱり素晴らしいスキルだな。崖の中腹で座れそうな場所があったので腰かけて休憩……にしても良い景色だ。こういう景色を見ても頭がクラクラしないのはゲームだからかな？　ちょっと休憩してからまた崖を登る。さて、この先に何があるかなぁ？

「到着！」

崖を登り切り、ちょっとした広場の様な場所に着いた。遮るものが無いから絶景ポイントだな！

「おぉ！　木の実も結構ある！」

この前ゴブリン達に放出した木の実が少し離れた辺りの木に生っている。貰っていこう。

「少しは残しておいて……ん？」

「フゴフゴ」

木の実を取っていたら下の方に四本足の生物が歩いていた。猪……いや、豚かな？　まぁ一緒か。

木の上から奇襲してみよう。悪いね？　君には肉になってもらう！

「プギュ!?」

木の上から豚に着地する様に飛び降りる。驚いた様に声を上げる豚に蹴りを3発程入れてから飛び退《の》く。そうだ、そういえばアレが出来るかどうかはまだ確認してなかった。

「プギィィ！」

「【リブラ】ＩＮＴとＤＥＦ！」

突進してくる豚を受け流しつつ、豚に触れた手で【リブラ】を掛ける。ＩＮＴを50％上げ、ＤＥ

Fを50％下げる事が出来たハズだ。そして……

「【レスト】！」「プギュゥ……」

豚が眠った。これで僕の【レスト】や【リブラ】が敵にも使える事が分かった。

「せいっ！」

横たわる豚の腹部に両掌《てのひら》を揃《そろ》えた双掌《そうしょう》打《だ》を打ち込む。

「プギョォ……」

【リブラ】によるDEF50％ダウンに【レスト】中に攻撃を喰らう事による倍ダメージで豚は一撃で動かなくなった。これは中々使えそうだ。

「よし！　これでまた新しい戦い方が出来そうだ！」

火力不足の僕の切り札として、いつでも使える様にしておきたい。

「さて、じゃあこの豚の肉を……ん？　わぁお……」

急に影が差したので上を見ると、でっかい紫色の鳥が飛んでいた。これは死んだかも。

「おぉい！　そこの人間！」「……あ、はーい！」

唐突に話しかけられて驚いたけど、どうやら空中の鳥が話しかけてきたみたいだ。

「言葉が分かるのか？　まあいい。その豚を譲ってもらえないだろうか」

「豚を……もしかして食べるんですか」

「あぁ、やっと雛《ひな》が孵《かえ》ったから餌を集めているんだ」

「ん？　もしかして……」

崖の方に行き、姫様と会った大木を探す……あった！

「あの木にある巣って、あなたの巣ですか？」

「知っていたのか？　あの木は高いからバレないと思っていたんだが……」

あの大木の巣はこの鳥の物だったようだ。あの時卵を持って行かなくて良かった……あと少しで孵る卵が消えたとかどれだけのショックか分からない。本当にあの時やらなくて良かった……

「迷った時にあの木に登って村の場所を確認した時に見つけまして……この豚はあげるんで、あの木までで良いんで運んでくれませんか？」

崖の上まで来たは良いけど、帰りが遅くなっちゃうだろうし、どうしようか悩んでいた。あの豚をあげる事であの木まで飛んでいけるのであれば時短出来て良い。

「おぉ！　それはありがたい！　卵を見た事があるだろう？　どうだ。雛に会ってみないか？」

「是非！　お願いします！」

「それならば背に乗ってくれ。豚は足で掴むからな」

巨大な鳥が背に乗る様に嘴《くちばし》で示すので後ろから乗る。凄くモフモフしてる……気持ちいい。

「しっかり掴まれ。落ちたら大変だからな」

言われなくてもこのモフモフ感ならしっかり掴む。僕が乗った事を確認したら巨鳥が足で豚を鷲《わし》掴《づか》みにして飛び立つ。落ちたらどうしよう、モフモフで気持ちいい、雛を早く見てみたいなど、色んな思いが混ざりながらも大木まで空を飛んで運んでもらった。

「空を飛ぶのも楽しいなぁ！」

巨鳥の背に乗ると翼をはためかせ、飛ぶ。僕の為か、一直線に大木に向かうのではなく、少し右回りに迂回《うかい》して飛んでくれている。空を飛ぶの気持ち良いなぁ！

「翼の無い人でも空を飛んでいる気分だろう？」

「はい！　自由に飛ぶってやっぱり楽しいですか」

「んー、人が自由に歩けるのが楽しいか？　と同じだと思うが……まぁ楽しいぞ」

そう言われると……日常の一部の行動を楽しいか？って聞かれても困っちゃうな……

「なんかごめんなさい。でも自分に無い物なんで憧れますね」

やっぱり平面的な動きと立体的な動きなら立体的に動いてみたい。

「世界には空を飛ぶ魔法もあるらしいが……私には必要無いからどこにあるかは分からない」

「空を飛ぶ魔法があるんですね。へぇ……」

どこにあるか分からなくても空を飛ぶ事が出来る魔法がある、という事が知れただけでも収穫だ。

「そろそろ着くぞ」「いつでもどうぞ！」

着地の衝撃に備えて掴まる。だけど流石は巨鳥さん。巣に軟着陸した。10点満点！

『称号　【ラフライダー】を入手』

おっと、何だ？

【ラフライダー】　陸上、水中、空中を移動する魔物に乗り、途中で振り落とされずに移動する事

が出来た場合に入手　野生児ですか？　様々な魔物に振り落とされずに騎乗が可能になる

なんだこれ？　色んな魔物でロデオしろって言ってる？　まずそんなに魔物に乗ってたっけ……あっ（アトラさん、ヴァイア様、巨鳥さん）乗ってますねぇ！

とりあえず称号は一旦置いておいて、巣に到着したけど……目の前には卵しかない。あれ雛は？

「ご飯だぞー！」「ごはん！」

巨鳥の声に反応した卵が上下に割れたかと思うと、殻の隙間から薄紫色のふわっふわの毛玉に黄色い嘴と黒いくりくりした瞳が見えた。可愛いなぁ！

「はぇ……かわいい」

と思っていたのも束《つか》の間《ま》。豚を見つけるとその腹に黄色い嘴を穴でも掘らんとばかりにガンガン突き立てる。赤いポリゴンも飛び散ってこれがリアルな演出だったら超怖い所だ。

「ひぇ……」「良い食いっぷりだ！」

巨鳥さんは褒めて伸ばすタイプかな？　とりあえず食べられない様に少し距離を取ろうかな。

「こっちは？」

あっという間に豚を食べ終わったデカい雛ちゃんが僕の方を向いてそんな事を呟《つぶや》く。逃げなきゃ。

「こらっ！　今食べたご飯を取ってくれたのはこの人だぞ！」

巨鳥が雛の頭の殻を嘴でつつき、止める。そ、そうだぞ？　僕が取って来たんだぞ。

「ご飯、取ってくれた？　ありがとう！」

殻を脱いで、真ん丸ふわふわ毛玉ボディで頭を擦りつけてくる雛ちゃん。やっぱ可愛いなぁ。

「大きくなるんだぞー」

ふわっふわな羽毛をなでなで……これ止まらなくなるなぁ。

「うん！　大きくなる！」

その瞬間。雛ちゃんが発光する。眩《まぶ》しくて手で光を防いでいると収まった。

「大きくなった！」

雛ちゃんは二回り程大きくなり、体毛が白く変化した。いや、もう雛じゃない。

「なんと！　進化するとは！　そういえば旅人さん。お名前は？」

「ハチって言います」

「ハチさんのお陰で息子は進化する事が出来ました！　ありがとうございます！」

「ハチー！　ありがとー！」

こんな事になるとは思ってなかった。というか白くなるとそれはそれでかっこよくなったなぁ。

「気にしないで。とりあえず僕は暗くなる前に村に帰るから」

「ちょっと待って！　これあげる！」

そう言って白くなった巨鳥の息子は巣を弄《いじ》り、何かを引っ張り出した。

「母さんが持ってきたけどよく分からないものだったから取っておいた！　だからこれあげる！」

そう言ってベージュの物体……ぱっと見た感じ人の左腕を貫った。

「えづ」

『無垢《むく》なる人形の左腕　を入手』

獲得の知らせが無ければ人形の腕だとは気が付かなかった。人形のクオリティが高すぎるよ……

「ありがとう……えっと、貰うね？」「そうだ。私からはコレを差し上げます！」

巨鳥は羽根を1枚毟《むし》り、渡してきた。体がデカいから羽根も凄く大きい。

『紫電鳥の浮遊羽根　を入手』

待って？　巨鳥さんって電撃とか出すタイプの鳥だったのか……感電しない様に電気を抑えてくれていたのかな？　背中に乗るのも結構危なかったのかもしれない……

「魔力を流せば少し地面から浮く事が出来ます。飛べなくても浮くくらいなら出来るはずです」

「ありがとうございます。これ以上は流石に暗くなっちゃうのでこの辺で……さようなら！」

「バイバーイ！」

羽を振る紫電鳥の息子……白くなったから白電鳥かな？　白電鳥に手を振りながら大木から飛び降りて貰ったアイテムの詳細を見てみる。

無垢なる人形の左腕　遥か昔に作られた人形のパーツ。人形は破壊されてしまったが、謎の力により修復されつつある

紫電鳥の浮遊羽根　レアリティ　エピック　特殊マウントアイテム

紫電鳥の羽根の中でも貴重な物で、MPを消費する事で浮き上がり、地形に沿って進む事が出来る。体重移動とMPを消費する事で移動力が強化される。

人形も気になるけど、これはもしかしてホバーボード的な物ですか!? 取り出して確認だ!

「おぉ! 乗れそう!」

スノーボードみたいなサイズの紫色の羽根に乗り、MPを使ってみる。足が少しピリピリするけど、ガッチリくっ付いて本当にスノーボードみたいだ。それから羽根……紫電ボードが浮き上がり向いている方向に進み始める。体を傾ければ曲がるし、前後の体重移動で加速減速が出来る。

「いぇーい!」

森の中を滑っている。紫電ボードで滑走する……これ凄く楽しいぞ!

「ワリアさーん!」「ん? おわっ! ハチ!?」

滑って村まで行くと、ワリアさんが入り口近くを歩いていたので声を掛けたら驚いていた。

「あっ、なんかすっごいだるい……」

急に体がだるくなった。あっ、紫電ボードでMPを使って0になってる。

「ワリアさんごめーん!」「はぁ!? おい! 止まれぇ! ぶつかるぶつかる!」

MPが切れたせいか紫電ボードは制御不能だ。ただまだ少し浮いているお陰で勢いは生きている。だから止まれない。そのままガッシャーンとワリアさんとぶつかる。

「おい、どうするんだよ……」

「ゴメン……組み立てるよ」

勢いが付いてワリアさんにぶつかった事によってワリアさんの体がバラバラになってしまった。キチンと元に戻してあげないと。とりあえず僕の肩にワリアさんの頭を乗せて人骨パズルだ。

「あぁ違う違う！　それは左手の人差し指の骨だ！」

流石に似通った骨だと左右とか分からなくなる。あと物によっては上下とか。

「ワリアさんってバラバラになっても感覚があるんですか？」

「あぁ、拾ってもらった部位の感覚で場所は何となく分かるぜ」

骨に感覚があるってのもおかしな話だけどワリアさん骨だけだからそういうのもあるのかな？

「これ難易度高くないですか？」

「背骨がムズムズするんだよなぁ……もう一度組んでくれ」

ワリアさんの背骨を組んでいくのは中々難しい。仙骨とか尾骨は分かりやすいけど頸椎《けいつい》、胸椎、腰椎辺りは組み合わせが難しい。かなり苦戦したが、何とか組み上がった。

「あぁ！　しっくりきた！」

「やっと出来た……ワリアさんごめんなさい」

最後にワリアさんの頭を付けて元通りになった。ちょっと紫電ボードは封印しなきゃダメかな。

「あぁ、気にするな。直してくれたんだからこれ以上何も言わないさ」

カッコいい骸骨お兄さんだ。尊敬しちゃうなぁ……あれ？

「ワリアさん？　これ、ワリアさんの体から出てきた物だと思うんですけど……」

「俺は今までより調子が良いし、それが無くても問題無いみたいだから欲しかったらやるよ」

ワリアさんと同じ様な色をした小さな骨。とりあえず要らないと言うなら貰っておこう。

封力の魔骨　レアリティ　エピック　STR−10%　INT＋100　MIND＋75
耐久度　100%　特殊能力　MP自動回復（中）
力を吸い、魔力に変換する力を持つ骨。持っているだけで効果を発揮する

おっ？　呪いの装備かな？　しかもマイナス値がパーセントなのが中々えぐい。強くなればなるほどマイナスの値も大きくなるから、物理メイン《ワリアさん》っぽいの人にはかなり邪魔だろうなぁ……

「じゃあ貰いますね？」

STRのマイナスなら僕には特に影響は無いし、ありがたく貰っておこう。でもこれって骨だけでアクセサリーとして装備出来るのか？　とりあえず紐《ひも》があればこの骨を首飾りにしてみよう。

あっ、アトラさんに頼めば糸とか貰えないかな？

「とにかくありがとうございます。これは大事に使わせてもらいます」

「お？　おう、まぁ使えるなら良かったよ。俺も何だか肩が軽くてな！」

ＳＴＲ－10％から解き放たれたワリアさんはそりゃあ肩が軽くなっただろうね……

「そうだ。ワリアさん？　アトラさんって何時頃こっちに来るか分かります？」

「アトラ様なら夜にはこっちに戻ってくるはずだ」

夜か、まだ時間があるから外でお肉を焼いて姫様に持っていくかぁ。

「夜ですね。分かりました。ちょっと外で料理してきます」

「また遠くに行って迷ったりするんじゃないぞー」

ワリアさんに注意されたが、今回は外で何か拾う気は無い。調理に時間が掛かるからね。

「にしてもワリアさんが果物を食べるのは意外だったなぁ……」

火おこし中に村を出る前の事を思い出す。組み立て中にワリアさんが「何か喰う物無いか？」と言うから果物を出したらかぶりついていた。肉より野菜や果物らしい。本当に想像出来ない……

「よぉし！　出来た！」

『兎肉のロースト　蛇の特上ロースト　を入手』

じっくり焼く事で調味料が無くても素材本来の旨味《うまみ》を楽しめる。後はこれを持ち帰るだけだ。

「骨のお陰でＭＰ切れする事が無くなったし、封印解除しよう！　だって早く帰らないとね！」

ＭＰ自動回復でさっき空っぽになったＭＰも回復したので、また紫電ボードに乗って村に帰る。

「たのしー！」

速度とＭＰ消費を抑えつつ、森を滑走する。さっきと同じミスはしないぞ！

「ふぅ！」「んなっ⁉」

「あっ……」

ごめんなさい。はしゃぎ過ぎました……速度は出し過ぎない様に調整したけど、倒木があって、そこを跳んだら村の中まで飛び込んでしまってその瞬間をドナークさんに見られました。はい。

「何やってんだ！　ハチ！」「ごめんなさい」

紫電ボードで倒木を使いジャンプ。落下もゆっくりで、僕でも3回転《テンエイティ》を余裕で決められる。そしてジャンプ中にドナークさんに発見されたので着地と同時に土下座。我ながら中々綺麗に決まったと思う。まぁ怒られてるんですけどね？

「どうかこれで勘弁してください。姫様も待っているんで……」

兎肉のローストをドナークさんに差し出す。自分用だったけど使える物は何でも使っていこう。

「おっ、美味そうじゃん？　これでさっきのは見逃せってか？」「出来立てなので……」

兎肉のローストをまじまじと見てから一口食べるドナークさん。それで勘弁してください。

「これうっま！　もっと無いのか？」

「それは1つしか……今日の晩御飯にしようと思ってたんだけど、悪い事しちゃったから自分への罰だと思ってドナークさんに。それは頭に角がある兎の肉を焼いた物です」

「なるほどな？　ホーンラビットの肉か。まぁ見なかった事にしてやるよ。姫様が待ってんだろ？」

「ありがとう。じゃあ僕は行くから！」

ドナークさんと別れて姫様の元に向かう。

「村の中ではさっきの使うなよー！」「はーい！」

紫電ボードは村の中では使用禁止。2回やらかしてるから僕が悪い。調子に乗るとダメだね……

「おーい、姫様ー」「おっ！　ハチ！　おかえりー」

肩をゴブリン達に揉《も》ませていた姫様は僕を見つけると肩揉みを止め、こっちに走って来た。こういう所は可愛いと思う。

「あの肉！　取ってこられたか？」

こういう所はどうかと思う。

「中々酷《ひど》いなぁ……はい、1つだけどどうぞ」「おぉ！　ハチー！　褒めて遣わすぅーうっまー！」

食べるの早いよ……後ろのゴブリン達も凄く物欲しげに見てるし、次は中々出てこないぞ。

「また木の実だけど……良かったら皆も食べて」

「ハチ様ー！」「ありがたやー！」「感謝感謝ー！」

ゴブリン達にも木の実をあげる。姫様だけだと不公平だしね？

「その肉って結構レアらしいから中々出てこないみたいだけど、今日は運が良かったよ」

「美味かった！　あの味が忘れられなくて……とりあえずこれを受け取ってくれ」「これは？」

姫様から何かお守りの様な物を手渡された。

「……ハチが居なくなった時寂しかったから作った……」

これは不意を突く可愛さだ……あの姫様がと思うと余計に可愛い。変なアイテムだったとしてもしっかり受け取ろう。もうこの姫様の今のモジモジしてる表情だけでも十分な報酬だと思う。

小鬼姫のお守り　レアリティ　エピック　ＤＥＦ＋50　ＭＩＮＤ＋50　耐久度　150％
特殊能力　即死回避　一撃で死ぬ可能性がある攻撃を受けた場合にＨＰ1で生き残る。
小鬼姫が自身の認めた者の為に丹精込めて作ったお守り。死んでほしくないという思いが本当に死を退ける力を少しだけ宿している。

すっごく良い物だ……その表情だけでも十分な報酬だよとか口に出さなくて良かった。これ普通に即死回避って凄い能力と単純に物理と魔法に対して強くなるから装備しないという選択は無い。

「ありがとう姫様。大事に使わせてもらうよ」

「壊れてしまったら持ってこい。直してやるぞ？」

お守りが壊れたら直してくれる……いやでも、持ってきたらまた肉を要求されそうだなぁ？

「壊れない様に生き残るよ」

冗談っぽく言ったけど割とシャレにならない。即死級の攻撃をＨＰ１で耐えるって感覚１００％なら中々ヤバいんじゃない？　体が耐えても精神の方がやられちゃうかもしれない……

「ハチならまぁ上手く生き残れるだろうな！　また来るのだぞー！」

「そりゃ死にたくはないね……僕もそろそろご飯食べたりするからこの辺りで、じゃあねー」

ゴブリン達も一緒に見送ってくれて、後はアトラさんと会ってログアウトと思っていたら……

「ぽよっ！」

ちのりんが現れた！

「や、やぁ……」「ぽよっ！」

姫の家から出ると目の前に居たちのりんが何かちょいちょいタックルしてくる。痛いよ？

「ぽよぽよっ！　ぽっぽよ！」

何か手をこっちに向けている様に感じる……ひょっとして何か頂戴って言ってるのかな？

「ブラッドスライムって何食べるんだろう……やっぱり血？　そんなもの持ってる訳……あっ！」

1つだけ持ってた！

「ねぇちのりん？　これ要る？」

そう言って森狼《もりおおかみ》の血をちのりんに見せる。取り出したの初めてだけど小瓶に入ってるんだ……

「ぽっ？　ぽよよ！　ぽよぽよ！」

すっごく頷《うなず》いてる。やっぱり血が好物なんだ……

「はい、ちのりんにあげる。薬研とかこの前の素材とか、オーガとか諸々のお礼って事で」

「ぽっ！　こきゅこきゅ、ぽよぉー！」

グッとサムズアップをして小瓶を開けて血を飲むちのりん。最後の「ぽよぉー！」は風呂上がりの一杯を飲んだ後に出た一声みたいな感じにしか聞こえなかった。

「それ1つしか無かったけど……美味しかった？」「ぽよー！」

多分美味しいって言ってると思う。ぽよんぽよんと僕の周りをちのりんが飛び跳ねる。

「ぽよっ！」

飲み終わった小瓶を返してくれるちのりん。ちゃんとしてるなぁ……

『ブラッドアミュレット　を入手』

ブラッドアミュレット　レアリティ　エピック　STR＋50　AGI＋50
耐久度　破壊不可　特殊能力　HP自動回復（小）
ブラッドスライムの溢れ出る生命力の一部を小瓶に封入した物。生きているブラッドスライムからしか取れないのでブラッドスライムを討伐しても入手する事が出来ない。レアなお守り。

なんか皆お礼に物くれるけどそこまでしなくても良いのに……しっかり貰うけどさ？

「ありがとう、ちのりん。大事に使わせてもらうね？」「ぽよっ！」

ちのりんを撫《な》でて、アトラさんを捜す事にする。夜だからどこかに居るかなぁ？

「おーい！　ハチー」「あっ！　アトラさーん！」

向こうから僕の事を見つけてくれた。村の中を歩き回らずに済んで良かった。

「ハチよ。どうだった？」「ん？」

「洞窟に行ってきたんだろ？　面白かったか？」

「何も取って来てませんけどヴァイアさん……あっ、様と仲良くなれたので面白かったですね」

「は？　本当に何も取ってこなかったのか？　あの魔石洞窟で？」

「鉱石は鶴嘴《つるはし》が無いですし、道にあった宝箱とか怪しいし、ヴァイア様の居た地底湖の奥にあった綺麗な玉は何か危なそうだし、その奥にあった剣は重くて抜けなかったんで……」

アトラさんに説明したけど警戒し過ぎだったかな？

「カッカッカ！　ハチよ。あの洞窟は欲張りな者に罰を与える洞窟だ。大剣を見たらしいが……それはきっと洞窟の終点だな。もし持ち帰ろうとしていたら死ぬ程大変な目に遭っていただろうな？」

そんな危険な場所を楽しい所と言いながらオススメしたのか……

「そうだったんですか……ってあれ？　それって、もし大剣抜けたら僕死んでたんじゃ……」

「その場合ヴァイアが止めていたかもしれんな。アイツと仲良くなったのだろう？　いつも1人で洞窟の中に居るからな。ハチを話し相手にするのも良いかと思って向かわせてみたが……」

アトラさんなりにヴァイア様を心配して僕を送ったって事かな？

「アトラさんの考えを全て読むのは無理ですが、僕は思い通りに動けていましたかね？」

「予想以上だ！　まさかヤツがスキルを教えるとはな……やはりハチは面白いな！」

アトラさんなら僕のスキルや称号が見えるだろうし、アレの事も何か分かるんじゃないかな？

「あの、アトラさん。見てもらいたい物があるんですけどいいですか？　これなんですけど……」

そう言ってアトラさんに無垢なる人形の左腕を見せる。

「ん!?　これをどこで!?」

「紫電鳥の巣に行った時に餌をあげたお礼に貰いました。巣に仕舞ってたみたいです」

アトラさんが取り出した人形の左手を興味深く見ている。やっぱり何か分かるのかな？

「それはかなり昔の物だ。ハチが左腕を入手するとは……よし、少し待て」

アトラさんが僕を放置して歩いていったので、ポツンと立って待っているしかなかった。

「ハチ。この前の魔石のお礼だ。これを受け取れ」

アトラさんから有無を言わせぬ感じで差し出された右腕を受け取る。

『無垢なる人形の右腕　を入手』

無垢なる人形の両腕が揃ったけど、これをどうしたら良いんだろう？

「ハチ、きっとこの辺りに残りのパーツがあるはずだ。それを集めて修理してやってくれないか？」

「人形の修理……」

僕にとってこれはアルター初の依頼《クエスト》なんじゃないだろうか？　だとしたらこれは……

「アトラさん。僕やるよ。その人形修理！」

『レガシークエスト　神時代《しんじだい》の遺物修復　が開始されました』

何か始まったぞ？

「ありがたい。コイツも神時代《しんじだい》の物だが、パーツはバラバラになっているからハチが集めてくれ！」

「ちょっと気になったんですけど神時代《しんじだい》？ってどんな時代なんでしょう」

「神時代《しんじだい》は、旅人達が来るよりもずっと昔に神々が争ってたそりゃ危ない時代よ。今の儂に勝てん旅人連中なら、何千人居ようがあの時代では生き残れんだろうな！　カッカッカ！」

レガシークエスト
『神時代の遺物修復』
が開始されました

危ないとかのレベルじゃなかった。その時代だったら採取で外に出たら即座にお陀仏《だぶつ》だろうな。

「まぁその時代に神々が戦って色々生まれたんだがな？　あの時代に比べたら今は平和なもんよ」

「この人形はその時代に出来たもの……それって修復しても大丈夫なんでしょうか？」

そんな危険な時代の物を直して大暴れとかされちゃったら僕じゃどうしようもないと思う。

「おん？　もしかして暴走したらーとか考えておるのか？　それなら問題無い。その人形は使う奴の魔力を吸って動くから使う奴の魔力が空になれば人形も動けなくなるのだ」

「はぇー」

アトラさんめっちゃ詳しいけどもしかして……

「アトラさんってもしかして神時代《しんじだい》からの生き残りとかだったりして……なーんちゃって」

「そうだぞ？」

アトラさん。そんな危ない時代を生き延びた凄い人だったのか……人じゃないけど。

「アトラさんってかなり凄い方だったんだなぁ……まぁ一旦それは置いておいて。アトラさん？

ちょっと糸を貫いたいんですけど」

「置いておいてって……さっきの話を聞いてよくそんな切り替えが出来るな……」

だって事実は変わらないし、僕の用件も終わらせたいし……

「今更かなって。そういえばワリアさんとぶつかっちゃってバラバラにしちゃったのを直した時に小さい骨が出てきて……これなんですけど」

「ほう？　こんなものがアイツに……」

封力の魔骨をアトラさんに見せる。小さいし、ポケットに入れてたからすぐに取り出せる。

「これだけだと落としちゃいそうなんで、アトラさんに糸を貰って首飾りにしようかなって……出来ればさっきちのりんに貰った小瓶も一緒に首飾りにしたいかも」

ついでにブラッドアミュレットも出す。

「ほう？　それも首飾りにしたいのか」

「ワリアさんとちのりんがくれた感謝の印ですから……首から下げたいかなって」

特に2人は気にしていなかったけど、僕としては嬉しい物だったからポケットに突っ込んでおくだけなんて忍びないのだ。せめて首から下げるくらいしたい。

「そうだな。糸は……まだ渡せんな？」

「今はまだ渡せない？　それならこの2つはアトラさんが預かっててくれませんか」

「む？」

「今の僕には過ぎた物だと思うし、何よりアトラさんなら安心して任せられますから」

今の僕には性能が強すぎる気がしてたからアトラさんに預かってもらった方が良い気がする。姫様のお守りは……まぁ腰のベルトに縛り付けられる紐が付いてたから……ね？

「良かろう。預かっといてやる。そうだな。ドナークにも優しくしてやれ。仲間外れは可哀想だ」

「それは言われなくてもそのつもりですけど……お肉をあげたらどこか行っちゃったんですよね」

ドナークさんが「ホーンラビットか……」って呟いて村のどこかに行ったのは見たけど、それ以降は姫様の所に行って見ていないから今どこに居るのかは分からない……

「おーい！　ハチー！」

噂《うわさ》をすればドナークさんが帰ってき……ってなんだ!?

「おいおい、何匹倒してきたんだ？」

「多分20匹くらいだ！　ハチ。兎肉のローストが美味かったからもっと作ってくれ！」

兎肉を担いで現れたドナークさん。返り血っぽいのが頬に付いてる……

「20って……流石に焚《た》き火《び》だけじゃちょっとキツイかも……」

流石に20匹分も肉を焼くには木材が足りない。今作れと言われても少し困るな……

「そんじゃ家のキッチンを貸してやるから料理してくれ」

「ん？　ドナークさんの家ってキッチンがあるんですか？」

「あぁ、あるぜ？」

「じゃあドナークさんの家で料理させてもらいますね」

設備があるなら棒に刺して焼くだけより良い物が作れるかもしれない。調味料もあれば使わせてもらえるかなぁ。

「待ってました！　それじゃあアトラ様！　私達はこれで！」「うおっ！　アトラさんまたねー！」

ドナークさんに尻尾の先で捕らえられ、連行される。どうしてヴァイア様といい、ドナークさんといい、人を尻尾で捕まえるんですかねぇ？

「お、おう……またなー」

困惑しながらも見送るアトラさんを見ながら僕はドナークさんの家に運ばれた。

「よっしゃ！　頼むぞ！」

頼むぞ……ってこの生肉群をどう調理しよう……

「とりあえずあそこで調理して良いんですかね」

「あぁ！　他にも食べられそうな物がその辺にあるから使って良いぞ？」

キッチンの棚に塩、砂糖、胡椒《こしょう》と粉末系の調味料もあるから塩と胡椒で味付けすると良いかな。

「ドナークさん。これってどう使うんですか？」

流石にこの世界のキッチンは初めてなので戸惑う。ただ鉄板があるだけにしか見えない。

「あぁ、魔力を流せば熱くなるからそれで調理出来るぞ？」

MPを消費して調理するのは結構大変なんじゃ？　あっ、こういう時に魔石が使えるのか。

「じゃあ調理するけど、ドナークさんはどのくらいの焼き加減が好きかな？」

「焼き加減？」

「表面だけを焼く程度か、中までしっかり火を通すか……表面だけ焼く方が軟らかいかな？」

兎肉はステーキにするとして、レアかミディアムかウェルダンか。ご要望にお応えしよう。

「分からないから全部試させてくれ！　これだけあれば試せるだろ？」

「うん、３枚あれば焼き加減の違いは見れるし、やってみるね？」

ナイフで兎肉の筋切りをして肉を叩こうと思ったけど手持ちに叩く物が無い。

「ドナークさん。何か叩けそうな物無いですかね？　肉を叩くと柔らかくなるんですけど……」

「んー、これとかどうだ？　昨日飲んだ奴だが、使えるか？」

そう言ってドナークさんがワインっぽい空き瓶を1本持って来る。

「空き瓶ならむしろ丁度良いくらいですよ。じゃあそれお借りしますね？」

瓶でお肉をバンバン叩く。お肉の形を整え、片面に塩胡椒を振って、いざ鉄板の上へ！

「おぉぉ！　美味そう……」

MPを流した熱い鉄板の上にジュウゥッと焼けるお肉が3枚。見てるだけで涎《よだれ》が出そう……

まずはレアにする肉に塩胡椒。時間をずらしてミディアム、ウェルダンと作っていくけど、ウェルダンの肉の片面が焼ける前にレアのステーキが出来上がる。


兎肉のステーキ（レア）　丁寧に作られた兎肉のステーキ。塩胡椒のシンプルな味付けが良い　空腹度30％回復

「まずはレアから！」「いただきまーす！」

出来上がったステーキを一口で喰らうドナークさん。そこは蛇っぽくなくて良いから……

「軟らかいし美味い！　これ良いな！」

「続いてミディアム！」「食感が違うとまた違うな！　でも美味い！」

「最後にウェルダン！」「中まで火が通ってるから噛み応えがあるなぁ！」

ウェルダンだと噛み千切って食べるドナークさん。ワイルドだ……兎肉のステーキは焼き加減を変えてもアイテム名の（）の中身が変わるだけで空腹度の回復量が増えたりする事は無かった。この辺はやっぱり好みがあるからかな？

「どれが良かったですか？」

「んー、全部美味かった！　強いて言うならレアが良かったな？　柔らかくて食べやすかった！」

ドナークさん的にはレアが良かったのか。じゃあレアステーキを量産しようか。

「ドナークさん。醤油《しょうゆ》と赤ワインってあります？　あればステーキソースを作れるんですけど」

「何っ!?　ちょっと待ってろ！　直ぐに持って来る！」

ガチャガチャと音を鳴らしながら家の中を探るドナークさん。大丈夫かなぁ？

「これで何とかなるか!?」

ドナークさんが赤ワインと醤油とみりんらしき物を持ってきた。醤油やみりんがある事に驚きだ。

「おぉ！　これならソースも作れそう！　ついでにソースの作り方も教えますね。気に入ってくれれば良いんですけど……とりあえず残った兎肉も使いながら教えますよ」

ドナークさんにステーキソースの作り方も教えた。肉汁と醤油とかを混ぜるだけなんだけどね？

「ソースがあると止まらなくなっちゃうな！」

「食べ過ぎない様にしてくださいよ？」

しゃぶしゃぶ感覚で幸せそうに食べるドナークさんに食べ過ぎない様に注意する。

「だって止まんないよこれ！」

「食べ過ぎると太っちゃいますよ？」「うっ……」

やはりドナークさんでも太るという言葉には弱いみたいだ。

「それにしてもこんな美味いソースの作り方を教えてくれてサンキューな！」

「僕としては醤油や塩とかの調味料をどうやって手に入れてるか知りたいですがね……」

せめて塩があればあの時食べたアユチバリスを塩焼きで食べられるから結構入手先が知りたい。

「大半はワリアが畑で作ってるぞ？　塩は村からちょっと離れた所に岩塩が取れる岩場があるんだ。私の家から一番近い村の出入り口を真っ直ぐ進んでいけばその岩場に着くから」

「ほほう？　それは貴重な情報を貰っちゃった」

ワリアさんが醤油や砂糖まで作っていたとは……それに岩塩の入手先も知る事が出来た。

「ありがとうございますドナークさん」

「いやいや、私こそこんな美味いもん食わしてもらったからな！　そうだ！　これやるよ！」

ドナークさんが何かを手渡してきた。何だろう？　これ？

『水蛇乙女のブローチ　を入手』

水蛇乙女のブローチ　レアリティ　エピック　DEX＋80　耐久値　180％
特殊能力　身体系状態異常耐性付与
水蛇乙女の鱗に細工し、乙女の絵柄が描かれているブローチ。水蛇乙女の状態異常に対する力が

「暇な時に私の鱗《うろこ》で作った物だけど、自然に落ちた鱗を使ったから気にすんな」

気にすんなじゃないんだよなぁ……

「暇な時に作ったってこれドナークさんが自分で作ったんですか？」

「あぁ、良く出来てるだろ」

「結構細かいのに細工が凄い……こんな物まで作れるんですね……」

「ふふーん！　どうだ。凄いだろう？」

鱗に乙女を彫るって……ドナークさんって実はめっちゃ器用なのかもしれない……

「ありがたく貰います。今日はもう食べない方が良いですよ？　おやすみなさい」

「わっ、分かってるって！　おやすみ！」

腕を組んでプイッとそっぽを向いてしまうドナークさん。流石にあれだけ言えば、食べ過ぎる事は無いだろう。ドナークさんの家を出て、僕の家に向かう。あっ、アトラさんまだ居るかな？

「アトラさーん」

「おっ？　おう、どうした？」

丁度村の真ん中あたりで縮こまっていたアトラさんを見かけたので声を掛けた。

「さっき物を預けたじゃないですか？」

「おう、そうだが？」

「これもお願いします」

さっき貰ったブローチもアトラさんに渡す。

「……ほう、これはどうやって手に入れた？」

「ステーキの焼き方とステーキに掛けるソースの作り方を教えたらドナークさんがくれました」

「ふむふむ、今まで知らなかった事を教えた礼としてくれたのだな」

ドナークさんかなり器用みたいだし、気に入ってたから、しっかり作り方を覚えただろう。

「あまりにも美味しそうに沢山食べていたんで注意はしたんですけどね……太っちゃうよって」

「カッカッカ！　それは要らぬお節介だな！」

確かに女性に対して太っちゃうは失礼だったかも。

「今度から気を付けないとなぁ……」

「まぁアイツもそこまで気にしておらんだろう。とにかくこれも預かっておこう」

「お願いします。僕は寝ますね」

「あぁ、おやすみ」

僕も現実でご飯を食べる為に一旦ログアウトだ。

「さて、ご飯だご飯。ログアウト」

ログアウト後にお昼ご飯を食べて課題をやる。課題を夏休み後半に溜《た》めて地獄を見たくないからね……ご飯だ家事だ課題だと用事を済ませてまたアルターにログインする。

「朝だねぇ……今回はどうしようかな」

人形のパーツでも集めようかな？　ヴァイア様はアトラさんと知り合いみたいだし、何か知ってるかもしれない。何か手土産くらいは持っていきたいなぁ……

「ヴァイア様もドナークさんと似てるし、兎肉のステーキがあれば喜んでくれるかな」

まぁ手持ちに調理セットは無いからドナークさんの所で調理させてもらわないとなんだけどね。

「さて、じゃあ行きますか」

とりあえずドナークさんの家に行き、コンコンコンとドアをノックする。

「あーい……おうハチ。どうした？」

「おはようドナークさん。ねぇ、ドナークさんの食べ物の好みを教えてもらえる？」

「ん？　そんな事聞いて……まさか私の朝ご飯か？」

「ドナークさんじゃなくて、山の洞窟に居るヴァイア様の所に何か持っていきたくてね？」

「あぁ、ヴァイア様か……なるほどな。それならカエル肉なんか良いかもな？」

「カエル……どこに居るんだろ？」

「昨日教えた岩場があるだろ？　その先に小さな沼があるんだ。そこに居るぞ」

やっぱり先に周りをもう少し探索するべきかも。

「じゃあ今日はその沼地とついでに岩塩も取ってみようかな」

「いくつか私にも分けてくれるっていうならこの鶴嘴《つるはし》をやるよ？」

ドナークさんが鶴嘴を取り出して言ってきた。これは渡りに船だ。

「はい、じゃあドナークさんの分の岩塩も取ってきますよ」

「よし、じゃあお古だけどまだまだ使えるはずだからコレをやるよ！」

『鋼の鶴嘴　を入手』

鋼の鶴嘴　レアリティ　レア　耐久値　40％　採掘をする事が出来る

お古でも採掘出来る物が手に入ったんだ。これで岩塩や、鉱石の類も取る事が出来るだろう。

「ありがとう。じゃあ行ってきます！」

「気を付けろよー」

今回はドナークさんの家の近くにある出入口から出て岩場とその先の沼地を目指すとしよう。

「ふんふんふふーんふんふん♪」

鼻歌を歌いながら森を進む。森の景色を見ながら進んでいくと15分くらいで岩場が見えてきた。

敵は全てギリーマントと【擬態】を使ってスルー。下手に戦闘をするより回避した方が早い。さて、この岩場で岩塩を採取してみようか！

「なんか光ってるな？　そりゃ！」

岩場に鶴嘴か称号かスキルのお陰で光っている部分があったので、そこを鶴嘴で叩いてみる。

『岩塩　を入手』

「おぉ！　取れた！」

鶴嘴を使って初めて取れた岩塩を太陽にかざす。ピンク色をした岩塩が綺麗に見える。

「何だか時代が幾分か進んだ気がするなぁ？　そのうち鉄を取ってフライパンとか作れるかな？」

鉄が手に入って調理器具を作れればそれこそキャンプ的な事が出来そうだ。

「あっ、でも鉄鉱石が出て来ても精錬する場所も物も無いか……やっぱハグレ者の村じゃそこまでは出来ないだろうし、いつかは村から出てもっと外の世界を見に行きたいかも」

そもそもオンラインゲームをしているのに、まだ他プレイヤーに会った事が無いって時点でこのゲームをしっかり遊べていない気がする。そうだなぁ……人形修復のクエストが完了したら山頂に向かってみると良いかもなぁ。今どこにあるか分からないけど。

「ドナークさん用に10個くらいは持って帰りたいな？」

光るポイントをカンカン掘っていくと、時たま岩塩に混じって黒い石が手に入った。

謎の石　必要スキルが無いため詳細不明

「詳細を見るのにスキルが必要……そういうのもあるのかぁ」

今まで手に入れていた物は案外そういう条件をクリアしていたりするのかな？

「ドナークさんに聞けば分かるかな……」

ここで岩塩取ってたみたいだし、これが何か知っているかもしれない。岩塩は15個取れたから次の目的地である沼地に進む事にする。因《ちな》みに謎の石は3個手に入った。

「さて、沼地は大変だぞ……」

事前情報はカエルが居る事と、足場は沼地な事……だけど、まぁ何とかなるだろう。

「普通ならここで苦労するだろうけど……僕にはコレがある！」

取り出したるは紫電鳥の浮遊羽根……紫電ボード！　これで足場問題は完全ではないけどある程度解決だ！　沼を気にせずに移動が出来る。さて、ターゲットはどこだぁ？

「あとは良い感じのカエルが居れば……うわっ、思ってたよりかなりデカいぞ？」

見つけたのは牛サイズでホルスタイン柄のカエル……これはウシガエルとしか言えない。

「グェゴォォ」

声も凄い重低音だ。ここまで大きいカエルだとは思っていなかった。

「まずは戦いやすい場所に移動だな……うおっとと！」

陸地まで移動しようとするが、ただでは移動させてくれないのがウシガエル。こっちに向かって跳躍し、近くに着水して波が起こる。紫電ボードに乗りサーフィンの要領で波の表面を滑る様に進んで陸を目指す。ステータスが上がったお陰かバランス感覚が良くなってるのかな？

何とかウシガエルの攻撃を躱《かわ》し、陸に辿り着く。これで戦うのに足場を気にする必要は無い。

「悪いけど、君にはご飯になってもらうよ！」

ヴァイア様のね！

「グェゴォォォ！」

大きく吠《ほ》えるウシガエル。オーガ程ではないが、中々の威圧感。素早く舌を僕に伸ばしてくるからスローモーションで舌がよく見える。めっちゃヌルヌルしてるぅ……この舌を避けてどう戦うか。

「流石にこのベロに掴まって打撃を加えるのは嫌だなぁ……」

そもそも舌に掴まる……捕まる時点でアウトだ。舌が口に戻るスピードと合わされば良い一撃を与える事が出来るかもしれないけど、単純な打撃があのウシガエルに効くとも思えない……

「グェッゴ！」

跳躍から僕への圧《お》し潰しを狙ってくるウシガエル。避けるのは楽だけど、どう攻めるべきか……

「まずは一発やってみようか！」

着地して直ぐに動けないのはさっき確認しているから、攻撃を躱して、その隙に双掌《そうしょう》打《だ》を打つ。

「グェゴ?」

おっと……これは効いてないかな?

「撤退！」

判断は迅速に。紫電ボードを即座に取り出し、距離を取る。途中で舌の攻撃が飛んで来たけど、急ターンで躱す。あのウシガエルに打撃が効かないとなると攻撃を通すのも中々大変だ。

「打撃がダメなら斬撃か刺突なんだろうけど……手刀や貫き手じゃちょっと頼りないな」

岩場まで戻るとウシガエルが僕の追跡を止めた。こっちに有利な場所で戦うのは無理か。

「あのウシガエルは剣か弓矢か魔法で倒すんだろうなぁ……さて、これはどうしたら良いかな」

今の僕じゃどう考えても現状、有効打を与える事が出来ないなぁ……

「今回は失敗したけど、絶対リベンジするからな！」

ウシガエルと戦う為には色々足りない。人形のパーツ集めの他に装備を集めなきゃダメそうだな。

「あのウシガエルを手土産にしたいけど……今の僕にはまだ早かったな。この前の豚なら……」

ヴァイア様の所に行くにしても手ぶらは無い。せめてこの前崖で見た豚を献上しよう。

「そうと決まれば一旦村に帰ろう！　全速力だ！」

紫電ボードで、村に全速力で戻る。おっと、忘れる前にドナークさんに岩塩を渡しておかないと。【レスト】で回復するのに必要なＭＰだけ残して戻る。今回はワリアさんには突っ込まないぞ？

「よし！　着いた！　【レスト】」

途中でＭＰがガス欠になりそうだったからボードから降りて走った。村の敷地に入って【レスト】を自分に掛けて回復する。というか【レスト】を使って倒れて、その衝撃で起きる……なんて事が無くて助かった。お陰で地面でスヤスヤである。

「おはよーございます」

「なーんで道端で寝てたんだ？」

寝てても何となく体を触られてると分かるので、運ばれた事も分かった。体に巻きつかれた様な感じだったのでドナークさんに運ばれたんだなぁと寝ながら理解していた。

「回復したかったんで、自分にレストを掛けてました。あっ、これ取って来たんでどうぞ」

起きた時にはドナークさんの家の中。岩塩を渡すなら丁度良いだろう。

「おっ、岩塩10個もくれるのかサンキュー！」

岩塩を仕舞いながらお礼を言うドナークさん。ついでにあの謎の石についても聞いてみるか。

「岩塩取っている時にこの石も取れたんですけど……これ何だか分かります？」

石を取り出し、ドナークさんに見せる。

「おまっ!?　それ取れたのか？」

「3つ取れましたけど……」

謎の石を3つ全部出す。

「オイオイ……それ結構貴重な宝石の原石だぞ？」「え？　これ宝石なの？」

どう見ても黒い石……石炭くらいにしか見えないぞ？

「じゃあそれあげます。あのデカいカエルを倒す為にそれは必要無さそうなので」

「待て待て、じゃあせめて1つ加工したのをやるからそれをヴァイア様の所に持っていけ」

「ん？　分かりました……」

宝石は興味無いし、ドナークさんに全部渡そうと思ったけど持っていけと言うなら持っていくか。

「ヴァイア様ってカエル肉より宝石の方が好きかな？」

「あぁ、絶対そっちの方が喜ぶから。ちょっと待ってな！　速攻で仕上げる！」

ヴァイア様は女性っぽかったし、食べ物より宝石の方が嬉しいのかな？

「よし出来た！　これを持っていけばヴァイア様も喜んでくれるはずだぞ？」

『アウイナイト　を入手』

アウイナイト　瑠璃色をした透明感のある宝石。かなり希少

ほうほう？　これは確かに綺麗な宝石だ。

「あの黒い石がこうなるの？」

「大体の原石は掘り出すと灰色の塊だったり、黒っぽいんだが、かなりそれは黒いだろ？　原石は黒ければ黒い程中身は綺麗な確率が高いんだ。眼《め》があれば加工する前に中身も分かるんだぞ？」

ほほう、つまり原石はガチャ的システムか。岩塩を取ってたらダイヤが出てくる可能性も？

「はぇー、とりあえずコレありがとう。ドナークさん」

「私だって2つ原石を貰ってるし、それに岩塩も貰ってるからそのくらいなんて事は無いよ」

カエルは倒せなかったけどヴァイア様に良い手土産が出来た。

「宝石は杖《つえ》の触媒とかに使えるんだぞ？　本当に良いのか？」

「僕、武器使えないから良いや」

実にあっさりとした理由。持ってても使えない宝石なら使い道がある木の枝の方が良い。

「武器が使えない？」

「うん。僕の職は攻撃系の魔法と武器が使えないんだって。探せば使える武器があるらしいけど」

「うわぁ、ひっどい職業だな？　転職しようとか考えないのか？」

「うーん、転職出来るって言われても今の所する気は無いですね。今の職業に愛着があるんで」

やっぱり短所をどう補うか、長所をどう伸ばすかを考えるのが楽しい。制限があればなお良い。

「変わってんなぁ？」

「悪い様に考えないだけです。これ、ヴァイア様の所に持っていきますね！」

「おう、気を付けてなー」

アウイナイトを仕舞い、今度は洞窟に向かう。忙しいねぇ？

「やっぱりこの紫電ボードのお陰で移動が楽になったなぁ……」

敵に見つかってもＭＰを使えば振り切るのも楽勝だ。そのまま洞窟に向かう。

「ふぅ、着いた。レストは……使わなくても良いかな？」

今回も洞窟の物は全部無視して奥のヴァイア様の所まで行こう。

「何か、前より豪勢になってる……」

道中にあった宝箱の装飾が少し変わっていた。いや、変わった所で開けないよ？

「ちょっと岩塩1個置いてってみようか」

アウイナイトを置いてみたいけど、これはヴァイア様に届ける物だから岩塩を1つ置いていく。

「ヴァイア様ー！」

「おぉハチではないか。どうしたんだ」

地底湖に声を掛けたらヴァイア様が直ぐに出てきた。まずは人形とか装備について聞いてみよう。

「ちょっと聞きたい事がありまして。ヴァイア様はこれに似ている物を知りませんかね？」

そう言って人形の両腕を取り出し、ヴァイア様に見せる。

「ほう？　ハチはそれのパーツを探しているのか？」

「アトラさんから神時代《しんじだい》の人形って事は聞いたんですけど、壊れたままは可哀想かなって」

クエストって事もあるけど、壊れたままの人形を直してあげたいって思うのは変かな？

「可哀想と思うのはハチらしいな」

「そうですかね？　あっ、カエル肉を持ってきたかったんですけど、カエルを倒せなくて……」

「ん？　旅人ならば剣でも魔法でも使えば倒せるだろう？」

「僕、攻撃魔法は使えなくて、武器も素手だけなんです……」

地底湖の近くで体育座りをしながらヴァイア様と話す。人生相談してる気分だなぁ……

「沼地に居るカエル共なら打撃は悪手過ぎるな。アイツらに打撃は効かん」

「やっぱりそうかぁ……攻撃しても『何かしたか？』な感じだったんで、直ぐに撤退しました」

「ほう？　直ぐに撤退を選択出来るのは良い事だ。メンツだ、プライドだと、くだらない事で逃げる選択が出来ずに死ぬ者も多いからな。その点直ぐに判断したハチは長生き出来ると思うぞ？」

ヴァイア様に褒められた。嬉しいな。

「それで、こういう物が取れたんで、人形か僕でも使えそうな武器の情報でもあると良いなって」

「ん!? その輝きはアウイナイト！ 良いのか？ これ貰っても良いのかぁ!?」

手に持っているアウイナイトに目が釘付《くぎづ》けのヴァイア様。宝石好きは本当だったみたいだ。

「ヴァイア様が何か知っていたら嬉しいかなって。まぁ、情報が無くてもこれは差し上げますよ」

「おぉ！ 感謝するぞハチ！ アウイナイトは中々見つからなくてなぁ！ 良い輝きだぁ……」

器用に尻尾の先にアウイナイトを乗せ、色んな方向から見ている。

「ほう、はぁ、へぇ……」

すっごいアウイナイトを見てる。邪魔しちゃ悪いな……

「おっと、うっかりトリップしてしまった。放置してすまなかったな？」

「いえいえ、楽しそうだったんで止めるのもアレかなって……」

実際「ほう」とか「はぁ」とか言いながら目をキラキラさせてる所を邪魔するのも悪いかなと思って体育座りで待っていた。それだけでもヴァイア様の意外な一面が見られた気がして良かった。

「ちょっと待っててくれ」

地底湖の中に入って行くヴァイア様を見送り、待つ。放置されてもこの地底湖の天井を見ていれば時間はあっという間に過ぎてしまう。やっぱりここの景色は綺麗だなぁ……

「情報というよりその物ズバリがあるぞ？」

ヴァイア様が咥《くわ》えていた物を僕の前に落とす。

『無垢なる人形の左足 を入手』

「おぉ、ありがとうございます。きっとこれで半分のはず……」

右腕、左腕、左足と来たらきっと右足と胴体、頭で人形が完成すると思う。

「それで武器の件だが、こんなのはどうだ？」

そう言ってヴァイア様から渡されたのは謎の紋章が描かれた紙だった。

「これは？」

「武器……というと怪しい所だが、その紋章を体に刻む事で魔力を武器として使う事が出来るぞ。それは『魔の紋章』だから人間に使用すると悪影響があるかもしれないが……試してみるか？」

それどうなの？　聞く限りその紋章って魔物用みたいな印象なんだけど……

「えっと、その紋章って本当に人が使えるんですかね？」

「さぁ？　人に使った事は無いから分からん」

ですよねー……実験台1号になってみないかって事かな？

「うーん、やるならアトラさんも居てくれた方が安心……というかどうなるか見てて欲しいから村で使ってみたいんですけど……ヴァイア様ってここから出られないんでしょうか？」

アトラさんとヴァイア様が居れば何か起こっても大丈夫だと思うから2人には居てもらいたい。

「んーそれならばこの背嚢《はいのう》に私と水を入れて運んでくれるか？」

『泡沫《うたかた》の背嚢　を入手』

泡沫の背嚢　レアリティ　ユニーク　耐久度　破壊不可　容量5
入れられる量は少ないが、どんなに大きな物を入れても重さが泡沫の様に消える不思議な背嚢

ほぼ透明の薄い水色のバッグをヴァイア様に渡されたけど、これにヴァイア様を入れるのかな？

「これに入るんですか？」

「まぁ見ておれ。よっと！」

巨大なヴァイア様が湖に入ったと思ったら普通の蛇程度の大きさになった。

「ちっちゃくなって可愛くなりましたね」

「むふふっ！　そうか？　その背嚢の口を開けて水を入れてくれれば一緒に行く事が出来るぞ」

言われた通りに背嚢の口を開けて、地底湖の水を入れる。結構入るなぁ……

「それだけ入れれば十分だろう。よし！　では行くか！」

するんっと背嚢に入り込み、首だけ外に出すミニヴァイア様。何だろう、凄く似合ってる。

「じゃあ背負いますね？」「良いぞ」

ミニヴァイア様入り背嚢を背負う。ヴァイア様と地底湖の水が入っているのに重さを感じない。

「アトラさんが来るまで時間が掛かると思いますけど、それまで待ってもらっても良いですか？」

「構わないぞ。出掛ける事はそうそう出来ないからな！　むしろゆっくり出掛けたい！」

僕の肩にヴァイア様が頭を乗せている。これがリアルの蛇だったら鳥肌物だろうけどヴァイア様ならなんか可愛いから気持ち悪いとは感じない。言葉が通じると感じ方も全然違うのかな？

「ん？　なんだ？　あの宝箱は」

「え？　あれってヴァイア様が設置した物じゃないんですか？」

「違うぞ？　あんな物は設置した覚えが無い」

ダンジョンの主も設置した覚えが無い宝箱……これはもうほぼ確定で例の奴《ミミック》なのでは？

「そうなんですか。どうしま……」「オープン！」

ヴァイア様が首を伸ばして勝手に宝箱を開けた。これどうなるんだろう……

「やっと開けてくれたか！　待ってたでぇ！」

宝箱を開けると似非《えせ》関西弁で話しかけられた。やっぱりミミックだった！

「兄さん警戒強すぎんねん。外観を豪華にしても興味示してくれへんし、だけどあのしょっぱいの！　あれは嬉しかったで！」

これは……敵対って感じじゃなさそうだな？

「これかい？」

まだ持ってる岩塩を2つ取り出す。そう言えば最初に置いた岩塩無くなってたな。

「おぉ！　それそれ！　それくれへんか？」

「まぁ良いけど……どうしてここに？」

ヴァイア様が知らないって事は勝手にここに入って来たと思うから事情を聞きたい。

「この洞窟やったら宝箱を開けたくなるやろなぁ。と思ったけど人は来んわ、来たとしても兄さんだけやし、開けてくれんし、こうなれば兄さんが開けるまで動かへんぞって意地になってたんや！」

これひょっとして僕が悪い？

「僕食べられちゃうの？」「そんな事しようとしてみろ。欠片《かけら》すら残さんぞ？」

肩に頭を乗せていたヴァイア様が食い気味の低い声で素早くミミックを威嚇する。

「ま、待て待て！　そこの兄さんにそんな事する気は無いんや。奪われる事はあっても貰う事なんて無かったから感動しとるんや！」

感動してるのかミミックからなんか汁が飛び散ってる。泣かないでよ……

「おらぁ目標を達成したからここを出て行く。そこの主さん。勝手に住み着いて悪かったな」

「待って」

ミミックがぴょんぴょんと跳ねてダンジョンを出て行こうとするので、呼び止める。

「どうしたんだい兄さん？」

「忘れ物だよ」

残ってた岩塩を渡す。さっき渡した2つを放置してダンジョンを出ようとするんだから意外とおっちょこちょいだな？　このミミック。

「こんなに……おらぁ泣きそうや」

もうビチャビチャなんだよなぁ……

「あと、僕がお世話になってる村が近くにあるけど……もう1人くらいは連れて行けそうかな？」

「まぁ背嚢に入る事は出来るな？」

ヴァイア様も僕の言いたい事を理解して背嚢に入れると教えてくれる。

「どうかな？　1人でどこかに行くより、僕と一緒に色んな存在が居る村に来てみない？」

「ええんか兄さん！　それなら行ってみたい。是非おらも連れて行ってくれ！」

村に連れて行くのが1人増えた。つまり、紋章を付ける時の見届け人が1人増えた訳だ。

「あっ、いっその事あの紫電鳥達も呼べば更に安心かな？」

アトラさんにヴァイア様。ドナークさん、ワリアさん、ちのりん。そして姫様と、ゴブリン達。

そこにミミックさんと紫電鳥の親子が居れば例の紋章を装備する時に（装備出来るか不明だけど）暴走する事があれば皆に何とかしてもらおう。これだけ居れば……まぁ過剰戦力だろうけど。

「む？　まだ誰かこの背嚢に入れるのか？」

「いや、多分背嚢に入れる必要は無いと思うよ？」

紫電ボードを取り出しながらヴァイア様と話す。

「これをくれた大きな鳥さん達が大木に居るから村に行くついでに乗せてもらおうかなって」

色々思っているけど、正直に言うとあのあったかもふもふにまた触れたいだけです。はい。

「ほう？　で、その羽根は何に使うのだ？」「こう使うんだよ！」

紫電ボードに飛び乗り魔力を流す。

「「うおっ！」」

後ろから声が2つ聞こえた。いつの間にかミミックさんも顔を出していたみたいだけど……宝箱の部分が全部出てる気がするけど、ミミックさんの体はどうなってるんだ？

「ほう！　中々面白いな！」「兄さん面白い物持ってますな！」

左肩にミニヴァイア様、右肩に宝箱。これバランスめっちゃ取り難いよ……

「おとと……おっとっと」

右足が前《グーフィースタンス》だと宝箱で視界が全く確保出来ないから左足が前《レギュラースタンス》で滑る。ミニヴァイア様なら視界の邪魔にならないから良いけどやっぱり若干重心が後ろなので難しい。

「まぁ急に敵でも出てこない限り大丈……」「ガウガウッ！」

バランスを取っていると、前方から2匹の狼が出てきた。ＭＰの残量的にここで加速は出来ない。

「スルー出来ない方が来ちゃった……」「邪魔だ！」

ミニヴァイア様が口から凄《すさ》まじい勢いの水の光線を発射する。狼が一瞬でポリゴンと化した。

この威力……元のサイズなら僕とミミックさんでも消滅しそう。敵が出る度にミニヴァイア様が敵を水レーザーで切断していく。スルー出来ても全部倒すから、進むだけでポリゴンが巻き起こる。

「ヴァイア様、そのレーザーを控えてもらっても良いですか？　目的地も斬れちゃいそうです」

「そうか？　まぁそれなら仕方がないな」「あれがこっちを向いた時はヒヤヒヤしたで……」

小声で僕だけに聞こえる様に囁《ささや》くミミックさん。ヴァイア様が横から来たデカい猪にレーザーを発射するが、首を振りながら攻撃するからこっちにも一瞬レーザーが向いてかなり怖かった。

「辿り着いた……2人とも一旦背嚢の中にしっかり入ってくれます？　この木に登るんで」

何とか無事に大木まで辿り着いたので、ここからはボードを降りて大木に登らなきゃ。

「分かった。中で待っていよう」「ほな、また後で」

2人とも背嚢に顔を引っ込めたのを確認して大木に登る。この大木に登るのも2回目だな。

「よいしょっと！」

どういう所を進めばより早く登れるか……タイムアタックしてる気分で巣まで登って行く。

「居るかな？」「あっ！　ハチ！」

息子君が巣に居た。また大きくなってるなぁ……

「やあ、お母さんは？」「もう少ししたら来ると思う！」

「そっか、これ食べ……」「お肉！　食べる！」

さっきヴァイア様が倒した猪の肉を見せたら、むしゃむしゃと食べる息子君。食欲凄い。息子君が食べている間に背嚢からちょこっと顔を出すヴァイア様。

「うおっ！　凄い毛玉じゃ」「ん？　蛇？　食べて良い？」

「ダメダメ！　そのお肉はこのヴァイア様が取ってくれたんだよ？」

「ヴァイア様？　お肉ありがとう！」「おぉ、良い良い。気にする程でもない」

とりあえず何でも食べようとする感じ子供っぽいね？

「おーい餌だぞー……ってあれ？　あぁハチさん！」

紫電鳥さんも巣に帰って来た。ヴァイア様の提案した紋章の件を2人に相談する。

「ふむふむ、なるほど……」「ぼーそーしたらハチを食べてあげる！」

食欲旺盛過ぎて怖い。なんか暴走しなくても急に頭からガブッと噛まれそうだ。村に来て実験が失敗したら一思いにやって欲しいとお願いしたらこの返答だ。正直ヴァイア様だけで一撃で葬るくらいは出来るだろうけど、食べるって……痛くない様にって言ってるんだけどなぁ？

「ハチさんなら紋章も普通に装備出来そうな気がしますね？　村に行きましょう」「村いくー！」

なんだか釈然としないけど、とにかく2人は来てくれるみたいだ。

「ハチ、もし暴走してもしっかり一瞬で、痛みを感じる間もなく殺してやるから安心するのだ」

「ヴァイア様がそう言うなら安心出来るよ」

お前を殺す宣言なんだけどね。

「あの、村まで行くなら乗せてもらっても良い？」「乗せる乗せるー！」

白電鳥の方が乗せてくれるらしい。存分にモフモフするぞー！　って、そうだ。

「紫電鳥は……パープルライトニングバード？　あと白電鳥はホワイトライトニングバード……これからは2人の事をパーライさんとホーライ君って呼んでも良いかな？」

これなら今後も呼びやすい。やっぱり愛称が無いと呼び難いんだよね。

「私がパーライですか」「僕がホーライ？」

「うん、どうかな？」

「「良い！」」

良かったぁ。ダメって言われたらまた違う呼び方を探さないといけない所だったよ。

「じゃあ今回はホーライ君に乗せてもらっても良いかな」

「うん！　良いよー！」

「じゃあパーライさんは……先に飛んで案内をしてもらっても？」

「はい、この辺の事は大体分かります。私が先に飛びましょう」

愛称で呼ばれて嬉しそうに答える2人。ホーライ君は早く飛びたいのかウズウズしている。

「じゃあ二人ともよろしく！」「しゅっぱーつ！」「行きましょう！」

ホーライ君の背に乗り、空に飛び立つ。おや？　パーライさんの毛並みとちょっと違う。あの時のまだ小さかった（十分デカい）頃の羽毛のふわふわ感を保ったままのもこもこが最高……

「やっほー！」「ちょ!?」

パーライさんの方は普通に飛んでも、ホーライ君は楽しいのか急にバレルロールをしながら飛ぶ。

僕の体は逆さになってもしっかりと乗っていられる。これが【ラフライダー】の効果なのかな？

「うぷっ……」「ヴァイア様!?　吐かないでくださいよ!?」

顔を出していたヴァイア様がバレルロールでグルングルン回されてリバースしそうになってる。

とりあえず背嚢の中に戻ってくれた方が良い。というか戻って？

「ホーライ君！　もう少し普通に飛んで！」「ん？　分かった！」

返事をしたと思ったらホーライ君はジグザグに、まるで雷の様に飛び始めた。

「ホーライ君基準じゃなくてー！」

普通の鳥基準のつもりだったけど、ホーライ君基準の普通で飛ぶ。死んじゃう死んじゃう！

「もう限界……」「ヴァイア様はバッグに戻っててー！」

ハチャメチャな状況の中、パーライさんがこっちに戻って来てホーライ君を止める。

「それ以上やったらハチさんが落ちるぞ？」「ごめーん」

パーライさんがホーライ君を止めてくれたお陰で悲惨な未来は何とか避けられた。

「ほら、もう村に着くから落ち着きなさい」

何とかホーライ君を落ち着かせて村の前に着地する。当然村の皆は警戒して集まっている。

「おーい皆ー！」

「「ハチ？」」「ぽよ？」

拍子抜けな表情で皆がこっちを見ている。ホーライ君から降りて村の皆に紹介する。

「前に言った大木の鳥達。紫がパーライさん。白いのがホーライ君で……」

「やぁやぁ、アトラは居ないのか？」「こちらヴァイア様です」

「はぁ!?　連れてきたのか!?」

ドナークさんがビックリしている。やっぱりそのくらい凄い事なのか。

「あ、あと可哀想だったから連れてきたミミックさん」

背嚢……バッグから宝箱を取り出す。

「ほら、皆に挨拶して？」「お、おらぁ……こんなにいっぱい居るとは思ってなかったぞ？」

宝箱がガタガタ揺れている。まさか人見知り……いや、モンスター見知り？

「宝箱のミミックさん。ちょっと緊張してるけど岩塩が好きみたいだよ？」「よ、よろしく……」

僕の後ろに隠れて挨拶をするミミックさん。さっきまでの威勢はどこに行ってしまったんだろう。

「まぁたハチが新しい住人候補を連れてきたのか」

「まぁミミックさんは候補だけど……ヴァイア様とパーライさんとホーライ君は僕の武器に関係があるから来てもらったんだ。皆にも協力して欲しい事なんだけど……」

そして紋章の事と失敗したら痛くない様に殺して欲しいという事を皆にお願いした。

「それはダメだ！　私は許さない！　そんな物を使うくらいならここで暮らせば良いんだ！」

姫様が反論して、逆にお願いされたけど残念ながらそのお願いは聞けない。

「姫様、僕ここを出て冒険したいんだ。あの泉があるから帰る事は出来ると思うけど……」

旅人の泉はワープが出来る様だけど、見つけたのはここだけ。すぐに帰るのはまだ無理だろう。

「でも、ハチを殺すなんて出来ない！」「じゃあ僕が暴走しない事を祈っててくれるかい？」

紋章の実験をする交渉で駄々をこねる姫様を宥《なだ》めるのに、夜まで掛かってしまった。

「やだやだ！　そんな危ない物使わないで！」「まぁまぁ、やってみないと分からないから……」

「おうおう、どうしたんだ？　言い争いなんかして」

アトラさんがスッと会話に入ってきた。

「ハチが紋章を自分に使うって言うんだ！　危ないからダメって言ってるのに！」

「何！　紋章だと？　誰からそれの事を聞いた」

アトラさんがちょっと真剣な雰囲気で訊ねてくる。真剣なアトラさんって見た事あったかな？

「私だアトラ。お前は何を適当な事を教えてるんだ。ハチが勘違いしてただろうが！」

「あの洞窟の魔石は中々純度が高くて美味いのに、喰いに行ったら攻撃してくるじゃないか」

「勝手に喰って行くんだから怒るに決まってるだろうが！」

おっと……アトラさんとヴァイア様が喧嘩《けんか》を始めた。困ったな……サクッと話を進めたいのに。

「一旦ストップ！　アトラさんはヴァイア様の洞窟で美味しい魔石を勝手に食べていた。だから
ヴァイア様が怒った。話を簡単にしたらこうですよね？」

「まぁ……そうだな？」「そうだ！」

アトラさん達の話を纏《まと》めるとそういう事だよね？

「ヴァイア様はアトラさんの態度に怒っていただけで、欲しいって頼めば分けてくれるんですか？」

「……まぁ頼むのなら分けても良いぞ」

「じゃあアトラさん？　どうしたら良いか、分かりますよね？」「儂に謝れと言うのか！」

明らかに威圧する様に僕に顔を近付けるアトラさん。周りの皆は委縮している感じがする。

僕は、まぁ怖いと言えば怖いが、やってる事は食い逃げだし、悪いのはアトラさんの方だ。

「そうだよ？　もしかして恥ずかしくて自分が間違っていても謝れませんか？」「むうぅ……」

明らかに狼狽《うろた》えるアトラさん。僕が怖がらなかったからかな？

「僕はお互いが納得して解決した方が良いと思うんです。どうすれば良いか。分かりますよね？」

さっきと同じ様な事を言って、逆にアトラさんに近寄るとアトラさんが後退《あとずさ》る。

「わ、分かった……ヴァイア。今まで勝手に魔石を喰ってて悪かった。この通り、許してくれ」

ヴァイア様に対して地面に伏せるアトラさん。その姿を見て驚愕《きょうがく》の表情を見せるヴァイア様。

「あのアトラが謝った……!?」

そんなにビックリする事なのか……

「分かった。これまでの事は水に流そう。欲しかったらせめて一言言ってからにしてくれ」

「あぁ、ありがとう」

「これで仲直りって事で良いですか？」「ああ」

良かった。お節介かな？　とも思ったけどこれは直した方がお互いの為に良いと思ったからね。

「じゃあ仲直りした所で紋章の件お願いしても良いですかね？」

「ハ、ハチ！　その話はダメだと言っただろう！」

姫様が恐る恐る僕に言ってくる。冷や汗が出ているからさっきの喧嘩が相当怖かったのだろう。

「ゴブリンプリンセスよ。ハチを見てみろ？　儂の威圧をあの至近距離で受けたのに、まるで意に介さん。むしろ儂に……ともかく、この胆力ならば紋章くらい何て事ないかもしれんぞ？」

「それは……確かに」

姫様もやっと納得してくれたかな。

「じゃあ紋章を装備してみたいんですけど……僕はどうしたら良いですかね？」

紋章を装備するって、手持ち武器ではないだろうし、まさかタトゥー的に体に描き込むとか……

「そうだな……ハチならばこの場の者達で新しい紋章を作成しても良いかもしれんな」

「なるほど、ハチならば或《ある》いは……という事か」

「おいおい、紋章を新しく作るだって？　大丈夫なのか？」「ぽよ？　ぽよぽよ？」

「ハチならどんな紋章でも装備しちゃいそうだけどな」

「ハチの為に私が関わる事が出来るなら……！」「「「ハチ様がんばれー」」」

「兄さん紋章を付けるんでっか!?　それは凄い事やなぁ！　もちろん協力しまっせ！」

「ハチが頑張るなら僕も頑張るー！」「私も微力ながらお手伝いします！」

ここに居る皆が僕の為に手伝ってくれる……ちょっと目頭が熱くなってきた。

「ハチ、紋章は大きくなっても良いか？」

「構いませんよ。どうせ服で隠れると思いますから」

「分かった。では早速始めよう。皆の者、ハチを囲め」

皆が僕の周囲を丸く囲む。すると地面に魔法陣が現れた。

「皆の者！　ハチに魔力を！」「お、おぉ？　うおぉぉぉぉ！　お？」

僕に両手を向けると色んな色の魔力が僕に向かってくる。体中を熱が駆け巡り、一瞬暴力衝動が起きたけど、その衝動はすぐに収まる……もう終わり？

「新紋章定着確認……成功だ！」

体の違和感が消えたと思ったらアトラさんの声が聞こえた。どうやら成功したみたいだ。

『武器　アストレイ・オブ・アームズ　を入手』

アストレイ・オブ・アームズ　レアリティ　ユニーク　全ステータス＋20％
耐久度　破壊不可　特殊能力　成長武装　自身のレベルに合わせて武器の性能が上昇する
人間には装備出来ない紋章を、魔物達の協力によって無理矢理装備出来る様にした、本来の紋章

とはかけ離れた全く新しい紋章

体を確認すると黒い炎というか波の様な模様が手足に出ていた。顔にも模様が出てるのかな?

「ねぇ、僕の顔に模様とか出てる?」「左目側になんかカッコイイのが出てるぞ!」

顔にも何か出てるみたいです。

『武器スキル　【リインフォース】　を習得』

【リインフォース】　消費MP2（継続）　魔力を纏い、身体能力、防御力、攻撃力が上昇する

特に数値がある訳でもなく、説明もふわっとしている。とりあえず使ってみよう。

「【リインフォース】……おぉ、これは確かにふわっとした説明にもなるか……」

軽くジャンプすると2、3mくらい垂直にジャンプ出来た。自分の身体能力の上昇が良く分かる。

「ハチ、斬ってみろ！」

アトラさんの声が聞こえたと思ったら、僕と同じくらいのサイズの丸太が飛んできた。

「アトラさん。いきなりは危ないですよ!?　うっそ……叩《たた》き落とすだけのつもりだったのに」

半身で丸太を避け、上から叩いて地面に落とすつもりが、丸太がバラバラになった。

「だから言っただろ？　斬ってみろと。ほれ！」「ふっ！」

また丸太を投げつけられたので、今度は手刀を丸太に対して縦に打つ。真っ二つだ。

「はっ！」

割れた丸太に貫き手を打つと、見事に手が丸太を貫通した。これが【リインフォース】の力か。

「すっげーな？　剣も無しにそんな事も出来るのか！」「ハチよ。これを弾《はじ》けるか！」

ワリアさんが褒めてくれたと思った直後に今度はヴァイア様が小さな水の球をかなりのスピードで飛ばしてきた。もしかして皆意外とスパルタ？

「もう少し優しくしてくれないですかね……」

飛んで来た水の球を払いのける様に腕を動かすと水の球が腕を滑る様に逸《そ》れた。

「おい、ハチ。わざとか？」

「ごめんアトラさん。【受け流し】って受け流しても攻撃の判定が無くなるって訳じゃないのね」

「くくっ……まぁこれで今までの事を許してやるんだから良いじゃないか？　なぁハチ」

「わざとじゃないんだ！　ただ向きが悪かっただけで……ごめんね？」

顔面に水の球がぶち当たったアトラさんに謝る。さっきアトラさんに謝らせたんだから、自分も悪い事をしたなら謝るべきだ。

「まぁ良い。ざっと見た所、人間が紋章を装備しようとしたら暴走状態や狂暴に陥るみたいだが……ハチは無効化した様だ。無事に紋章が装備出来たみたいだな」

無効化……【豪胆無比】かな？　精神系状態異常が無効化されるとか説明に書いてた気がする。

それのお陰で僕はこのアストレイ・オブ・アームズを装備出来たのか。

「もしかしてさっきのって僕を試してた？」

「さて、何の事だかな」

明らかにいつものアトラさんでは考えられない過剰な怒り方だったから聞いてみたけどはぐらかされてしまった。

「ハチ！」

姫様が僕に向かってダイブしてきた。受け止めようと思ったけど、リインフォースしたままだと危ないかな？　と思い、スローな世界でリインフォースを解除する。

「良かった……本当に良かった」

「心配かけてゴメンね？　でも皆と姫様のお陰で僕は強くなれたよ！」

これは皆のお陰で手に入れた力だ。人に迷惑は掛けない様にしよう。掛ける相手居ないけど。

「皆ありがとう。皆のお陰で僕はこれからも頑張れるよ。あと、皆に伝えたい事があるんだ」

ごそごそとインベントリに入っている無垢《むく》なる人形のパーツを全て出す。

「僕、この人形の修復が終わったら、この村から出て冒険に行こうと思うんだ」

「「「「……」」」」

その言葉を告げると静寂に包まれる。色んな思いがあるのだろう。僕はこの静寂に耐えきれず、村の家に走って向かい、ログアウトした。

「ゲームだとしても、ああいうのは慣れないな……」

沈黙が周囲を包む中、皆が僕に注目していた。あれは正直良い気分じゃないな……

「ちょっと勉強やご飯にしよう」

今はあの場所には戻りたくない。一旦お風呂にでも入って気分転換をしよう。

「ふぅ、さっぱりした」

お風呂やご飯等、現実でやるべき事を済ませて時間は出来たけど、いざアルターに入るとなると、躊躇《ため》いが出る。こういう時は誰かに相談……そうだ！　アルターで出来た友人に会いに行こう！

「オーブさん」

「おや？　ハチ様。いらっしゃいませ」

ふわふわ浮いていたオーブさんが僕を見つけると今度は僕の周りをふわふわし始めた。

「何かの練習でしょうか」

「まぁ、会話の練習というかなんというか……人生相談、みたいな？」

「はぁ……ゆっくりお話を聞きましょう」

オーブさんに相談に乗ってもらう事にした。

「ふむふむ、相手の言い分を聞かずに逃げ出してしまったと？」

「はい……それでちょっと戻り辛《づら》くて……」

用意された椅子に座ると、机と対面に白いマネキンが置かれ、オーブさんに上から照らされる。

尋問でもされてるみたいだ……

「はぁ……ハチ様？　その方達《たち》はハチ様の事を嫌っているのですか？」

「嫌ってはいない……と思う」

村で色々良くしてもらってるし、嫌われている訳ではないはずだ。

「じゃあ気にせず戻るべきです。ハチ様はビビり過ぎですよ」

おう……辛辣ぅ。

「というか、いつ聞こうか迷ってましたけど、何で人間が紋章を装備してるんですか！」

「これは村の皆の協力で新しく作った紋章です。オーブさんの言った通り僕でも装備出来る武器が見つかりましたよ！」

「作ったって……えぇ……？」

困惑しながらも鏡を出してくれるオーブさん。

「結構全身にこの模様が出てるんだ」

装備を全部解除すると手足以外に背中にも模様が出ているのを確認出来た。

「はぇ……こんな感じの模様が出てたんだ」

左目付近に梵字《ぼんじ》の様なマークがある。何か意味があるかもだけど、カッコイイからオッケーだ。

「あの方達に出来て私に出来ない訳が無い……」

僕が鏡で自分の左目付近を見ていたら、後ろの方でオーブさんがぶつぶつ独り言を言っていた。

「確認も出来たし服を……あれ、オーブさん？　服、返してくれません？」

オーブさんが僕の服を宙に浮かせたまま返してくれない。え？　ここで装備没収？

「あの、没収するならせめてお守りだけは返してくれませんか？　大事な物なので……」

オーブさんから貰《もら》った装備を没収されるにしても姫様から貰ったお守りは返して欲しい。

「んー、なるほど！　これならば！」

空中に浮いたままの服に光線を浴びせる。あの……オーブさん？　僕の話聞いてる？

光線を浴びせられるローブと浴びせるオーブさん。全然こっちを見ない……

「あの、もしもーし……」

「この組み合わせを変えれば……成功です！　あっ、ハチ様。無視してすみませんでした」

「あぁいや、とりあえず服返してくれる？」

「ええ、どうぞ」

オーブさんから装備を受け取る。

オーブ・ローブ　レアリティ　ユニーク　全ステータス＋30　耐久値　破壊不可
特殊効果　成長防具　自身のレベルに合わせてこの装備の性能が上昇する
とある存在が負けず嫌いの精神で作り直したローブ。壊れないだけでなく、装備者に合わせて強くなる性能が追加された

「あの、これは？　なんか装備が変わってる気がするんですが……」

「まぁ私の負けられない思いと信頼するハチ様へのプレゼントという事で……というか防具が最初

に旅立った時と変わっていませんが、ハチ様は防具を縛ってプレイでもしているのですか？」

「縛っている訳じゃなくて、単に買う所も無ければ入手も出来てないだけなんだよね……」

アクセサリーはアトラさんに預けちゃってるし……ヴァイア様の所で見つけたのは武器だし。

「なるほど……現在はイベント製作中でハチ様のプレイを見る事は出来ませんが、何か発見がある事を楽しみにしていますよ」

イベントを製作中って、内部事情的な事言って良いのかな？　まぁ伝える相手も居ないけど……

「あの、オーブさん？　そういう情報って漏らしても大丈夫なんですか？」

「……聞かなかった事にしてください」

「分かりました。誰にも言いません。というかプレイヤーにまだ出会ってません」

「は？　いやいやそんな……えぇ……？」

空中にズラァっと文字が浮かび、凄《すご》い勢いでスクロールされていく。速すぎて僕には読めない。

「本当にプレイヤーと接触していない……ちゃんとアルターの世界を楽しんでいますか？」

「まだ会ってないけど楽しいですよ？　色んな出会いもあるし……これから別れもある……」

オーブさんに相談していた事を思い出した。皆の所にもう一度顔を出すのがちょっと怖い。

「もし、ダメだったなら……その時はまた新しい出会いと共に何度でもやり直しましょう。ハチ様は忘れてしまったんですか？　何度もリハビリする事で体が動ける様になったじゃありませんか」

オーブさんなりの励ましを貰い、また皆の所に行く勇気が出てきた。

「忘れてたよ。そうだね。物事は絶対何とかなる！　どんな時でも前を向けば必ず上手《うま》くいく！」

「では、行ってらっしゃいませ」

オーブさんに励ましてもらい、アルテアに飛ばされた。

「ハチ様ならば上手くいくはずです……さて、イベントのルール等を決めなくては」

ハチを送り出した後、alter《アルター》・world《ワールド》発売記念のイベントの製作を急ぐオーブであった。

「ふぅ……よし！　行こう！」

いつ皆に会うか分からないけど会ったらきちんと話さないと……

「あっ、皆……」

ドアを開けて外に出た途端に皆が待っていた。

「ハチ。待ってたぞ」

アトラさんが昼にもかかわらず村に居た。これはいつもと違う。

「ハチ、この村はハチがいつ帰って来ても良い場所だ」

「そうだぞハチ？　この村の泉に転移出来る様に水を持ってこさせたのに、お前が居なかったから別の者に頼んで運んでもらったぞ？」

「兄さん急に家に走って行ってしまったから焦ったで……もしかしておらぁのせいかと……」

「ハチー！　僕達もこの村の住人になったよー！」

「良い機会なので私達もハチさんが居ない間にこの村の住人になりましたよ！」

僕が失敗したと思って居なくなった後、色々あったみたいだ。

「おう、村の力が増したから昼でも皆が出られる様になったからな？　ハチが居ない間に」

「そうそう。ハチが居ない間に！」

姫様の言い方がグサッと来る。

「ハチは旅人だからいつか村を出て行くのは皆も分かってんだよ。俺も昔は冒険してたなぁ……」

「なーに昔の事懐かしんでんだよ。この骨は」

「俺も昔はやんちゃしてたんだぞ？　今は農業の楽しさが骨身にしみて……ギャグじゃないぞ？」

「ぽよ……」

ワリアさんの骨ジョークが炸裂《さくれつ》し、周りの空気が凍り付く。

「まぁこいつの話は置いておいて、姫様もハチがいつか村を出て行くってのは納得してるからよ」

ドナークさんにぴったりくっついている姫様を見れば、姿は違えど姉妹の様にも見える。

「ハチが私をこの村に連れて来てくれた様に他にも色んな者を村に連れて来た。そしてそのお陰でこの村も力を増して、朝に外に出られる様になった。私の勝手で、ハチの世界が広がるのを邪魔する事は出来ない。村を出て行くのは寂しいけど直ぐに出て行く訳ではないのだろう？」

「そうだね、人形の修復が終わるまでは出て行かないよ」

人形の修復。クエストでもあるこれを達成しなければ胸を張って出て行けない。

「ならいつもと変わらないな！」

「……そうだね。考えすぎだったかも。泉を使えば、この村に来る事も出来るんだよね？」

「あぁ、他の泉を見つければ、その泉に移動する事が出来るぞ？　本来ならば金が必要になるが、ハチがここに来る時とここから出発する時は私の力でタダにしてやろう」

ヴァイア様がとても頼もしい事を言ってくれた。というかその移動にお金が掛かるんだ……

「ヴァイア様には感謝しか無いですね」

「むふっ！　ハチだけだぞ？」

悩んでいた僕がバカみたいだ。やっぱりこの村に居る皆は良い人ばっかりだ。

「僕、誤解してた。皆、僕の事を思ってくれてたのに、拒絶されたと思って……本当にゴメン」

「それなら頑張って人形を修復してくれ」

アトラさんからの依頼は勿論《もちろん》やるけど、その前に絶対にリベンジしなくてはならない奴《やつ》が居る。

「うん、絶対に修復するよ。だけど僕には倒さないといけない奴が居る。あのカエルに勝てなきゃ僕は前に進めない」

ウシガエルに勝てるのか。今後僕一人でやっていけるのかが懸かっている。と思う。

「なるほどなぁ、まぁ今のハチなら倒せるんじゃないか？」

「アトラさんがそう言ってくれるなら勝てる気がするよ。それじゃあリベンジ行ってきます！」

皆も手を振って見送ってくれる。絶対あのウシガエルに勝ってやるぞー！

走って沼地に向かう。色々な称号とか装備のお陰で結構速く走れるな。

「待ってろウシガエルー！」

岩場を越え、沼地に辿《たど》り着く。紫電ボードでこの前と同じ様に沼の上を滑る様に移動する。

「見つけたぞー！　おりゃ！」「グェゴッ!?」

ホルスタインカラーのデカいカエル。前回撤退したあのカエルだ。鉄の硬貨を取り出し、投げつける。手に持てて投げやすい物って今の所これくらいしか無いんだよね。

『スキル【投銭術】を入手』

今手に入ったスキルを確認するのは後だ。陸地で【リインフォース】を発動して、戦闘開始だ。

「さっさと片を付けてやる！」

ウシガエルが跳躍を始めた所で落下地点から動き、僕も跳躍して上を取る。

「打撃が効かなくても刺突ならどうかな！」「グゴッ!?」

カエルの脳天に、強化された左手を窄《すぼ》めて蟷螂《とうろうしゅ》手の形にして刺す。脳天に肘まで腕が刺さる。

「もう一発！」「ウゴキュッ……」

今度は右手も蟷螂手の形にして刺すと声にならない声を出すカエル。ここだ。

「【リブラ】ItoS《アイトウエス》」

かなり省略したけどＩＮＴを50％下げ、ＳＴＲを50％上げる事が出来た。でもこの省略方法はＤＥＦとＤＥＸの入れ替えは出来ないか？　いや、ＦとＸで区別が出来るか。

「ついでに【パシュト】」「グヒャ……」

摑《つか》んだカエルの脳を力技で引っ張り出す。【パシュト】のお陰か、赤ポリゴンが凄く出てくる。

ウシガエルが暴れても【ラフライダー】の効果で振り落とされないので、攻撃を続ける。摑んだ脳を一度放し、皮膚を手刀で切り裂く。殴っても無傷なカエルは手刀だとあっさりと切り裂けた。

完全にアウトな光景だけど、そこはゲーム。中身は全部赤ポリゴンで表現されてるからセーフだ。

『Ｌｖ16にレベルアップしました』

ハチ　補助術士Lv16　HP290→300　MP560→575
STR18→19　DEF17　INT30→31　MIND85→87　AGI55→57　DEX70→72
成長ポイント160

「勝った！　勝った勝った勝った！　やった！　ウシガエル倒した！」

テンションが上がってしまった。周りから見たら衝撃的な戦闘だったかもしれないけどね。

『称号　【オーガン・ブレイカー】を入手』

【オーガン・ブレイカー】　相手の臓器を内側から何度も破壊する事で入手
ポリゴンじゃなければモザイク不可避ですよ……　臓器破壊力アップ

怖っ、え？　臓器破壊力？　とりあえず内臓に対してダメージが増えるって思えば良いのかな？

「なんか、これのせいで喜びきれない……あっ、さっきなんかスキル取ったっけ。確認しよう」

ウシガエルを倒す前に入手したスキルを確認する。

【投銭術】 アクティブスキル　硬貨を投げつけてダメージを与える事が出来る。ＤＥＸの値が高ければ命中率と威力が上昇する。価値が高い硬貨を使用すると魔力ダメージが付与される

なるほど、今まで鉄貨《1G》を使ってたけど、価値のある硬貨を使用すると更に強い攻撃が出来るのか。

先制か、遠距離で使えるかな？　多分後ろの効果はほとんど意味無いだろうけど……

「これが僕の数少ない遠距離武器か」

親指で鉄貨を弾き、落ちてきた所を摑んで投げる。木に当たった鉄貨は木の中に埋まった。

「おっとっと、たとえ１Ｇでもこれは勿体無い《もったいな》い」

木を切り、埋まった鉄貨を回収する。【投銭術】で使ったお金は回収できるのね。良かった。

「さて、じゃあこのウシガエルの素材を……ん？　そういえば死体って泡沫《うたかた》バッグに入るのかな？」

泡沫バッグなら死体も入れられるかと、バッグの口を開けると中に吸い込まれた。

「おぉ……」

上手く感想が言えなかったけど、あんな物を入れたにもかかわらず、重さを感じないって凄いなぁ。そういえば、ヴァイア様達は自分から出て来たけど、中身ってどう取り出すんだろう？

「とりあえず開ければ良いのかな？　おっ」

バッグを開けて中を見ると急にステータスを見る時と同じような半透明のボードが出てきた。

ボードに『神聖な地下水』と『フロッカウの死体』と書かれている。

「ひょっとしてこれをタッチすれば……」

表示されていた『フロッカウの死体』の文字の部分をタッチするとバッグの口からウシガエ……

フロッカウの死体が出てきた。

「おぉ……」

フロッカウを仕舞った時と同じ様な反応をしてしまう。別個体が来るかもだし、仕舞って帰ろう。

「よし、リベンジ完了！　次の目的地はアルファン山の頂上にしてみようかな」

一度村に戻って情報収集しよう。誰か山について何か知らないかな？

「ただいまー！」「おう！　おかえり」

アトラさんが出迎えてくれた。今日はずっと居るのかな？

「リベンジ出来ました！　これが、証拠です！」

「ほう？　やったな？」

バッグからフロッカウの死体をアトラさんの前に出す。

「うわっ！　おまっ、どっから出した!?」

「ふぅ、やはり狭いが水の中が気持ちが良いな！」

アトラさんがビックリしている間にミニ……ミディアム？　とにかくいつも見るヴァイア様より

は小さく、ミニヴァイア様よりは大きいサイズのヴァイア様が泉から出てきた。

「ヴァイア様、カエル倒せました！　それとこれ使ったままでごめんなさい……お返しします」

泡沫の背嚢《はいのう》をヴァイア様に返そうとすると尻尾で制された。

「それはもうハチにやるさ。そういえばハチは素手での戦闘だったな？　どれ、一度背嚢を貸せ」

ヴァイア様が背嚢を尻尾で受け取って口から水の球を出し、その球の中に背嚢を入れる。水の球が光るとそれこそ完全に水で出来たバッグの様な泡沫の背嚢が僕の背中にゆっくりと降りてきた。

泡沫《うたかた》の水背嚢《すいはいのう》　レアリティ　ユニーク　耐久度　破壊不可　許容数8
入れられる量が少し増えた水背嚢、どんなに大きな物を入れても重さが泡沫の様に消える不思議な背嚢。使わない間は存在も泡沫の様に消える

「使う時は背中に触れれば使えるはずだ。普段は存在が消えて戦闘の邪魔にはならないぞ」

装備された水背嚢がいつの間にか消えていたので背中に触れると、水が集まってバッグの形状になった。10秒程放置すると水が霧散し、袋が消えた。これはとても助かるなぁ。

「ヴァイア様は頼りになるなぁ」「むふふっ！　そうだろうそうだろう！」

多分今ヴァイア様に腕があったら腕組みしながら胸張ってるんだろうなぁ……

「ふーん？　ハチはヴァイアばっかり褒めるんだな？」

アトラさんがいじけてる。そういえばヴァイア様はよく褒めるというかヨイショすると喜ぶから
そういう対応をしてたけどアトラさんを褒めた事ってそんなに無かったかな？

「ヴァイア様にはお世話になってるからね？　まぁアトラさんにもお世話になってるけど、アトラ
さんは尊敬っていうより友達っぽいんだよね」

「友達？　ハチ、儂《わし》の事そんな風に思ってたのか？」

「うん。ダメだった？　やっぱアトラ様って他の皆と同じ様に敬った方が良いのかな」

僕としては残念だけどアトラさんがそういう態度を取って欲しいと言うのなら仕方がない。

「カッカッカ！　いや、それで良い！」

なんかアトラさんの機嫌が良くなった。友達っていうのが良かったのかな？

「じゃあ今まで通りって事で。あと、アルファン山の事を聞きたいんだけど。出来れば山頂の方」

敵もそうだけど、山の情報が足りない。防寒具の類が必要なのかも知っておきたいし。

「んー……上の方は良く知らん」「山は寒いが……今の山頂がどれ程寒いかは分からんな……」

「いや、寒いって分かっただけでも十分です。やっぱ防寒具は必要かぁ……」

やっぱり山の頂上は寒いらしい。今度は何かもこもこした物でも集めてみようかな？

「おいおい、これ置いてくなよ！」

おっと、フロッカウの死体を出しっぱなしにしてた。あー……これどうしよう。

「……フロッカウの皮ならばある程度寒さに耐えられるかもしれん」

ヴァイア様が呟《つぶや》いた。ほうほう？　これが防寒具に使えるかもしれないのか。

「とぅるるーとぅるとぅる……うおっ!?」

妙な歌を歌いながら近くを通りかかったドナークさんがフロッカウの死体を見て驚く。あっ、ドナークさんって手先が器用だったよね？

「ドナークさん？　ちょっと相談したい事があるんだけど……」

「お、おう……うへぇ、頭が……」

頭がぱっくりと開いたフロッカウを見て少し気味悪がっているドナークさん。

「これ僕が倒したんですけど、ヴァイア様曰《いわ》く防寒具に使えるんじゃないかって……」

「私に防寒具を作って欲しいって事か？　うーん……」

ドナークさんがフロッカウを見て唸《うな》っている。

「アルファン山の山頂を目指すのに寒いらしいから防寒具を持っていきたいんだ」

「アルファン山の山頂？　それならフロッカウはあまり良くないぞ？」

ドナークさんがフロッカウは防寒具に良くないと言う。

「ほう？　それは何故《なぜ》だ」

ヴァイア様がドナークさんに聞く。圧をもう少し抑えてあげてくれ。

「は、はい。フロッカウの皮は氷結耐性があまり無いので、多分アルファン山の山頂付近なら、中が大丈夫でも、外側が凍って動けなくなるかもしれません。水中なら使えますが……」

内側が無事でも防寒具が凍って動けなくなっちゃうのは困るな。

「なるほど、それならば山に居る奴を狩ってそれを素材にした方がより良い物を作れる……と？」

「高い所に居る奴ならば寒さに強いでしょう。ハチ、暖かそうな奴を狩ったら防寒具にしてやる！」

「ありがとう。絶対暖かそうな奴狩ってくるよ！」

ドナークさんが防寒具を作ってくれるらしいから、良い物の為《ため》に良い素材を狩ってこないと！

「ハチ待て。何か忘れていないか？」

僕が山に向かおうと歩き出したら後ろからアトラさんに呼び止められた。

「何か忘れてましたっけ？」

何か忘れた事を忘れた。なんだろう？

「お前、儂に首飾りにして欲しいと色々預けただろう？」

ＳＴＲが下がるけど自動ＭＰ回復が優秀だった『封力の魔骨』が戻ってくるなら嬉《うれ》しい。

「あっ！　そうだった！」

「ハチが居ない間に住人も沢山増えたからな。色々と追加してやったぞ。ほれ」

「へ？　色々追加？」

アトラさんが何かペンダントの様な物を1つ渡してきた。

『アストレイ・オブ・アミュレット　を入手』


アストレイ・オブ・アミュレット　レアリティ　ユニーク

STR＋75　DEF＋40　INT＋80　MIND＋50　AGI＋100　DEX＋100
耐久値　破壊不可
特殊能力　HP、MP自動回復（大）　身体系状態異常超耐性　採取の目（※1）　電磁防御（※2）　欺瞞（※3）（※1　採取しなくてもアイテムの情報を確認出来る）（※2　遠距離攻撃に限り、30秒間自動で防ぐシールドが発動する。一度発動すると1時間再使用不可）（※3　戦闘状態に入っていない場合、ほとんどの敵に先制攻撃されない）
ハグレ者達の想いが詰まった結晶体。思い出や信頼が形となったとても貴重なアミュレット

色々の量が半端じゃないんだけど？

「ア、アトラさん？　なにこれ？　恐ろしいくらいの性能なんだけど……」

アストレイ・オブ・アミュレットを見つめながらアトラさんに訊《たず》ねる。暗い正二十面体の結晶に、首から下げる事が出来る様に丈夫そうな紐《ひも》が付いている。

「ハチの首飾りだと言ったら私も私もと、追加したらこんな風になった。人望あるなぁハチ？」

付いている能力的にそんな気はしてたけど……だとしても1つのアクセサリーにこれだけ能力とステータス上昇効果があるっていうのも凄い。

「大体強い装備を入手した奴は浮かれて自分の実力よりも高い戦場に行き死ぬ」

とても真剣な口調のアトラさん。確かにこんな装備を入手したら浮かれてもおかしくない。

「気を付けないとなぁ……」「おいおい、随分呑気《のんき》だな？」

さっきまで真剣だった口調が砕ける。

「だって自分から危険な所に入って行くより、危険って向こうからやってくる物じゃない？」

「……それもそうだな！　気を付けて行けよ！……で、コレどうにかしろよ……」

フロッカウの死体の事すっかり忘れてました。

「まぁこれはこれで使えるから私にくれないか？」

「良いですよ？　じゃあそれはドナークさんにあげます」「よっしゃ！」

ドナークさんがフロッカウの死体を持ち上げ、どこかに持っていく……うわぁお、凄いパワー。

「じゃあ僕はアルファン山を登れる所まで登ってみます」

「頑張るのだぞー！」

ヴァイア様の応援を背に受け、アルファン山に向かう。よし、また崖を登って行こうか！

「行くぞー！　【リインフォース】」

山の下の方じゃ毛皮が暖かそうな敵は出ないだろうし、ここは崖登りの一直線最短ルートで！

「うぅ……結構寒いなぁ？」

崖を登っていると氷柱《つらら》が出てきたり、雪が降ってきたりと寒さを感じる様になった。状態異常に強くなったと言っても環境に適応する訳じゃないから結構寒い。

「やっと地面……わぁ！　一面真っ白！」

崖を登ってやっと自分の先に地面が出てきた。そこは見渡す限り銀世界。寒い。ここじゃ体の動きがすぐに悪くなりそうだ。雪も降っているし、遠くまで歩くと足跡が消えて迷うな。

「この辺なら暖かそうな奴……おや？　あれは……」

暖かそうな毛皮を持つ獲物が居ないか歩いて探していると遂《つい》に出会った。

「シロクマかな？　中々大きいな」

四《よ》つん這《ば》いでも2mくらいあるシロクマ。このシロクマを倒してドナークさんに献上しよう。

「それじゃあシロクマくん。悪いけど先制の一撃は僕が貰うね？」

シロクマはまだこっちに興味が無い様だし、強化して戦闘準備をさせてもらおう。

「【リブラ】ItoX《アイトウエックス》【オプティアップ】DEX【パシュト】」

【リブラ】と【オプティアップ】DEXで60％アップ。【パシュト】で追撃を付与する。

「【オプティダウン】DEF」

シロクマに対してオプティダウンのDEFを掛ける事で10％下げる。

「グオォ？」

シロクマがこっちに気付いた。デバフを掛けられた事で戦闘状態になったのかこっちに向かって走ってくる。というか【オプティダウン】の射程、僕の中じゃかなり長いな？　いや、基本自分にしか掛けないから射程とか特に気にしてなかったが、出来るだけ近くまで来ないとアレが使えない。

「ウガァァ！」

僕に噛《か》みつこうとするシロクマ。スローの中でもこれは恐《こわ》い。対処する方法が無ければだけど。

「【レスト】」

シロクマの前足に手を触れ、【レスト】を発動する。これでダメージは倍……一歩引き、その倒れてくる巨体に、【リインフォース】で強化されほぼ凶器状態の僕の肘で上から落ちてくる頭に……というか鼻先に裡門頂《りもんちょうちゅう》肘をヒットさせる。倒れる勢いと鼻先を捉えた肘がぶつかりボギッ！と嫌な音が聞こえる。僕の肘が折れた音ではない。

「グガァァァ……」

鼻を押さえるシロクマ。前足を退《ど》けると鼻が縮んでいた。なんか凛々《りり》しい熊！って感じだったのがマスコット的なくまさん……みたいになってしまった。

「ふっ！」

掌底を一息で3発、胴体に撃ち込む。現実じゃ3発をこのスピードで撃ち込むのは僕には無理だ。ゲームっぽくというか軽ーく人間辞めた感出てきた。

「ゴパァ!?」

掌底を3発撃ち込んだけど【パシュト】のお陰で追撃の3発分、計6発分の攻撃を喰《く》らっている。【オーガン・ブレイカー】で内臓にも深刻なダメージが入ったのか、口から赤ポリゴンが出てくる。

「グゥガァァ！」

胴体に受けてノックバックしたのか距離が少し開いた。すると反撃とばかりにシロクマが口から氷柱《つらら》を沢山飛ばしてきた。まるでショットガンみたいだ……って。

「これ流石《さすが》に避けきれないかも……」

濃密な氷柱弾幕をスローな世界ですべて避けるのは大変だ。ゆらゆらと重心をずらしながら氷柱を躱《かわ》す。受け流そうと氷柱に手を伸ばすと……

「うおっ!?　なんかバチバチしてる！」

雷が体の表面を駆け巡り、受け流そうとした氷柱をバチッと弾く。他にも沢山氷柱が飛んで来るけど雷が勝手に氷柱を弾き飛ばす。これが【電磁防御】……効果時間は30秒だっけ？　今の内にまた距離を詰めよう。身体能力上がってるからなのか雪の中でも結構動ける。回避運動を止《や》めて、シロクマに近寄るとバチバチと音を立てながら氷柱を弾いていき、シロクマの目の前まで辿り着く。その頃には氷柱ショットガンの攻撃も止んでいた。

「もう一度！」

今度は掌底6連打。衝撃が内部に響く様に打ち込んだ掌底6連打は【パシュト】の力で12連撃となる。今回はおよそ心臓がありそうな場所に向けて6発打った。

「ゴボォ……」「うぎゃっ!?」

致命傷になったのか、シロクマは口から更に大量の赤いポリゴンを吐き出して倒れた。至近距離で戦闘していたから、力尽きたシロクマの下敷きになった。重くて苦しい。ＨＰがどんどん減る。

「むごっもごもご……」

雪のお陰で地面とのサンドイッチになって即死にはならなかったけど、窒息しそうだ。シロクマに潰されながらも雪を搔《か》き分け、背中に手を伸ばす。手が触れると泡沫バッグがシロクマを包み、動くのも大変だった重さがフッと無くなる。シロクマが消えて背中には泡沫バッグがあった。

「助かった……せっかく倒したのに死体に殺されるところだったよ……」

押しつぶされて少し焦っていたけどナイフを使えば死体は消えたからそっちの方が……待て待て、ドナークさんに持っていく素材としてこのシロクマはかなり良い物だからこれが正解だったんだ。HPがレッドゾーンまで行ったけど死んでないし、良い素材が手に入ったんだからこれで良い。

「ふぅ……安心したら冷えてきちゃった。足跡は……良かったまだ消えてない」

雪が降っていたけどまだ足跡が消えていなかった為、迷わずに帰る事が出来る。

「よし、帰ろう！」

たったの1戦とはいえ、大変だったし、これ以上は寒さに耐えられないだろう。帰り道にも迷うかもしれない。欲張っても良い事無いだろうし、帰ろう。

「こういう所は歩かないと跡が残らないから紫電ボードで移動しなくて良かった」

遭難して帰れないのが一番悪い。下山出来てもここどこ？　はまずい。足跡あって良かった……レッドゾーンに入っていたHPもじわじわ回復している。これ、アミュレットが無かったら確実に死んでたね？　道が残っている内に登って来た崖に向かい歩いていく。下りるのも中々大変だ。

「下りる……ってより落ちるなのかな？」

張り付く、手足を離して落下、また張り付くというラペリングも真っ青な下り方で下山する。

「ここまで下りたらもう分かるぞ。でもお腹《なか》減ってるから何か木の実でも食べてから村に戻るか」

寒いとお腹が減りやすいのかな？　その辺の木の実でも食べて空腹度を回復しておこう。

「美味《おい》しいけど……またアユを食べたいなぁ……」

村に来る前に食べた焼きアユチバリスをまた食べたくなった。岩塩で塩焼きもアリだな。

「ただいまー」

「おうハチ！　丁度良い所に」「ぽよっ！」

村に戻るとドナークさんとちのりんが居た。何してるのかな？

「フロッカウの肉。食べるか？」

少し大きめの葉に包まれたお肉を渡してきたドナークさん。

「血抜きはしてあるし、味付けは塩と胡椒《こしょう》だぞ！」

「ドナークさんがお肉をくれるだって……!?」「おいどういう意味だそりゃ!?」

だってこの前の兎《うさぎ》肉ステーキ独り占めにしてたじゃん……

「ぽよっ！　ぽよぽよっ！」

ちのりんが近寄って来たからとりあえず撫《な》でる。血抜きは多分ちのりんがやったと思うからね。

「だってこの前めっちゃ独り占めしてたし……」

「うっ……とにかく！　これはハチが取って来たんだから食え！」

包みを受け取って内容を見てみる。

フロッカウステーキ　とても噛み応えがあって長く味わえるステーキ。空腹度20％回復

「ありがとう。じゃあちょっとここで食べさせてもらうね？」

木の実は食べたけど、空腹度が全回復するまで食べた訳じゃないのでこのお肉は素直に貰う。

「あーむっ、もぐもぐ……」

弾力が凄い。打撃耐性があったからこれだけの嚙み応えなのかなぁ？　味はカエルだと侮っていたけど完全に牛だ。これ結構好きかもしれない……

「これ美味しいね？　弾力があるから結構顎にくるけど……まさか？」

「ふーふー！」

必死に吹けてない口笛を吹いて誤魔化すドナークさん。顎が疲れるまで食べていたのかな？

「あ、そうだドナークさん。暖かそうなの獲《と》ってきました！」「おっ！　見せてくれ！」

話題を変える為に取って来た獲物の話をする。ドナークさんも助かったとばかりに話に食い付く。

「これなんですけど……」

そう言って背中に触れて泡沫バッグを出す。ボードが出てきてあのシロクマの名前が分かった。

『アルビノグラットベアの死体』

へぇ、そんな名前だったのか。とりあえずこれを渡そう。

「はい」「うおっ!?　デカッ!?」

地面に横たわるアルビノグラットベアの死体。ホントよくこんなデカいの倒せたなぁ……

「なんだコイツ？　見た事無い顔だな？」

「あぁそれ僕が鼻を陥没させちゃったみたいで……アルビノグラットベアって名前みたいです」

「グラットベアのアルビノ!?」「ぽよっ!?」

驚いているドナークさんとちのりん。

「そんなレアな奴が居たのか……ハチ。これをバッグに戻して私の家まで運んでくれ」「ぽよっ！」

そんな時にちのりんが声と手を上げる。シロクマの下に入り込み、その巨体を持ち上げる。僕もぶん投げてもらったけど、これだけ重そうなシロクマを運ぶってやっぱちのりんの筋力すごいな？

「おぉ！　さっすがちのりん力持ち！」

「ぽよぽっぽよぽよぽよ？」「はいはい、分かってるって」

何となく「血はちゃんと分けてよ？」って言ってる気がした。それが手伝ったお礼って事かな？

ちのりんがシロクマを持ち上げてドナークさんの家に向かう間にグラットベアについて聞く。

「グラットベアってどういう奴なんですか？」

「グラットベアは基本的に何でも喰っちまう。それで良く喰った奴は体がデカくなる。そういえば戦っている時に何か口から出して攻撃してこなかったか？」

「あぁ……氷柱をめっちゃ飛ばしてきましたね」

全部オートで弾いたけど、あれはすっごい弾幕だった……

「グラットベアは基本的に険しい環境の所に居るんだが、喰った物で出してくる攻撃が変わるんだ。火山だと火球とか出してきたと思うぞ？」

中々凄い熊だ。環境適応力が高いのなら寒さに強くて暖かそうだ。

「アルビノって……やっぱり珍しいんですか？」

「あぁ、滅多に出会える奴じゃない。変異した奴は攻撃が激化したり、異様に体力があったりと他の個体とは別物だよ。まぁアルビノでも私達程強くはならないがな！」

「あっそういえばここに居る皆も普通の個体とは違うんだっけ？」

通常の種とは違う突然変異種がこの村に住んでいる。種族名からして普通の種じゃないだろうなぁって思ってたけどもう普通にスルーしちゃってた。

「そうだ。エキドナは炎を操るが、私は水を操れる突然変異種のエキドナ・アクエリアだ」

他の皆も何か普通と違う所があるんだろう。

「そういう存在が集まったのがこの村なのか……で、アルビノだと防具に良くないとかある？」

「何言ってんだ？　アルビノなんてレアな物使うんだから、良い物になるに決まってるだろ」

「じゃあドナークさんが良い物作ってくれるって期待しちゃっても良いのかな？」

「あぁ、任せとけ！」

情報収集と雑談などもしながらドナークさんの家に辿り着いた。

「僕、今から寝ちゃうんだけど、何かやっておいた方が良い事とかある？」

「ん？　じゃあここで寝てくれ。採寸とか寝てる間にやっちまうから。出来るだけ早く作ってやるつもりだけど、まぁ気長に待っててくれ」

「分かった。じゃあこの椅子使わせてもらうね。おやすみ」

椅子に座り、ログアウトする。ドナークさんがどんな物作るのか楽しみだなぁ……

楽しみに待ちながらも、キッチリ課題を進めたりした翌日。食料品とかを買いにスーパーに行った。色んな食材を買ったけど、ちょっと多めにカップ麺とかも買った。たまにはね？

「ふぅ……いっぱい買ったなぁ」

両手いっぱいに袋を持ちながら家に帰る。明日はカップ麺でも良いかな……まぁ、毎日体操とかしてるし、全く体を動かしていない訳じゃないから大丈夫だろう。流石に少し歩いただけで疲れるとかだったらゲーム時間を削ってランニングとかするけど……

「あっ、石動《いするぎ》……君？」「ん？　えっ、織部《おりべ》さん？」

十字路で声を掛けてきたのは人気者の織部さん。こんな所で出会うなんて……タイミング悪いな。

「そ、そのTシャツは……趣味？」「まぁその……はい」

カーディガンを着ているけど、その下は僕の趣味であるプリントTシャツだ。今着ているのはひらがなで「わさび」と書かれている下に本山葵《ほんわさび》をすりおろしている絵が付いている。

「こ、個性的だね……」「はい……あっ、アイスがあるのでこれで！　さよなら！」

アイスなど1つも無い。ただこの場から早く去りたいので、返事も聞かないで駆け出す。

「あっ……行っちゃった。石動君がアルターをプレイしてるか聞きたかったのに……」

偶然出会えたチャンスをみすみすプリントTシャツ指摘で逃してしまった織部さんであった。

「ふぅ……いや、何で逃げたんだ僕……？」

Tシャツを指摘されて逃げてしまったけど、小粋なジョークでも言うべきだったか？　うーん、そんなセンスは無いな。スべってさっきより辛《つら》くなると思う。あそこで逆に菖蒲《あやめ》さんの服装でも褒められたら……いや、全てが今更過ぎるし、切り替えてお昼の準備だ。お湯を沸かしてカップに注いで終わり。ちょっとスマホでも見てみるか。

「おっ！　イベントの情報出てる！」

何となくアルターの公式サイトを覗《のぞ》いてみるとイベントの情報が載っていた。

『闘技場プレシーズンマッチ！』

ほうほう闘技場ですか？

『ファステリアス王国の闘技場が遂にオープン！　それに伴い旅人《プレイヤー》達の闘技大会を開催します！　βからの参加者と製品版発売時から参入してくださった皆様が対等に戦える様に、ＬＬ《レベルリミット》戦での開催とさせて頂きます。ＬＬ戦とはＬｖ10、Ｌｖ20、Ｌｖ30、無制限と、参加者のレベルを合わせ（レベルの下降調整のみ）、対等に戦えるルールです。参入してすぐの方でも上位入賞のチャンスがあります！　勿論、リミット上限の高い上位入賞者に良いアイテムが配布されますが、参加賞等もありますので旅人の皆様は奮ってご参加ください！　追加情報は2日後！　開催は4日後の正午2時からです！』

なるほど、他の人とレベルを合わせて戦えると。これ、ジャイアントキリング的なのも出来そうだし、追加情報も気になるけどまずは……

「これ僕間に合うかなぁ？」

参加したいけど心配なのはそこ。４日以内に人形のパーツを集めきる事が出来れば胸を張ってファステリアス王国に向かえるけど、出来なかったらこのイベントは見送ろう。これは僕が決めた事だけどあの人形を完成させるまで投げ出す事は出来ない。

「ん？　続きがある」

イベント情報の続きを見てみる。

『リミット無制限の優勝者には【闘技場初代チャンピオン】の称号と新職業【ウェポンコンダクター】への転職チケットや特殊スキルチケット、特殊素材交換チケットをプレゼント！　２位の方には特殊スキルチケットと特殊素材交換チケットを、３位の方には特殊素材交換チケットをプレゼント！』

へぇ、新しい職業かぁ……興味無いなぁ。でも特殊スキルチケットと特殊素材チケットには興味ある。どこまで行けるか分からないけど、もし参加出来たらリミット無制限で出てみようかな？

■【初イベント】アルター　雑談掲示板【キター！】

1：名無しの旅人　イベント情報来たな！
2：名無しの旅人　闘技場か……腕が鳴るぜ！
3：名無しの旅人　お前らどのリミット出るか決めたか？
4：名無しの旅人　そりゃもちろん無制限でしょ！　強いβプレイヤーと戦えるチャンス！
5：名無しの旅人　生産職的にはあまり嬉しくないイベかな……
6：名無しの旅人　生産職はイベントは書き入れ時よ。兎串を売るから良かったら買ってな！
7：名無しの旅人　>6　兎串って事はあのファステリアスで繁盛してる兎串のお店の人か？
8：名無しの旅人　>7　秘伝のタレ串だ。多く買うなら多少サービスくらいしても良いぞ？
9：名無しの旅人　商売話はその辺で。リミット有りが新人戦で無制限がオールスター的な？
10：名無しの旅人　オールスター……ジェイドさんとロザリーさんくらいしか知らない……
11：名無しの旅人　始めたばかりでその2人も知らないんですけど……どんな人なんです？
12：名無しの旅人　新人君に説明しよう！　βテストの時に象徴的だったプレイヤー5人だ！
ジェイドはフルプレートの鎧に大盾と直剣を持ったヘビーナイト！　カッチカチの頼れる兄貴！
ロザリーはレイピアを持ったマジックフェンサー！　魔法とレイピアによる波状攻撃を得意とする女性プレイヤーだ！　残った3人も紹介しよう！　武器と言えばこの人！　鍛冶師のスミスさん！

情報なら任せとけ！　情報屋かつ優秀な盗賊のチェルシーさん！　そして先程も少し現れていた初めてバフ付き料理を作った我らが飯屋様《メシヤ》！　戦えるコックのホフマンさん！　この5人がβ時代の有名人だ！

13：名無しの旅人　うわ出た

14：名無しの旅人　うわ出た

15：名無しの旅人　さっきのは光の5人だ。今のは感覚100％の変態。ハスバカゲロウだ

16：ハスバカゲロウ　褒めるな褒めるな照れる／／

17：名無しの旅人　褒めてねぇよ……

18：名無しの旅人　街中で頭巾とスク水で歩いている細マッチョな奴が居たらそいつだから

19：名無しの旅人　うわぁ、なんか見た事ある……

20：ハスバカゲロウ　まだ私を見た事が無い人に見せつけてやるんだ！　（イベント参加）

21：名無しの旅人　地　獄　絵　図

22：名無しの旅人　これは凄いイベントになりそうですね……

23：ホフマン　とにかくイベント参加する人も観戦する人も楽しんでな？

掲示板もイベント前に盛り上がっているが……掲示板を確認していないハチは知らない。

■

「んん……あっドナークさん。おはようございます」

「おぉ、ハチおはよう。まぁ今は夜だけどな。わりぃ装備はまだ出来てないいんだ」

「作ってくれるだけでも嬉しいんでゆっくりで良いですよ」

ログインしたらドナークさんは裁縫をしていた。未完成なら釣りでもしようかな？

「夜かぁ、ちょっと川にでも行ってみます。何か釣れるかな」

「夜には昼とは違う奴らが出てくるからな。まぁ今のハチなら大丈夫だろうけど気を付けてなー」

「はーい、行ってきまーす」

ドナークさんの家から出ると、月の光で景色も割と見える。このまま行っても良いが、心配だし誰かに川の場所を聞いてからにしよう。夜だからね。断じて迷子になりそうだからではない。

「誰か居るかな……おっ、ワリアさーん！」「おぉ、ハチ。どうした？」

丁度何か籠の様な物と竿《さお》を背負ったワリアさんが目に入ったので声を掛けた。

「ワリアさんどこか行くんですか？」

「あぁちょっと魚を獲りにな。ハチも来るか？」

「丁度僕も魚が欲しかったんでついて行きます！」

これは渡りに船だ。ワリアさんに川まで連れて行ってもらって一緒に釣りをしよう。

「よし、そういえばハチは釣り竿を持っているのか？」

ワリアさんに聞かれたので自作の釣り竿を見せる。

「これですね」

「これは……ちょっと待ってろ」

ワリアさんが一度戻り、僕の使ってる釣り針よりも良い釣り針と錘《おもり》を持ってきた。

「良かったらこれを使え。そっちの針は使い道があるからくれるか？」「どうぞどうぞ」

これなら前より釣りやすそうだ。

「まずは川に行こうぜ？　針とか取り付けるのはその時で良いだろう？」

「分かりました。じゃあ行きましょう！」

『釣り針×1　錘×1　を入手』


「そんじゃあ釣るか。あんまり近いと良くないからな、俺はもう少し離れた所で釣ってるよ」

「はーい」

月の光で川釣りをするのは凄くリラックス出来そう。ワリアさんは少し上流の方で釣りをする。

「とりあえず針と錘を取り付けて……よし！」

釣り竿　レアリティ　PM《プレイヤーメイド》　耐久値　115%　釣りをする事が出来る

ちょっと良くなったぞ？

「月明りに川の音……そしてこのヒットするまでの待ち時間……こういうのも良いよねぇ」

最近はシロクマと戦ったり、皆とすれ違ったり、心が休まらなかったけど、これは癒される。

「来た来た！　ヒットだ」

ゆっくりしようとしたら、竿先がピクピク動く。リール無しの竿なので、グイッと引き上げればすぐに水面から魚が付いた状態で糸が引き上げられた。

「アユチバリスゲットー♪」

割と入れ食い気味になってそれなりの量の魚が釣れた。後でワリアさんに分けてあげよう。

「おーい、釣れたかぁ？」

時間も忘れて釣りをしてたらワリアさんが戻ってきた。僕の釣果を見せる。

「結構釣れましたよ。あっ、あとこんな魚も釣ったんですけど……」

「ん？　これだけでも大したものなのに、まだ他に釣れてたのか」

2匹しか釣れなかったけど、食い付いた時竿が折れるかと思った大物を見せる。

「サケリンクスって魚です」

「こんな大物まで釣ったのか!?　すっげぇな」

「何か料理法とか知ってます？」

「山に行くなら保存も利くサケジャーキーとかどうだ？　少し分けてくれるなら作ってやるぞ？」

「おぉ……美味しそう。じゃああげます！」

鮭2匹を両手で持ってワリアさんに差し出す。

「サンキュー。じゃ、ジャーキーにしてやるぜ！」

これは楽しみだ。ついでにどうやって作るのかも見ておきたい。

「ワリアさん、ジャーキーを作る所って見ても良いですか？」

「なんだ？　興味あるのか？　じゃあ2匹いるから片方が俺が、もう片方はハチがやってみるか」

「はい！　やってみます！」

運良く2匹釣れたのが役に立った。戻ったらジャーキー作りだ！


「よーし、そんじゃ作るか！　まずはソミュール液だ。これを覚えておけば他のにも応用出来る」

「ありがとうございます！」

ジャーキーの作り方をレクチャーしてもらう。

「ここにある材料ならワインと塩と砂糖、後は胡椒も少し入れて……ハーブなんかも使うと良い。この液に薄切り肉や、魚の切り身を漬け込む。まぁワインが無かったらビアーを使うと良いぞ」

「なるほど」

ビアー……多分ビールの事だろうけど、お酒は料理酒として使う以外別に要らないかなぁ……

「普通ならこれに5～6時間程漬けるんだが……ハチ、魔力をコイツに流してくれ」

そう言ってワリアさんは全てがガラスで出来た砂時計を出してきた。

「これは？」

「昔倒した、時間を遅くする奴が持ってた物だ。魔力を流せば対象の時間を操れる代物だ。魔力を流すと上が赤く、下が青く光るんだ。今は早くするから赤が上の状態で地面に軽く当ててみろ」

言われた通りに砂時計を持って、コツンと地面に軽く当てる。

「大体1秒で1時間進むからな？」

「じゃあ5秒ですね。うっ……!?」

僕のMPがほぼ空になった。1秒でMPを100くらい持っていかれたのかな？

「どうだ？　中々持っていかれるだろ？」

「まだ下味付けただけですよね……」

この砂時計を使ってジャーキーを作ろうとしたら恐ろしい量のMPが必要になりそうだ……

「まぁ料理に使う物じゃないからな。今回時間が掛かるから使ったけど、これで下味は付いたな」

「これをどうするんですか？」

「魚は軽く水で洗うが、肉ならここで塩抜きする。じゃなきゃ、かなりしょっぱくなるぞ？」

「魚と肉じゃ違うんですね」

これは良い事を聞いた。肉は塩抜きしないとしょっぱくなり過ぎちゃうのか。

「あぁ、塩抜きが終われば今度は乾燥だ。そん時に役に立つのはこれだ」

何かドロッとした物が瓶に詰まっている。

「これは？」

「スライムゼリーだ。実はこのゼリーの中にこういうのを入れると水分を奪ってくれるんだ」

「おぉ……カチカチになってる」

薄くスティック状に切ったサケリンクスの切り身が乾燥した状態でスライムゼリーから出てきた。

見た目がゼリーなのに水分を吸収するって真逆な感じで全然予想出来なかったな。

「そんでコイツを燻《いぶ》す！」

乾燥したサケスティックを網に乗せ、木片の様な物に火を付ける。モクモクと煙が出てきた。

「じっくりと煙で燻した後、最後にまたゼリーで乾燥させれば長持ちするジャーキーが出来るぞ」

「なるほど！　勉強になります！」

何気にスライムゼリーってアイテムの存在と、使い方を知れたのがデカい。言われた通りに調理して行くと最終的にこんな物が完成した。

サケとば　工夫された調理法により短時間で作られたサケリンクスのジャーキー。酒のつまみとしても抜群。　空腹度＋15％回復　空腹度消費軽減1時間　ＳＴＲ＋5％

良い物が出来た……というかやっぱりこれ鮭とばじゃないか……

「出来た！　じゃあ一口……おぉ中々噛み応えがあるし、噛めば噛むほど味が出てくる！」

「良い出来だ。砂時計はやれないが、そのゼリーとハチが作ったソミュール液はやるよ」

瓶入りのソミュール液とスライムゼリーを貰った。これでジャーキー作りが楽になるかな？

「燻製《くんせい》機もその内作ってみるかなぁ……」

木のチップも作らないといけないけど、いつか作ってどこかで燻製を作るのも良いかも。

「店で飯を喰うのも良いが、自分で作った飯を喰うのも中々オツなものだぜ」

「この村に来る前はアユを棒に刺して焚《た》き火《び》で炙《あぶ》って食べてました」

「あぁそれも良いなぁ……」

　ワリアさんと食べ物トークをしていたらドアがノックされた。

「おーい、ひょっとしてハチも居ないか？」

「おっ、この声は」「おぉ、どうしたよ」

　ワリアさんがドアを開けるとそこにはドナークさんが居た。

「なーんか美味《うま》そうな匂いがしてきたからよぉ？　来てやったぜぇ？」

　飯ギャングだ……

「今ハチとサケジャーキーを作ってたん……」「サケジャーキー!?　あるのか!?」

「はぁ……ほれ」「おぉ！　おいおい、酒は、酒は無いのか？」

　サケとばを見て酒を寄越《よこ》せとドナークさん。あぁドナークさんのイメージが壊れるぅ。

「しゃーねぇな？　ほれ！」「良いね良いねぇ！　一杯やろうぜ！」

　完全にこれから飲み会でも始まりそうだ。

「あぁハチ。頼まれてた物《ブツ》が出来たぞ！　これは祝いのサケだぁ！」

　どっちのサケなのか……どっちもか。まぁドナークさん頑張ったみたいだし、飲むくらいいっか。

「ハチぃ！　もう一杯！」「おえぇ気持ち悪ぃ……」

「ドナークさん飲み過ぎでは……あぁあぁ、ワリアさんは水を飲んでください」

ワリアさんの家で急遽《きゆうきよ》始まった飲み会で僕はお酌をしていた。ドナークさんの飲みに付き合っていたワリアさんは即グロッキーになって口から虹色の何かを吐いていた。これはゲーム的な処理がされてなかったらリアルゲ◯が……うん、考えるのはやめよう。

「せっかく作ったサケとばが……【レスト】」

僕らが作ったサケとば、ほぼ完食。酔ったままじゃ話も出来ないし、2人に【レスト】を掛ける。

「いやぁ悪い悪い！　美味くて手が止まらなかったんだよ！　良い出来だったぞ！」

もう無くなりましたけどね？

「すっげぇな！　二日酔いの感じも無く超スッキリだ！」

ワリアさんは【レスト】が解けてから体の調子がとても良くなったのか、凄く機敏に動いていた。

「2人共もう大丈夫ですか？」

「レストだっけ？　凄いな？」

「助かった。しこたま飲まされた時はいつも気持ち悪くてな？　また酒を造らないとなぁ……」

ワリアさんも苦労人だなぁ。自分で造ったお酒に付き合わされて、気持ち悪くなるって……

「で、ご褒美タイムはこの辺で終わりとして……出来たって言ってましたよね？　ドナークさん」

「あっそうだった！　家に置いてあるから今から取りに来いよ」

「行ってこいハチ。後片付けはやっておくから」

「じゃあ行ってきます。ありがとうございましたワリアさん！」

ワリアさんの家から出て、ドナークさんと一緒に出来上がった防寒具を見に行く。

「どんな風になりました？」「まぁ見てからのお楽しみだ！」

ドナークさんに聞いてみても明確に答えてくれない。いったいどんな防寒具を作ったんだろう？

「ハチ、家に置いてあるから先に入って見てみろ」「え？」

「いいからいいから、まずは1人で楽しんで来い」

防寒具なのに楽しんで来いとは？　言われるがまま1人でドナークさんの家に入ってみる。

「こ、これは!?」

全体的に可愛《かわい》らしく、僕が潰した鼻が活《い》かされ、マスコット風な顔のシロクマ……というかこれ。

「着ぐるみ？」

僕が倒したシロクマがデフォルメされ、僕のサイズの着ぐるみになって椅子に座っていた。

「どうだ？　凄いだろ！」

後ろからドナークさんが腕を組んで現れた。

「いや、凄いですけどこれ……ホワッ!?」

『シロクマコスチューム　を入手』

シロクマコスチューム　レアリティ　エピック
DEF＋50　MIND＋50　AGI＋30　DEX＋45　耐久値　200％
特殊能力　自動修復　超環境適応力（過酷な環境でもデバフが付かない）

アルビノグラットベアを使った着ぐるみ。グラットベアの中でも特に適応力が高いアルビノ種を使った着ぐるみの為、火山だろうが永久凍土だろうがへっちゃらだ！


着ぐるみに手を触れると、僕に所有権が来たのか、情報が出てきた。また強そうなのが……

「とりあえず着てみても良いですか？」

「おう！　しっかり採寸したけどちゃんと着られるかどうか確認してくれ」

ドナークさんが一旦家から出て行った。着替えるから気を遣ってくれたのかな？

「そういえば着ぐるみって装備状況とかどうなるんだろう？」

装備欄は頭、胴、腕、足、靴って5か所だし、着ぐるみだと、全枠を使っての装備になるのかな？　まぁ今の装備のまま入ってみよう。シロクマの背中にはでっかいチャックが付いていたからそのチャックを下げて中に入ると、装備していたローブとズボンと靴が青いポリゴンとなって消え、インベントリ内に装備していたアイテム達が入っていった。ほうほう？　こうなるのか。

「おぉーなんか快適！」

暑くもなく、寒くもない。着ぐるみの中はとても快適な空間になっている。

「これで脱ぐとどうなるんだろ」

今は着ぐるみを装備してるけどこれを解除したらどうなるのか……背中のチャックは内側からも開けられたので外に出てみるとシロクマコスチュームが青いポリゴンになり、そのポリゴンが僕の体にくっ付いて来てローブ、ズボン、靴のシロクマコスチュームを着る前の服装に戻った。これは嬉しい効果だ。着替える時にいちいち付けたり外したりしなくて良いから時間短縮出来る。とりあえず気に入ったので、シロクマコスチュームを着て、ドナークさんの家から出る。

「着ぐるみなのに本当に自分の体みたいだ……」

手をグーパーしたりけんけんぱしたり、体の動きをチェックしたけど着ぐるみで動きを阻害される感覚は全く無い。

「でーん！　シロクマだベアー！　ハッ!?」「ぶっ！　なにやってんだハチ！　うははは！」

ドナークさんにふざけているシーンを思いっきり見られた。

「どうか先程のは見なかった事に……」

シロクマコスチュームのまま土下座する。何気に土下座も出来る着ぐるみだし、柔軟性も凄い。

「どーすっかなぁ？」

多分めっちゃ悪い顔してるだろうドナークさん。何を要求されるんだろう？

「とりあえずそれ、まだ完成じゃないからコイツとコレを取り付けて……んで完成。性能は変わらないけどこれで見た目も野生感よりマスコット感が出るだろ？」

そう言って渡されたのは水色のビブ《よだれかけ》とポシェット。これを着けろという事でしょうか？

「着れば良いんですね？」「そのままじゃ着られないだろ？　着せてやるからジッとしてろ」

素早く僕の後ろに回り込み、ビブとポシェットを丁度良い感じに装着した。

「おぉ！　やっぱ思った通りの出来だ！　可愛いぞ！　このモフモフ！」

抱き着かれるけど嬉しいというより、く、苦しい……首がぁ！

「ド、ドナークさん……首、首絞まって……る……」

「うおっ、ハチ!?　大丈夫か!?　ハチー！」

苦しくてそのまま気絶してしまった。

「あれ？　ここはどこ？　僕はシロクマ……いやいや、これ着ぐるみだった」

「おっ！　気が付いたか！」

「僕どうなったんでしたっけ？」

「さ、さぁ？　ちょっとビブをきつく締めすぎたかなぁ？　ごめんなぁ？」

「そうでしたか、じゃあドナークさんが緩めてくれたんですね？」「お、おぅ！」

気絶する前の記憶が若干曖昧だけどドナークさんは申し訳なさそうにしているし、これ以上何か聞いても答えは出てこないだろうし、この話はここまでにしよう。

「今の状態でも結構動けそうだが、一応山に登る前にちゃんと動けるか確認だけしておけよ？」

「はい、ちょっとこのまま外を出歩いてみます」

シロクマコスチュームのままドナークさんの家から出て行く。うん、快適だしちゃんと動ける。

「着ぐるみだけど、普通に動ける……よし！　ちょっとこのまま行ってきます！」

そう宣言してシロクマは山に走り出した。

「走ってみたけど、着ぐるみなのにそこまで疲れないな」

実際の着ぐるみなら走るだけで辛いだろうし、そもそも視界だって穴くらいしか確保されない。

だけどこのシロクマコスチュームの視界は通常と同じだし、走っても体が熱くならない。

木や崖を登ってみたり、猪《いのしし》と戦闘をしてみたり……動きを確認しているが、本当に自分の体っぽく感じて普通の服を着て動いている時と何ら変わらない気がする。

「戦闘も出来るし崖登りも問題無い……まさに僕は熊になったベアー！」

何も問題が無いので、崖を登り、最短距離で山頂を目指す。

「普通のプレイヤーってどういう風に遊んでるんだろうね？」

ふと他の人の事を考えてしまう。誰かとパーティを組んで戦闘……とか。鍛冶をして自分の武器を作ったりーとか。でも、少なくとも着ぐるみで崖登りしてるのは僕だけだろうな！

「さて、独り言言ってても寂しいだけだからしっかり登ろう」

登るスピードに関しては多分トップクラスだと思ってる（僕調べ）。

「凄い、寒くない！」

あの時は寒かったのに、今は全く寒さを感じない。これがこのシロクマコスチュームの性能か。

「あれは何だろう」

崖を登り、もうそろそろ頂上かな？　という所で氷で出来た騎士っぽい物が置いてあった。

「何だろうこれ……何か書いてあるみたいだけど、ここからじゃ読めないな」

氷の騎士に近寄ると、何か胸に文字が書いてあるけど読めない。独自の言語みたいだ。

「んー？　おや、何か建物が……なるほどね。君は門番か！」

１歩踏み出して建物に近寄ろうとしたら氷の騎士が動き出した。剣を構える氷の騎士を見て、と

りあえず1歩下がる。すると氷の騎士は構えを解いた。

「ふむふむ……」

やっぱりあの建物に近寄ろうとしたらそれを妨害する様に動くみたいだな……

「ほい、ほい、ほい、ほい」

1歩前へ出る、構える。1歩引く、構えを解く。1歩前へ出る、構える。1歩引く、構えを解く。

「大体この辺が敵対するラインなのかな？」

どこまで近寄れば氷の騎士が構えるのかある程度見極められた。攻撃されないギリギリのラインででんぐり返しや側転をしてみる。相手は動かない。

「やっぱりこのラインを越えない限りは大丈夫そうだね！」

三点倒立をしながら確認する。足で拍手（拍足？）するとポフポフと音が鳴る。

「…………！」「うおっ!?」

急に氷の騎士が剣を上段から振り下ろしてきた。逆立ち状態から後ろに倒れた事で何とか斬撃を避ける事が出来たが、頭の上の地面に剣がザンッ！　と突き刺さった。

「…………！」「あぶなっ！」

即座に氷の騎士が体を時計回りに回転させて剣を横から斬り払う。殺意高いよ……ひょっとして怒った？　さっきの足での拍手が良くなかったんだろうか？　横から迫る凶刃を何とか受け流す。氷の騎士の剣の腹部分に触れながら上に逸らし、相手の体勢を崩して、その隙に立ち上がる。僕が立ち上がった時には既に氷の騎士は剣を両手で構え、突きを放つ。スローな世界でこれ白刃取りとか出来るかなぁ？　とか考えたけど、剣自体を捉える事は出来ても、多分僕のＳＴＲじゃそのままザックリ刺されると結論付けてまた受け流す。だけど今回は受け流すだけじゃない。

「見えるなら……出来るはず！」

「………！」

相手の突き攻撃をしっかりと見て、僕の体に剣が刺さる直前に体を右にずらし、左手で剣の腹に手を添えて反時計回りに体を回転させる。すると剣が僕の体の正面から逸れて、突きを回避する。

それを見た氷の騎士が驚いた様で剣を持つ手の力が若干抜けたのを見逃さなかった。

「そこだっ！」

フリーの右手で剣の柄《つか》を摑み、右手を手前に引いて、左手を前に押し出す。すると剣が１８０度回転して、騎士の頭に剣の腹がぶつかり頭が下がる。

「おっと！」

バチンッと音がして手に持っていた剣が弾かれる。そういえば初めて武器らしい武器を手に持ったけど装備制限ってこういう事なのか。とりあえず弾かれた剣の柄を僕からも氷の騎士からも届かない場所まで蹴っ飛ばした。これで奴は剣を使っての攻撃は出来ないハズだ。

「………」

剣を吹っ飛ばされて動きが止まった氷の騎士。

「………」

うな垂れて地面に崩れ落ちる氷の騎士。何か可哀想《かわいそう》な事をしてしまったのかもしれない……

「なんか、ゴメン……」

余りにも可哀想に感じてしまったので、蹴り飛ばした剣を探す。あった！

雪に埋もれた剣を雪ごと持ち上げる。よし、これなら持てるな？

「騎士さん的には剣が己の魂とかそういう物なのかな？　もしそうだったらゴメンね？」

「……！」

雪ごと持った剣を騎士さんに差し出すととても嬉しそうに受け取った。

「……！…………！」

「ん？　もしかしてさっきのもう1回やってみせて欲しいの？」

「……！……！」

どうやらさっきの剣を奪った技をまたやってみせて欲しいみたいだ。

「ちょっと待ってね？　ここって脱いでも大丈夫かな？　かなり寒いけど1回なら出来そう」

流石に着ぐるみでやるより普通の状態の方がやり易《やす》いと思う。ただ結構寒いなぁ！

「上から斬りかかってくれればさっきと違うやり方で取るよ」

「……………！……！」

ブンブンと剣を振りながらやる気満々だ。これ上手く取れなかったら僕バッサリやられるよね？

「ふぅ……良いよ」

「……！」

力を抜き、緊張と寒さで体が強張《こわば》らない様に気を付ける。素手で剣に勝つには間合いの外ではなく、素手も届く超至近距離こそが正解。即《すなわ》ちビビったら負けだ。振り下ろされる剣に対して、臆さず前に進む。直撃寸前で左に避け、振り下ろされる剣の柄を同時に握り、合気道の小手返しの要領で内側に一度引き込み、騎士の体勢を崩し、反対に腕を引き上げてコケる騎士から剣を奪う。

『特殊スキル　【ディザーム】　を入手』

なんかスキル入手出来た。

「…………！」

拍手する氷の騎士。なんだろう……何か違う気がする。僕達侵入者と門番の関係だよね？

「……！」

剣を騎士さんに返すとどうぞ！　と言う様に道を開けられた。それで良いのか門番さん……

「じゃ、じゃあ通してもらうね？　うぅ……さむっ」

実はさっき氷の騎士さんから剣を奪う時、冷たくて手が張り付きかけて少し焦った。騎士さんとのやり取りを終えたらすぐにシロクマコスチュームに着替えた。あぁ、暖かいなぁ……

「とりあえず謎の建物にレッツゴー！」

謎の建物に向かって歩きながらさっき手に入れたスキルを確認する。

【ディザーム】　アクティブスキル　相手が武装していて、自身が両手に何も持っていない場合に限り、相手の武器を奪う事が出来る。但し、その武器の適性が無い場合は一度使用すると手からこのスキルは僕が使えば素手の戦いに持ち込める良いスキルだ。アストレイ・オブ・アームズを装備しててもちゃんと奪えたから紋章は素手として扱ってくれるんだね。

「…………！」

「あはは……なんだかなぁ」

氷の騎士に見送られながら謎の建物を目指す。いやいや、手を振って見送るんじゃないよ君？

「綺麗《きれい》な神殿だなぁ……全部氷だ」

謎の建物……は全て氷で出来た氷の神殿だ。こんなに寒いから氷の神殿が維持出来てるのかな？

氷の柱とかを見て凄いなぁと思っていたら、ギギギィッと音を立てて正面の大きな扉が開く。

「これ、入っても良いのかな」

ここで帰る……なんて事したら後ろから何か飛んできそうな気もするし入ってみよう。

「うわぁ……中も凄いなぁ」

氷の柱が何本も立ち並び、レッドカーペットならぬアイスカーペットが正面の玉座の様な所まで延びている。そして玉座には凍り付いた機械仕掛けの大きな人（？）が座っていた。

「ヨウコソ」「あっ、どうも」

突然話しかけられて咄嗟《とっさ》に返事をしてしまったけど大丈夫だろうか？　正面の機械の人だよね？

「コンナ、ヘンピナ、チマデ、ヨクヤッテキタナ?」

「辺鄙《へんぴ》……まぁ辺鄙かもしれないけど、景色は凄く良いから簡単に来られるなら来たい……かな?」

シロクマコスチューム必須だろうけど。

「サキホドノ、タイサバキハ、ミゴトダッタ」

「えっ! 見てたんですか? というか見られたんですか」

「アノキシヲ、ウゴカシテイタノハ、ワタシダゾ?」

あのお茶目な騎士ってまさかのリモートで操作されてたのか。

「そうだったんですか。もしかしなくてもかなり手を抜いてくれましたよね?」

「サスガニ、ゼンリョクヲ、ダシテシマエバ、スグニ、コオリヅケダゾ」

ですよねー。あの氷の騎士が魔法とか使ってこなかった時点で大分手加減されていたと思う。剣だけで勝負してくれて、尚且《なおか》つ見逃してくれる方がおかしいんだ。

「アノキシハ、ワタシトオナジ、ゴーレム。ユエニ、シカイノキョウユウモ、カノウダ」

「ゴーレムって視界の共有とかも出来るんですね?」

凄いな? ゴーレムってそんな事も出来るんだ。

「スベテノゴーレムガ、デキルワケデハナイ。ジブンノツクッタ、ゴーレムニカギリ、カンカクノ、キョウユウガ、カノウダ」

「なるほどなぁ」

とりあえずは玉座に座っているゴーレム王(推定)のお話を聞く。だってさっきから肩のパイプからプシュプシュ蒸気みたいなのが出たり、良く分からないシリンダーみたいなのが動いてるのが気になるんだもん。

「ワタシノ、ハナシヲ、キイテイルノカ？」

「あっ、ごめんなさい。ちょっとシリンダーとかが気になっちゃって……」

ちょっと注意されてしまった。話を聞く態度としては良くなかったな。

「オォ！　コノシリンダーガキニナルノカ！　カッコイイダロウ？」「あ、はい……」

なんだなんだ？　急にテンションが上がった様な……

「ワタシノサイショノカラダハムダナパーツガナサスギテオモシロミガナカッタカラナ。ゴテゴテトシタパーツノソウコウガフエテイクノガタノシクテ、イマノヨウナカタチニナッタ。コノパーツノヨサヲワカッテクレルソンザイハカンゲイダ！」「ど、どうも……？」

結構早口で喋《しゃべ》るから聞き取り難《にく》かったけど、要はパーツを褒めてくれたと感じたゴーレム王が歓迎してくれるって事かな？　めっちゃパイプとかシリンダーがプシュプシュ鳴ってる。

「ダガ、コノママデハアクシュモデキナイナ……シカタガナイ。イチドヌグカ」「えっ!?」

玉座に座っていたゴーレム王の胴体が左右に開き、中から人が入れそうな黒い球体が出てきた。そして球体が僕の前まで転がって来て花の様に開いたと思ったら、そこには灰色のボディスーツで身を包んだ少女が居た。いやいや、脱ぐってレベルじゃないんだけど？

「やぁやぁ！　私はヘックスだ！　よろしく！」「ハチです。あっ、ちょっと待ってください」

シロクマコスチュームを脱ぐ。おっ、神殿の中は、耐えられないレベルの寒さじゃないぞ？

「僕もこれが本来の姿です。よろしくヘックスさん」

「ふむふむ……やはり別のゴーレムアイ越しに見るのと直接見るのとでは違うな！」

ヘックスさんの瞳がカメラのフォーカスを合わせる様に動いている。結構カッコイイな……

「ハチ、本当に人なのか？　長く生きてきたが、紋章を付けている奴は初めて見た！」

「一応人のハズなんだけど……やっぱり紋章って人は装備出来ないのが普通なんだよね？」

人かと訊《き》かれる要因があるとすれば紋章くらいだ。長く生きてるらしいし、情報無いかな？

「そうだが……それで？　ハチは何でこんな所までやって来たんだ？　ここには特に何も無いぞ」

「えーっと、何で来たかって聞かれたら、多分情報を求めてが正しい……のかな？」

「あるかも分からない情報を求めてここまで来たのか!?　ハチ……君はバカなんじゃないか？」

おおぅ……ストレートな罵倒。言われてみれば確かにバカかもしれない。でも、折角皆が登ってみれば何かあるかもしれないと教えてくれたから来てみたんだよね。

「バカかもしれないけど、この山を登ったから、ヘックスさんって存在を知る事が出来たよ？　あ、ヘックスさんって秘密の存在的な？　なら話せないな……良い景色だったにしようか」

「プッ！　そんな事考えていたのか？　私の事は話しても良いさ。どんな情報を探しに来たんだ？」

噴き出しながらも僕の話は聞いてくれるみたいだ。

「えっと、これの残りのパーツを探してます」

そう言って人形の右腕、左腕、左足を取り出す。

「……ほう？　これをどこで手に入れた？」

真剣な表情でパーツを見ながら僕に訊ねるヘックスさん。中々の威圧感だ。

「村の周辺でパーツを持ってた皆が僕に渡してくれたので、修復しないと可哀想かなぁって」

「ほう、ハチ。この人形は修復すればその絶大な力でハチの剣となり、盾となってくれるだろう。そんな力を持った人形を修復してどうしたい？」

「どうしたいって言われても……壊れちゃってるから修復して元の形に戻してあげたいだけなんだ。元の形に戻す事が出来て、もしその人形が動くなら自由にしてあげたいし、動かないのであれば、それこそヘックスさんとかに託した方が近い存在だから人形にとって良いんじゃないかな」

「ほうほう？」

興味深そうに聞くヘックスさん。でも正直自己満足の為にやってるとしか言えないんだよなぁ。

「力が欲しくな……コホン、力が欲しいか？」

何かそれっぽく言い直すヘックスさん。力が欲しいかだって？

「力《STR》は要らないかなぁ？」

「何か差異がある気がするが……人形が修復されてもハチは人形《その子》に強要する事は無いんだな？」

「むしろ自由になってほしい。聞いた話だと魔力を流していないと動く事も出来ないみたいだし、その辺ヘックスさんって何とか出来たりする？」

魔力を込めてあげないと動けないとか可哀想だし、その辺何とか出来たりしないかな？

「面白い！　やってやろうじゃないか！」

「やってやろうって……ヘックスさんもしかして他のパーツ持ってるの？　なら託すよ」

「は？　会って間もない私を信じるのか？　神時代《しんじだい》の戦闘人形だぞ。本当に良いのか？」

『注意！　レガシークエストの報酬アイテムが無くなります。本当によろしいですか？』

いきなり警告が出てきたぞ？　というかクエストの報酬アイテムはやっぱり人形だったのか。

「僕もヘックスさんの優しさのお陰でここまで来られたから。その優しさがあるのなら託せます」

報酬が消えるとしても出来るだけ近い存在が主人になる方が人形も幸せなんじゃないかな？

「……分かった。ではこのパーツは貰うぞ？」

「あ、託す条件として、完成させたら、一度僕と村まで来て欲しいんですけど……ダメですかね？」

ヘックスさんの事を話しても良いと言うなら村までついて来てくれないかな？

「良いだろう。私もハチが来た村が気になっていたからな」

多分アトラさんに完成した人形を見せたらクエスト自体はクリア出来ると思うから所有権を持つ事になるだろうヘックスさんも一緒に連れて行けたなら万全だろう。

「じゃあまずは一緒に組み立てよう！」

玉座にある大きな体の方からストレッチャーの様な物が出てきて、その上に頭と胴体と右足だけの人形が乗っていた。眠っている様な表情だけどこのままだと怖いな……

「おぉ……じゃあこのパーツで完成するんですね！」「あぁ、まず足をつけよう」

ヘックスさんが僕の持っていたパーツから左足を取り付ける。

「結構スッとはまるんですね」

「まぁ元々そういう物だからな。では左手の方を頼む」

「分かりました」

僕が人形の左手を持ち、ヘックスさんが右手を持つ。そして……

「「せーの！」」

同時に人形の腕をはめる。

「最後にハチの願いでもあるからな。このコアを人形に搭載する」

ヘックスさんが人形の胸部を開き、透明な水晶玉らしき物を中に入れた。すると波動の様な物が出て少し人形から離される。人形少女の両目が開き、ストレッチャーの様な物から起き上がる。

「…………！」

「…………！」

人形とヘックスさんが何か会話している様だけど、傍《はた》から見たら目を合わせているだけみたいだ。

「マスター登録完了だハチ。君も半分集めたんだ。出来れば名前を付けてやってくれないか？」

確かパーツを集めていた時に無垢なる人形って名称らしき物があったな……

「名前、名前かぁ……説明が無垢なる人形だったし、ピュアルとかどう？」

「良い名前だ。では今日からはピュアルとしよう。私の身の回りの世話を頼むぞ？」

「…………！」

声は無いけど喜んでいるみたいな様子だ。裸同然の姿から灰色のなんかカッコイイ服装に変わっている。良く分からないけど多分ヘックスさんが何かしたんだろう。

「君には感謝しかない。貴重なパーツを譲ってくれたからピュアルを復活させる事が出来た」

「僕も復活させたかったからね。ウィンウィンの関係だよ」

ヘックスさんの後ろの笑顔のピュアルを見ればこうして良かったと思う。

「いや、このままでは君は損をしている。お礼をさせてくれ」

「別にお礼なんて要らないよ？」

「いや、このままでは私の気が済まない。見た所、その装備。良い物もあるが、貧弱な物もあるな？　どうだろう、私から防具をプレゼントさせてくれ」「…………！」

断らせないと言わんばかりの眼力《めぢから》。これは貰わないと2人を連れて村に行くのも無理そうだ。

「分かった。それで真のウィンウィンの関係だね」「あぁ、じゃあこれをやろう！」

そう言ってヘックスさんは玉座から何かを取り出した。

『踏み躙《にじ》る自我《エゴ》　摑み取る欲求《イド》　を入手』

「おぉ……カッコイイ！」

ヘックスさんから黒いガントレットとグリーブを貰った。何と言うか、メカメカしいと言うべきか鎧《よろい》っぽいと言うべきなのか迷う……でもデザインが凄くカッコイイから文句は無い。

「……！……！……！」

ピュアルが何かを表現しようとしている。なんだろう？

「ヘックスさん。ピュアルは何て言ってるんです？」

「ん？　あぁ、ピュアルもお礼をしたいって言っているぞ？」

もう今回は断るのを止めよう。話が進まなくなる。

「…………！」

頷《うなず》き、こっちに歩み寄ってくるピュアル。

「…………！」「ちょ!?」

ガバッと服を捲《まく》るピュアル。何をするのかと思ったらピュアルのお腹の部分が開く。

「…………！」「これを、受け取れって事？」

ピュアルが何か丸くて平たい物をお腹の中から取り出し、僕に差し出してくる。

「…………！」

頷いているから受け取ろう。

『無形の仮面　を入手』

何も描かれてないから本当に仮面なのかも分からないけどこれは仮面らしい。

とりあえず全部の詳細を見てみようかな？

踏み躙る自我《エゴ》　レアリティ　ユニーク　全ステータス＋40（制限中）
耐久値　破壊不可　特殊能力　（※1）リミッター　（※2）戦意奪略
（※1　現在のレベルによりこの装備の能力が制限される　※2　この防具を装備し、敵の頭を踏みつけた場合、恐怖の状態異常をその敵に付与する）
どんな状況でも自身の主張を押し通した力ある者が生み出したグリーブ。秘めた力があるらしい

掴み取る欲求《イド》　レアリティ　ユニーク　全ステータス＋35（制限中）
耐久値　破壊不可　特殊能力　（※1）リミッター　（※2）幻影手
（※1　現在のレベルによりこの装備の能力が制限される　※2　両拳を打ち合わせる事で発動可能。1分間実際の腕が見えなくなり、虚像の腕が現れる　一度発動すると1時間再使用不可）
己の欲する物を全て掴み取った者が生み出したガントレット。秘めた力があるらしい
無形の仮面　レアリティ　ユニーク　HP＋200　MP＋300
耐久値　破壊不可　特殊能力　（※1）成長装備　（※2）形状変化
（※1　自身のレベルに合わせて防具の性能が上昇する　※2　形状を変化させる事が出来る）
古い物のはずだが全く古さを感じない真っ黒な仮面。ピュアルの感謝の念が込められている

なんかもう……なんかもう凄い。至れり尽くせり過ぎませんか？

「…………！」「早速着けてみて欲しいと言っているぞ」

「分かった。じゃあ全部着けてみるね？」

ズボンと靴をエゴに替える。エゴに替えた時に靴とズボンが同時に外れたから脚装備という事で纏《まと》められてるのかな？　イドの方も初めて腕の装備着けたけどずり落ちるとかサイズが合ってないなどはなく、仮面もしっくりくるし、視界も阻害しない。貰った3つの装備は体に馴染《なじ》むみたいだ。

「凄くしっくりくる……ありがとう！」

「………！」「ふむ、顔が全て隠れてしまうのは勿体無いな？　どれ、この形を教えよう」

ヘックスさんが寄って来て僕の顔の仮面に触れる。すると仮面が変形し、首輪の様な形になった。

「これならば良いだろう。仮面に触れて魔力を流せば変形出来るぞ。そうだな？」「………！」

ピュアルも肯定とばかりに首を縦に振る。

「魔力を流せば……こうかな？」

首輪形態の仮面に手を触れ、ＭＰを使うと半透明のウィンドウが出てきた。そこには最初の仮面の形態と首輪の形態が表示され＋のマークが出ている。多分この＋マークに触れれば新しい形を追加する事が出来るのかな？　今は止めておこう。一度仮面の形に戻す。

「ほうほう、これは便利だね？」

もう一度仮面に触れて首輪にする。せっかくヘックスさんがやってくれたからね。

「で、ハチ。今から村に行くのか？」

「行きたいですけど、２人はどうやって下山するんです？　僕は崖を飛び降りますけど……」

シロクマコスチュームを着て、崖を駆け降りる強行軍だけど。

「なぁハチ。あの玉座に座っているのがただ座っているだけのガラクタに見えるか？」

そうヘックスさんが示すは玉座に座る大きな人型の服？って言えば良いのかな？　とりあえずスーツって事にしよう。

「あのスーツ……もしかして変形とかするんですか!?」

僕だって男の子だ。大きいロボットとか変形とかワクワクしちゃう！

「フッフッフ！　そうだ！　色々変形出来るぞ?」「おぉ！」

玉座からスーツ（?）が立ち上がり、ガチャンガチャンと音を立てながら人型からかなり大きめのバイクの様な形に変形した。

「か、かっこいいー！」「これの良さが分かるか！　やっぱりハチは見る目があるな！」

ヘックスさんと握手をしながらバイクを見ている所をピュアルが何とも言えない顔で見ていた。

シロクマ、戦闘人形、ゴーレムの女王様？　がデカいバイクの様な物に乗り、山を下りて行く。

「すっごい迫力だ！」「………！」「たまに出掛けるのも良いな！　はははははっ！」

ブルルォン！　とアクセルをふかして更に加速させるヘックスさん。あれ？　このままだと木とかにぶつかったりするんじゃゃ……

「ちょっと!?　ヘックスさん！　ぶつかるぶつかる！」

「ぶつからないさ！　ピュアル！」「……！」

ピュアルがバイクから飛び降り、走り出す。うわっ！　バイクより速い！

「……！」

ピュアルの両腕から剣が生え、前方の木々を切り倒し、バイクの道が開ける。

「すご……」

僕達の後ろには山から村に向かう一直線の道が出来上がっていた。

「……！」「よくやったぞ！　流石だな！」

村までの道を切り開いたピュアルを褒めるヘックスさん。うん、良い主従関係だと思う。

「何事だっ!?」「なになに？　何来たのー!?」「おいおい、なんかヤベーのが来たぞ！」「むっ？」

村に居た姫様、ホーライ君、ワリアさん、ヴァイア様が一斉に警戒態勢を取った。

「おーいみんなー！　いつもの奴でーす！」

「「なんだハチか」」「ハチだー！」「ハチか、おかえり」

僕が皆に声を掛けたら一斉に警戒を解いた。それはそれでどうなの？

「ハチ。とりあえず紹介してもらっても良いか」

「あ、そうか。まずは皆ただいま。山から連れてきたゴーレム……で良いんでしたっけ？」

「オリジンゴーレムだ」

「オリジンゴーレムのヘックスさんとパーツが全部揃《そろ》った戦闘人形のピュアルだよ」

「ヘックスだ。よろしく」「……！」

ヘックスさんは軽く、ピュアルは深々と礼をする。

「何事だー！」「ぽよっ！」「どうしたっ！」「何があったんや！」

他の皆も遅れてやって来た。アトラさんも居るな。

「なんだハチか……皆、何でもなかったようだ」

「ぽよ？」「まーたハチが誰か連れてきたのか？」「兄さんはほんま凄いな？」

これは僕がおかしいのかな？　いや、絶対皆の方がおかしいでしょ……

「ほぉ？　これはまた懐かしい顔だ」「ん？　ほう……お前も変わらないな。アトラ」

これは、お知り合いかかな？

「お前山の上に居たのか？」「まあな？　色々と物を集めて楽しんでいたさ」

「ハチは良いのか？」「ハチは別に良い。機械のカッコ良さに理解があるからな！」

理解があるって言われてるけどなんだか複雑な気分だ……

「あ、アトラさん」

「ぬおっ!?　あぁそういえばそうだったな、ハチか」

シロクマコスチュームのままだったからアトラさんが一瞬驚いていた。一応村まで来たし脱ぐか。

「これで分かりますか？」

「顔面に真っ黒な仮面が付いていて良く分からんぞ」「おっと」

そういえばあのバイクに乗る前にシロクマコスチュームに着替えたけど、服を着替えると仮面も最初の形に戻るのかな？　とりあえず仮面に触れて首輪状態にする。

「これでオッケーっと」

「おぉ、ハチだな！」

「兄さん見ない間にかなり良いもん手に入れたんやな？」

「まぁ確かに良い物をいっぱい貰っちゃったね」

もらった物はほとんどレアリティがユニークだし、良い物ばかりだ。そもそも悪い物を貰ってもそれは思い出として残したりはするけどね？

「あ、アトラさん。一応マスターはヘックスさんになりましたけどあの人形のパーツを集めて修復しました。そこに居るピュアルがその人形です」

「なっ!?　パーツを譲ったのか?」

驚くアトラさん。

「多分僕よりもヘックスさんの方が彼女を幸せにしてくれると思ったので譲っちゃいました」

「こんな面白い奴中々居ないよな」「…………!」

ヘックスさんとピュアルが面白そうに笑っている。まぁ良いか。

「神時代《しんじだい》の戦闘人形を他人に譲っちまうってハチ……マジか?」

「マジですよ?　だって人よりゴーレムの方が人形と近いじゃないですか?　それにヘックスさんなら安心して託せますから」

「ハチは私が会った事のある人間の中でもダントツで面白い!　もっと早く会いたかったぞ!」

「…………!」

うんうんと、頷くピュアル。どんな人基準で話してるのか分からないなぁ……

「ハチの物にはならなかったが、修復してくれてありがとう。数少ない知り合いにも出会えた」

『レガシークエスト　神時代《しんじだい》の遺物修復　をクリア』

どこかから報酬が来る訳ではない。やっぱりあの警告はそういう事だったんだろう。だけどもう十分な報酬貰っちゃってるし、僕としてはこれで良かった。

「で、アトラさん。ヘックスさん達はこの村に自由に入っても良い感じですか?」

「それは構わんさ。ハチもピュアル……だったか?　その修復が終わったから街に行くんだろう?」

「まぁそうですね……」

ヴァイア様のお陰でここに戻るのはかなり楽になったハズだからまずは別の泉を探しに行こう。

「そうか、ハチは旅に出るのか。なら代わりに厄介になろうかな。ピュアルも良いだろう？」

「…………！」

ヘックスさんについて行きますと言っている感じだ。

「ハチ、村を出て行く前に宴会でもどうだ？　村に入る者と出る者を祝してな！」

「いいですね！　やりましょう。でもちょっと待ってて貰えますか？　明日……明後日《あさって》くらいで！」

現実で約16時間。一度寝て、課題や家事をするのには丁度良い時間だろう。やる事を終わらせて、現実の方で焦る事が無い様にしよう。

「分かった。明後日だな！」


翌日、宴会に備えて、雑事を済ませて少し早めにログインする。先に会いたい相手が居るからね。

「こんちわー！」

「あっ、ハチ様、いらっしゃいませ」

冒険に出る前に貰ったイドとエゴのスキルをチェックしよう。

「よし！　オーブさん。ここって練習出来るんだよね？　敵を出して欲しいんだけど」

「はい。では出現させます」

練習用の敵を出してもらう。うん、マネキンですね。ちょっと実戦想定でやってみよう。

「ふっ、ふっ！　せいっ！」

両者の距離は2mくらいだったので、ステップを踏み、屈《かが》んで右足で足払いをする前掃腿《ぜんそうたい》で牽制《けんせい》。それをマネキンが躱したので、追撃で屈んだまま体を反時計に回して左足で後ろ回し足払いの後掃腿《こうそうたい》の連携でマネキンを捉える。倒れたマネキンの頭に向かって足払いの勢いをそのままに左足を一回転させ、マネキンの顔面に左足を着地させる。これ無理かな？　と思ったけど、ステータスのお陰か結構上手く前掃腿、後掃腿の連携に踵《かかと》落とし的な攻撃を混ぜ込む事が出来た。そして敵の頭を踏みつけた事でエゴの能力が発動する。

「うわっ！」「禍々《まがまが》しいですね……」

頭を踏みつけたらエゴから黒い瘴気《しょうき》の様な物が出て、マネキンの顔を包むと震えだした。

「恐怖の状態異常が付いてますね？」「これは正直思った以上にやられる側は怖いかも……」

この瘴気が当たれば恐怖の状態異常になるって事かな？　そもそも相手の頭を踏みつけるって事自体やられる側は怖いけど、まず出来ないだろうから発動する事はそんなに無いだろうなぁ……

「オッケー、こっちの能力は分かった。じゃあ次はこっち……」

ガチンッと両拳をぶつける。【幻影手】とやらがどう発動するのか確認だ。

「ほぉ……ほうほう！　良いなこれ！」

打ち合わせた拳は自分からはガラスの様に透明だけど輪郭が見える腕になった。実際は動かしているけど、自分の腕は拳を合わせたままの状態に見えるという何とも不思議な光景だ。

「ハチ様、なんか動き変わりました？」

「おっ、やっぱり分かっちゃう？」

「何かぎこちない感じがしますね」

「オーブさん」「はい、なんです、えっ!?」

両手を下ろすイメージをすると、幻影の腕が両腕を下げたので、実体の腕でオーブさんを掴む。

「ハチ様、今私が感じるこの感触はハチ様でしょうか」

「もし、違ったらどうする？」

「ここには私とハチ様しか居ませんからハチ様以外考えられませんよ」

「そっか、おっと意外と1分って短いな？」

透明状態の腕の確認とか幻影手のシャドーとか見てたら1分があっという間だ。煙の様に下げていた両手が消え、代わりにオーブさんを両手で掴む実物の腕が現れる。

「これ、そこまで使えますか？」

オーブさんが少し疑問に思っているみたいだ。

「凄く使えるよ！　タイミングをずらしたり、間合いを誤認させたり、実際にしてる事を誤魔化す事も出来るから、使い方次第だよ。まぁ思いついたのはそれくらいだけどね。そろそろ行くよ」

「了解しました。行ってらっしゃませ、ハチ様」

「オーブさんまたねー！」

オーブさんに手を振ってアルターの世界に送ってもらうと、天井だ。うん、いつもの景色！

「とりあえず外に出てみよう。おぉ！　なんか綺麗！」

村の至る所に光る玉が浮いていて、村の中央広場の泉の所に食べ物が置いてあった。

「ハチ！　来たか！」「やっと主役が来たな！」「ぽよっ！」「それじゃぁやるか！」

最初から村に居たメンバーが音頭をとり、宴会が始まった。

「いやー美味い！　良い酒だ！」「ふむ、これ美味いな？」「…………！」

ドナークさんとヘックスさんがワインを飲んでピュアルが注ぐ。既に空き瓶が数本転がっている。

「うん、ジューシーな良いお肉だ！」「「「美味しい！」」」

姫様とゴブリン達が多分フロッカウのステーキを食べて舌鼓を打っている。後で僕も食べよう。

「お前らサラダも食えよー、せっかく作ったんだからよー！」「ぽよっ！」

ワリアさんとちのりんがサラダを両手に持って皆の周りを回ってオススメしてる。ちのりんは買収されて運んでいるのか自分から進んで運んでいるのか……どっちだろ。

「わー！　綺麗ー！」「こら、はしたないからもう少し落ち着きなさい」

「まぁまぁ、楽しんでるんやからええですやん？」

ホーライ君が空中の光の玉を突《つつ》いているのを見つけたパーライさんが咎《とが》めるけど、宴会だから良いじゃないかとミミックさんはホーライ君の肩を持つ。ホーライ君はミミックさんを持ち上げながら光の玉を突いているから肩を持つ（物理）だ。ミミックさんも楽しんでいるから……まぁいいか。

「悪いなハチ。宴会を開いたが、大事な話があるからな」「なに、話だけだ。さっさと済ませよう」

アトラさんとヴァイア様が真剣な表情で話しかけてくるので、こっそり抜け出す。

「で、お話ってなんです？」

「これからの話だが……我々の事は他言無用。ハチの力や持っている装備も出来れば秘密にしろ」

「ハチと違って自分を持っていない奴がこの村に来るのは迷惑だからな」

「自分を持っていない？」

「要は人の真似《まね》しか出来ない奴がハチみたいになりたいと言えばこの村に迷惑を掛ける可能性がある……断言できる。ハチの様な旅人はまず、居ない。だから誰にも儂らの事は言わないで欲しい」

そう言ってもらえるのは嬉しいけど、人真似しか出来ないのは僕も一緒だ……映画やゲームで見た技を真似して使っているだけ。真似しか出来ない奴って言われて、少しドキッとしてしまった。

「僕の事を買い被《かぶ》り過ぎな気もしますけど、約束は守ります。誰にも皆の事は言いません」

実際は人真似しか出来ないとしてもこの約束だけは絶対に守る。それが出来なきゃ僕は皆に貰ったアストレイ・オブ・アームズもアストレイ・オブ・アミュレットも装備する資格が無い。

「よし！　それでこそだ！　さぁ飯だ！　酒だ！」

「はい！　よーし！　食べるぞー！」

アトラさんの許しが出たから宴会にレッツゴーだ！


「アトラよ、ハチならば聞かなくても返事は分かっていただろうに……」

「分かっていても直接聞きたいだろ？」

「まぁ……そうだな」

肉やサラダを食べるハチを見ながらうっすら微笑《ほほえ》むヴァイアとアトラ。だが、ハチは食事に夢中でそんな2人が見えていない。

「さぁ、私達も宴会に参加しよう！」「おう！　おーい！　儂の分の酒もくれー！」

そしてやっと全員参加の宴会が始まった。

「ハチ！　楽しんでるかぁ……」「おっと、ヘックスさん？　もしかして酔ってる？」

「まさかぁ？　オリジンゴ～レムの私がぁ、酔う訳ないだろぅ！」

確実に酔ってますねぇ！

「多分ずっと飲んでなかったから飲み過ぎたんだろうなぁ……」

あんな山の上でお酒を飲みまくるヘックスさんをイメージ出来ないからきっとそうだろう。

「とりあえず、お水でも飲んでください」

「ん～？　お酒かぁ～？」

「あ、だめだこりゃ。ヘックスさんへのイメージを守る為に……【レスト】」

酔って楽しんでいる所を中断する事になったけど【レスト】を掛けてヘックスさんを休ませる。

「…………！」

ピュアルがお辞儀をしている。マスターの痴態を止めるのに協力したからかな？

「おーい！　ピュアルー！　もう一杯ちょうだい！」「……！」

あぁ……ドナークさんに引っ張られた感じかぁ……ピュアルも頼まれたらお酌を拒否出来なそうだし、ドナークさんの方は……放っておいても良いか。

しっかり30秒間休息状態になったヘックスさん。一応泉の近くでヘックスさんが起きるのを待つ。

「ん……私は何を」

「おはようございますヘックスさん。お酒をお楽しみの所、悪いと思ったんですが、回復魔法で酔いざましを……」

そこまで言った所で口をヘックスさんの手で押さえられた。

「うおぉぉぉ……」

両手で頭を押さえながら顔が真っ赤なヘックスさん。これは今声を掛けないのも優しさだろうか。

「じゃあ僕はサラダでも……」

「ハチ！　これをやるから他の奴らには黙っておけよ！」

『スキル　【違法改造】　を入手』

【違法改造】　アクティブスキル　自身が作り出したアイテムにマイナス効果を付与する事で性能を向上させる事が出来る

ヘックスさんが恥ずかしそうにどこかに走り去っていくけど、とんでもない物《スキル》を置いていった。

「何て物を……」

サラダを食べながらヘックスさんが走り去っていった方向をぼんやり見る。

「言うつもりは最初から欠片《かけら》も無いんだけどなぁ……？」

けど、かなり凄いスキルを貰っちゃったな？　その内試してみよう。おぉ！　サラダうまっ！

「おう！　ハチ！　旅に出るならこれ持ってけ！」

サラダを食べていた時にワリアさんに何か渡された。何だろう？

「おっとと！　えっと何々……」

『古《いにしえ》のフライパン　欲張り調味料セット　を入手』

「こんな良さそうな物、頂いて良いんですか!?」

「ハチも料理が好きだろう？　俺が持っていてもこれはもう使う事が無いからな。やるよ。調味料が無くなればまた村に来い。用意してやるさ！」

古のフライパン　レアリティ　レジェンド　耐久値　250％
特殊能力　（※1）品質向上　（※2）自動修復
（※1　料理を作る時に使用すると料理の品質が向上する）
（※2　使用せずにいると時間経過で耐久値が回復する）
とある勇者が持っていた古いフライパン。長年冒険を共にしたせいか、魔法の力が宿っている
欲張り調味料セット　レアリティ　エピック　耐久値　100％
料理のさしすせそはもちろん、スパイスやハーブも入っている欲張りなセット

ん？　これ……

「ワリアさん？　このフライパンってワリアさんの物ですか？」

「おう、昔から使ってたが、ここで使うには小さいんだよ。１人用だし、ハチには丁度良いだろ？」

「確かにそうですけど……」

重要なのはそこじゃないんだよなぁ……

「ワリアさんってもしかして昔、勇者とか言われてたりして……」

「昔の事はもう忘れちまったよ。大体ドラゴンを一人で倒したぐらいで勇者とか過大評価だろ？」

「えぇ……」

どう聞いても勇者ですやん……

「まぁ変な奴にやられて死んじまったけど、この体になってアトラ様に拾ってもらったって所だ」

「変な奴……ひょっとして封力の魔骨はその時ワリアさんの体に……」

「ん？　何か言ったか？」「いえ別に、とにかくありがとうございます！」

ここはあまり突っ込まなくても良いか。ワリアさんはワリアさんだし、昔の事を聞いたところで今何か変わる訳じゃないし。

「ついでにワインも数本持ってけ。ハチならジャーキーを作る時に使うだろ？」

ワリアさんが笑いながらワインを３本程渡してきた。僕が飲む為じゃなく、料理に使うのを前提にしている所がポイント高い。僕の事を良く分かってる。

「この村はワリアさんが居ないと大変そうですね？」

「ハッハッハ！　まぁ困るだろうな！」

おつまみとお酒を作れるワリアさんが居なかったらドナークさんはかなりガッカリしそうだ。

「ハチ！　こっちで肉を食べよう！」「「「ハチ様ー」」」「ぽよっ！」

いつの間にか姫様とゴブリン達、それにちのりんがセットになって肉を食べている所に呼ばれた。

「じゃあちょっと行ってきます」

「おう」

ワリアさんと別れてお肉の所に行く。

「旅立つ前に一緒に食べよう！」

「うん、おっ！　これも美味しい！」

「そうだろうそうだろう？　ドナークに習って私が焼いてみたぞ！」

「へぇ！　これ姫様が作ったんだ！　焼き加減も良いし、とっても美味しいよ！」

「やはり私にかかればこのくらいちょちょいのちょいだ！」「「「流石姫様ー！」」」「ぽよっ！」

姫様が美味しいステーキを頑張って作ったっていう所は評価するべきだろう。

「皆も薬草集めとか頑張ってね！」

「「「はい！」」」

このゴブリン達はオーガと戦った時、僕が玉を投げてオーガに抗《あらが》う所とかを見て以来、薬草や毒草や花を集めたり、育てる様になった。特にインクリー草。効果を増幅させるこの草は僕も欲しかったから僕のお祝いという事で200本以上貰った。

「ハチー！　遊ぼう！」「おっ！　兄さんも一緒にやりましょうや！」

ホーライ君に鷲摑《わしづか》みにされた状態のミミックさんが僕の近くに飛んで来た。

「何をするのか分からないけど……まぁ、良いよ？」

「やった！」「それじゃあ兄さん！　ホーライ君の背中に乗ったってください」

「はいはい」

ホーライ君の背中はふわふわだから、乗る事は否定しない。【リインフォース】を使ってジャンプして飛び乗る。着地の際ホーライ君に出来るだけダメージが無い様にフワッと着地を心掛けた。

「それじゃあサンダーフリーフォール行きまっせ！」「いきまっせー！」

ホーライ君がミミックさんの口調を真似して空に向かう。あれ、ちょっとまって？　今サンダーフ、リ、ー、フ、ォ、ー、ル、って言った？

「ハチさーん！」

少し後方から焦ったパーライさんが飛んできたけど時すでに遅し、ホーライ号、発進しまーす。

「っ!?」

稲妻の如《ごと》きスピードで上昇。そしてまた稲妻が落ちる速度で下降。一瞬の出来事だったのに僕の瞳にはスローでしっかりと映る。安全バー無しというスリルより最早《もはや》ホラーな一瞬。【ラフライダー】とか【リインフォース】が無ければそれこそ自由落下《フリーフォール》で地面のシミになったかもしれない。

「こら！　危ないじゃないか！」

「パーライさん。僕は大丈夫ですからあまり怒らないであげてください。宴会中ですし、ホーライ君もまだ遊びたい盛りでしょうから」

「ハチさんは大人ですね……分かりました。でもちゃんと謝るんだ！」「ハチ、ゴメンね？」

何とか丸く収まった。良かった……正直心臓バクバクだったけど何とか顔に出さない様に努めた。

「大丈夫かハチ？」「あぁ、姫様……ちょっと足がガクガクしちゃってるよ……」

3人の所から姫様の所に戻ってちょこっとだけ愚痴をこぼす。歩き出しは少しぎこちなかったな。

「ハチはもう旅立つだろう？　だから皆も寂しいんだ。もちろん私も……」

「そっか、僕も寂しいけどもっと広い世界を見てみたいんだ。大丈夫、絶対帰って来るからさ」

「あぁ、泉を見つけたらその度に帰って来ても良いぞ！」

ヴァイア様の厚意をフルに使えと言っているみたいだ。

「毎回はちょっと大変かなぁ……でも出来るだけ帰って来る様にはするよ」

「あぁ！　約束だ！」「うん、約束だね」

冒険しても出来るだけこの村には顔を出す様にしよう。さて、そろそろ時間かな。

宴会も朝日が出てきた事で終わりを告げる。

「さて、ハチよ。朝日も出てきたし、行くか？」

「うん」

アトラさんがあの湖まで送ってくれるらしい。村を出る前に皆に別れの言葉を言おう。

「森で迷ってアトラさんに連れて来てもらったこの村で色んな出会いがあった。色んな事を教えてもらった。皆のお陰で強くなれた」

棒を倒して行先を決めたところから始まった僕の旅。でもこの村は決して終着点じゃない。

「でも僕はもっと世界を見てみたい……だから行くよ！」

「「「「……」」」」

沈黙が帰って来る。だけどこの前の様に逃げ出したりしない。だって、皆は……

「そうだな！　ハチ！　行ってこい！」

「今度帰って来る時はどうせならもっと強くなってこいよ？」

「ぽよっ！　ぽよぽよっ！」

「今回は邪魔しない。行ってらっしゃいハチ！」

「「「ご武運をー！」」」

「兄さんが居ない間はおらぁが村を盛り上げまっせ！」

「ハチー！　帰ってきたら遊んでねー！」

「ハチさん。頑張ってください！」

「むふふっ！　帰りたくなったらいつでも帰って来るが良いさ」

村の皆は僕の事を応援してくれるんだ。だから僕も胸を張って村を出るんだ。

「まぁそのなんだ……頑張ってこい！」「…………！」

さっきどこかに走り去っていったヘックスさんも戻って来てエールをくれた。隣にはピュアルが並んで立っている。うん、やっぱり凄く絵になるなぁ……

「じゃあ皆、行ってきます！」

「「「「「「行ってらっしゃい！」」」」」」

村の中央で皆に見送られながらアトラさんの背中に乗る。

「行くぞ」

アトラさんが猛然と走り出す。名残惜しさにゆっくり進むよりも、思いっきり走ってくれた方が踏ん切りもつく。アトラさんの背中に乗って、障害物から守る為にも目を閉じて、しがみ付く。

「おう、最初の頃に比べたら随分力強くなったもんだ」

「もう少し障害物が無い所行けないんですか!?」

「そりゃ無理だな！　カッカッカッカ！」

ガサガサと木々の間を走り抜けるアトラさん。枝も中々痛いけど、我慢出来る痛さだ。

「よし、着いたぞ！　ハチ」「なんか既に懐かしい湖だ」

アトラさんと初めて出会った湖に戻って来た……戻って来たは良いけど、街はどっちだ？

「その顔……さてはどこに行けば良いか分かってないな？」「はい……」

決して方向音痴ではない。ただ目的地が分からないだけだ。

「良いか。ここをずっと真《ま》っ直《す》ぐ進むんだ。ハチなら出来るだろ」

獣道すら無い。だが、今の僕ならどんな所でも進んで行ける。

「ハチ、約束はちゃんと覚えてるな？」

「誰にも教えない。ですよね？」

この約束は絶対に忘れない。皆の為にも僕の為にも。

「そうだ。じゃあ冒険してこいハチ！」

「行ってきます！　アトラさん！」

【リインフォース】を発動してアトラさんに示された方向に走り出す。幹を蹴り、飛び跳ねながら進む。後ろは振り返らない。ただただ、速度を上げて森を抜ける。

「やーっ！」「そりゃっ！」「コケーッ！」

森を抜けそうになったところで、人の声と何か敵対している声が聞こえた。ギリーマントと【擬態】を使って森を抜けきる直前で木の上から声のした方を見る。

「おぉ、見るからに初心者っぽい」

偶然見かけた女の子２人組は片方が大きい斧《おの》を、もう片方が杖《つえ》を使って鶏と相対していた。２人とも若干腰が引けているが、振り下ろした斧が鶏に当たり、鶏がポリゴンと化した。

「やったー！　倒したー！」

「素材も取れたし、これでクエスト完了だね！」

ん？　死体が直接アイテムになってる？　見た感じは僕より年下っぽいし、その辺は子供向けに考慮されているのかな？　それにクエストって言った？

「あの子達には悪いけど道案内係として街まで連れて行ってもらおう」

申し訳ないけど、話しかけるのもちょっと面倒だし、追跡して街まで連れて行ってもらおう。

「早く戻ろうよ！　あんまり長くまでやってたら怒られちゃうよ」

「大丈夫！　寝てる様にしか見えないから大丈夫だって！」

ゲームしてる所は現実だとベッドで寝てるだけだから、夜中にやっても迷惑にはならないな。

「でも早く戻るのはさんせー！」「じゃあ行こ！」

２人が走っていく。この先は木が少ない、というか無い。草原だから追跡するのも大変だな？

ギリーマントと【擬態】で追跡しながらこっちを見そうだったら伏せで行くしかないか。

「スニーキング……いや、トラッキングか、トラッキングミッションスタート！　ってね」

２人にバレない様に１００ｍ程距離を開けて追跡する。もっと距離開けた方が良いかな？

「んー、走ってるみたいだけど若干遅いな……ＡＧＩが低いのかな？」

斧《おの》と杖《つえ》だからＡＧＩが低い可能性も十分ある。もう少し近付けるかな？

「んー？」

「どうかしたの？」

「何か居たような……気のせいかな？　なんでもなかったみたい」

振り返ってこちらを警戒した女の子だが、隠れた《伏せた》僕を見つける事が出来なかった様だ。ちょっと移動が遅いので、２人にオプティアップ《ＡＧＩ》を掛ける。30ｍくらいなら届くみたいだ。

「あれ？　なんかＡＧＩがちょっと上がった？」

「何でだろう？　さっき感じた何かは悪い物じゃなかったのかな？　とにかく早く帰ろう！」

何も無いのに急にバフが掛かったらちょっと怖いか。また離れて街が見えたら追跡は止めよう。

どこに進めば良いか分からないから追跡してるだけだ。そして、５分程度追跡したら壁に囲まれた大きな街が見えてきた。城っぽいのも見えるな。

「えーっと、あれが多分ファステリアス王国だよね？」

サイトで見たイベント情報に『ファステリアス王国の闘技場』がオープンって書いてあったし。

「うーん……どうしようか？」

今の装備か、それとも初期装備にしてから街に入るかで迷っていた。余計な面倒はゴメンだ。

「まずは初期装備で街に入って他の人の装備とか見てから決めようかな」

仮面は首輪状態に、イドとエゴは外して、初期ズボンと靴で街に入る……これで行こう。

装備を変更して街の門を目指す。２人組も入って行ったから少し時間を空けてから入ろう。

「もしこれで入国税とかあったらどうしよ？　払えるかな」

現在の所持金は４５６２Ｇとなっていた。多分税があっても払えるとは思うけど……

ここまで来ると道があり、道の上には敵も見当たらない。道から外れた平原には青や緑のスライム、後は鶏みたいなのも居る。それと戦うパーティやソロの人などを見ながら街に向かって行く。

「すっご……」

大きな門の前で「はぇ～」や「ほぉ～」とか言ってたら門の衛兵みたいな人が話しかけてきた。

「ここに来るのは初めてかい？」

「あ、はい。森の方で迷ってて……なんとかここに来る事が出来ました」

間違った事は言ってない。ただ、全てを話していないだけだ。

「そうか、それじゃあようこそ旅人！　ファステリアス王国へ！」

衛兵さんに歓迎された。

「ど、どうも……あの、街に入っても良いですか？」

「あぁ、楽しんでくれ！」

入国税無し！　やったね。入国を咎《とが》められる事も無く、ファステリアス王国への入国に成功した。

レンガや石で造られた建物や、露店の並ぶ大通り。そして……

「ネコミミとかエルフっぽいのとかいっぱい居る！」

他プレイヤーと思われる色んな種族が街の中を歩いていた。やっと他のプレイヤーと出会えた！

さっきの2人組はどうしたって？　あの2人にはバレてないからノーカウントだ。

「ログアウトしたいけど……街だと流石《さすが》に宿を探さないとダメかな？」

右も左も分からないから中々に心細い。誰かに声を掛けるべきか……当たって砕けろとも言うし。

ん？　何か急に人が道を開け……うわっ！　なんだあの前から来るスクール水着（女子用）を装備した、頭に忍者頭巾の細マッチョな人は……まだ声を聞いてないから性別は分からないが……

いや、ここは勇気を出して、あの人に話しかけてみよう！

「あの……うぉっ！」

スク水頭巾の人に話しかけようとしたら、僕の声が男性と女性の声が混じった感じになった。そういえば最初にプライバシー設定を最強にしたら声も変わるんだっけ……こうなるんだ。

「ん？　私か」

あ、男の人だ。

「はい、ちょっとお尋ねしたい事がありまして……」

「ほう、私に？」

僕がスク水頭巾の人に話しかけたら周りの人がザワついた。異様な空気感だが、宿の場所を聞くだけだし、そのまま話を続ける。

「あの、どこか宿とか知りませんか？」

「宿ですか。安い所でも良い？」

「はい、ログアウトしたいだけなんで、安くて良いです」

「なら、私が使っている宿で良かったら紹介しましょうか？」

「良いんですか？　じゃあお願いします」

「では行きましょう」

恰好《かっこう》は変態っぽいが、中身は普通に良い人だこの人。村の皆と喋《しゃべ》っていた僕にはこの人の方が周りの人よりずっと話しやすい相手かもしれないけど……スク水頭巾の人と一緒に街を歩くとザワザワと騒がしいけど僕達《たち》の周りには誰も近寄ってこない。なんだろう、モーゼ的な？

（君、そこの角を曲がったら走るぞ）

「えっ？　はい……」

スク水頭巾の人の声が耳ではなく、頭の中で聞こえた。これがウィスパーチャットって奴《やつ》かな？

それは後で調べるとして……スク水頭巾さんと一緒に歩いて角を曲がった時にスク水頭巾さんが走り出したのに合わせて走り出す。結構この人速いな？　置いて行かれそうだ。

「おっと、少々速かったかな？」「いえ、何とかついていけます」

裏路地を走り、木箱をパルクールのモンキーヴォルトだったかな？　跳び箱の様に飛び越えて、スク水頭巾さんを追いかける。後ろから人が追いかけてくる様な気配は無いし、撒《ま》いたかな？

『スキル　【パルクール】　を入手』

なんだ？　本当にパルクールが取れたぞ？　とりあえず確認は後にしよう。

「追いかけられるとかひょっとしてあなたは有名人とかなんですか？」

「君は掲示板とかは見ない派かな」

「掲示板……見ないですね。何も無い手探り感が好きなんで」

「それは中々凄《すご》いな？　とりあえず名乗っておこう。私はハスバカゲロウだ」

スク水頭巾改めハスバカゲロウさんが名乗り、右手を出してきたので、僕も握手して応える。

「僕はハチです。よろしくお願いします」

握手をしたらハスバカゲロウさんが少し笑ったような気がした。頭巾で顔見えないけど。

「君は見た目で判断しないんだな？」

「見た目だけでは判断出来ませんし、話してみないとその人の事なんて分かりませんからね」

イケメンなキャラ、カッコイイキャラ、面白いキャラ。見た目を変えても中身はそんなに変えられない。ゲームだからといって自分の本性を隠しきれない人とかも居るだろう。

可愛《かわい》いキャラ、

「なるほどな……君さえ良ければフレンド登録しないか？」

「フレンド登録ですか？　良いですよ。初めてのフレンドです。フレンド登録はどこかな？」

「あ、あの、私が初めてのフレンドで良いのだろうか……」

僕がメニューを開いてフレンド登録を探している間も、ハスバカゲロウさんは少しオロオロして

僕の初めてのフレンド登録を辞退しようとする。自分からフレンドになろうって言ったのに。でも、もうフレンド登録を見つけちゃったからこっちからフレンド登録送っちゃうもんね！

「さぁフレンド登録受け取ってください！　ハリーハリー！」

「わ、分かった。ハチ君？　ちゃん？　プライバシー設定で分からないからどう呼べば良いんだ？」

あぁそっか、こうなると面倒だな。む？　よく見たらフレンドのみオフにする事も出来るんだ。

「あ、あー、これでどうですか？」

「おぉ？　プライバシー設定を解除したのか？」

「フレンドのみ解除があったので、僕の顔と声が分かるのは今はハスバさんだけですね」

「なんか罪悪感が出てきたな……とりあえずハチ君、宿屋に案内しよう」

「はい、よろしくお願いします！」

何故《なぜ》か僕の方がハスバカゲロウさんを困らせている様な状態になったが、まずは宿屋まで行こう。

「ここだ」

案内された店の看板には袋のようなマークが付いている……これ道具屋じゃないの？

「ここって道具屋じゃ……」

「まぁ少し違うが、入ってくれ」

あれ？　ちょっと心配になってきたぞ？

「いらっしゃいま……なんだあんたか」

「あぁ！　この冷たい態度！　もっとお願いします！」

「えっ……」

（内面は）まともな人かと思っていたけどどうやら少し見誤ったかな？

「大体、あんたのせいで全然旅人さんが道具を買ってくれなくて困ってるんだから！」

「だから私が全部買うって言ってるじゃないか……」

「それは、何か違うからダメ」

「くぅー、上手《うま》くいかないものだ」

金髪の女性店員さんとハスバカゲロウさんはどういう関係性なんだろうか？

「あの……」「え？　もしかして旅人さん？　どうぞどうぞ！　何でも買って行ってください！」

僕が声を掛けると店員さんがハスバカゲロウさんを突き飛ばしてこっちにやって来た。突き飛ばされたハスバカゲロウさんはというと……

「私と他のお客さんに対する態度の差！　たまらん！」

ひょっとして雑な扱いが良いタイプの人なんだろうか？　これは所謂《いわゆる》ドMという奴なのでは？

「あんまりお金とか持ってないんですけど、宿を探してこの人について来ただけなんです……」

ハスバさんを指差して本当の目的を告げて謝る。宿代が余ったら何か買っても良いかも。

「宿？　あぁ……2階の方が目的だったのね。1泊30Gよ」

「えっ、多分だけど安過ぎません？　桁1つ間違ってないですか？」

安いのは良いけど、安過ぎると逆に不安になる。というかこれが相場なのかな？

「これで合ってるわ。ご飯もルームサービスも無いからね」

「なるほど、それなら何か道具を修理する物ってあります？」

薬研《やげん》が壊れそうで、今は使用を控えている。毒物とかゴリゴリしまくったしなぁ……

「あらあら！　道具を修理する物をお探し!?　それでしたら……これなんかどうです!?」

目を輝かせて何か袋のような物を持ってきた。なんだろうこれ？

「修復の粉末です！　壊れかけている物にふりかければ耐久値が回復します！　今ならこちら6000Gのところを4500Gまでおまけしますよ！」

「うぉっ、たっかい……」

ほぼ全財産なんですけど……いっか！　買っちゃえ！

「4500Gならギリギリ払えます。ソレ買います！」

「ありがとうございます！　やった！　やっと売れた！」

残り32G。本当にほとんど出し切った感がある。お財布がほぼ空っぽで【投銭術】の分が辛うじて残ってる程度だ……何か売れれば良いかもしれないけど今は別にいいや。正直、困ったら森に行けばご飯は食べられるし、木の上に……いや、今なら地面で寝てもスルーされるかもしれない。やっぱり僕、街より森の方が合ってるんじゃないかなぁ？　お金は使う物じゃなくて投げる物だ。

「お客さんのお陰でここを続けていく自信がついたよ！　私、もっと良い物を作ってみせる！」

「え？　まぁ良い物買えたんで僕は別に良いんですけど……じゃあ部屋お借りしますね？」

「ごゆっくりー！」

金髪店員さんに見送られ、2階に向かう。部屋の中にはベッドとテーブルがあるだけ……簡素だ。

「早く寝ないと明日に響くぞー」

現実に戻ったらすぐに寝ないと明日は昼過ぎに起きる事になりそうだ。

●

『発展クエスト　道具屋の悩み　をクリア』

「まさかクリア出来るとは……条件がキツいと思っていたが、クリア出来るものなのだな……」

ハスバカゲロウが受けた『発展クエスト　道具屋の悩み』のクリア条件は、このクエスト内容を秘密にしてプレイヤーに所持金の9割を消費してもらう事。そうする事で道具屋の店員が自信を取り戻すというクエストだったのだが、ハスバカゲロウ自身もクリア出来るとは思ってなかった。

「私の作った道具が売れた！　やった！　あんたのお陰だよ！」

「感謝されるのはムズムズして好かないんだが……とにかく私ではなく、彼のお陰だな」

彼《ハチ君》のお陰でまさかのクエストクリアだ。

「彼は大物になる気がするな」

腕を組みながらうんうんと一人頷《うなず》くスク水頭巾であった。

●

「くぁー……11時か。カップ麺って気分じゃないし、そうだなぁ……親子丼でも作るかな」

スタミナをつける的な意味合いで親子丼を作る。トロトロの卵と鶏肉《とりにく》がマッチしてとても美味《うま》い。

「そういえば今日は追加情報が出てるんだっけ？　おっと、今回は同じ間違いは犯さないぞ？」

前回の様に折角作った親子丼が冷めない様に食べる事に集中した。しっかり味わって、片付けをしてからスマホで情報を見る。

「えーっとなになに……」

公式サイトにアクセスすると闘技大会の情報が追加されていた。


『前回はレベルリミットについてのお話でしたが、今回は対戦形式についての情報となります』


「あぁそういえば闘技大会とは書いてたけどどういうルールで戦うかとは書いてなかったな？」

1対1なのか複数人での勝負なのかは書いてなかった。

『今回、初回という事もありましてパーティ戦と個人戦のバトルロイヤルを実施いたします。倒されるか場外に出されると「負け」というシンプルなルールです。パーティ戦は5パーティが、個人戦は20人が同時に闘技場で戦う事になります。倒されてしまってもデスペナルティ等は発生しないので、心置きなく戦ってください！　その場限りの同盟を結ぶも、弱っている相手を狙うも、全員を倒すのも自由です！』

公式がチーミングＯＫって言うんだ……ん？　でも公式が言ってるから不正ではないのかな？

『今チーミングは不正じゃないかと思った、そこのあなた！　これはトーナメント戦です！　チーミングしてトーナメントを進んだら次はどうなるか……参加される旅人《プレイヤー》の判断にお任せします』

「公式がチーミングを許すなって言ってるよぉ……」

チーミングした奴がトーナメント上がってきたら皆でボコボコにしろと暗に言ってる。

パーティは1チームだけで個人は2人上がれるらしいけどなんともいやらしいな？　チーミング

しようとしても、チーミングした奴が簡単には全員を上がらせないって意思を感じる。でも2人上がれるのならそれこそちょっと興味のある「決勝で戦おう」的ノリが出来るのも良いな？

『多数の応募が予想される為、出来る限り戦闘数が少なくなる様に組む予定ですが、今回実験的に体感時間加速装置の速度を調整します。各試合が長引いたとしても現実では10分程度でイベントが全て終了する予定です。多くの方の参加をお待ちしております』

「体感時間加速装置……なるほど、現実の8時間が向こうの1日に感じるのはその装置のお陰か」

技術の進歩は凄いなぁ？

『闘技大会参加予定の方はゲーム内メニューにイベントの欄が追加されているので、そこから参加するリミットを決め、パーティ戦か個人戦のどちらかを選択してください。選択された方はイベント当日の開始時間に闘技場に自動的にワープされます。2日後の正午をお待ちください』

「おぉ！　これはありがたいなぁ」

僕が森で過ごしてても イベント当日は闘技場に飛ばしてもらえるなら時間も無駄なく使える。

「よし！　イベント開始まであと２日あるし、頑張ってレベル上げるか！」

リミット無制限に出る予定だからレベル20は超えたいところだ。目標は出来るだけ高い順位！

少しでも生き残るぞ！　という訳でログインだ！

「おはようございます」

「あぁやっと起きた！　おはよう」

店員さんに挨拶すると何か僕を待っていたみたいだ。

「あの起きてきた所で、悪いんだけど……実は丸一日経《た》っちゃってるんだよね」

「ん？」

僕が昨日落ちたのって２時くらいだっけ？　で、ログインしたのは12時頃……あぁ（察し）。

「もしかしてもう１日分必要ですか？」

「ゴメンね？　これも込みでのこの値段だから……」

確かに普通に１泊30Ｇは安過ぎると思っていたけど、考えれば仕事や学校で丸一日ログイン出来なければ３泊分取られる訳だ。そうなれば90Ｇ……そうだよね、安くしないと旅人感覚じゃ１泊１００Ｇだとしても高くなる。

「おぉ……残り２Ｇ」

「なんか……ゴメンね？」

店員さんに心配されるけど僕の所持金はたったの2G……【投銭術】も気軽に使えなくなったぞ。

「とりあえずレベル上げを考えるならやっぱりボスかなぁ……」

お金の事は一旦忘れて、2日で20レベルを超えるにはやっぱりボスでも倒さないと無理だろう。

「ハスバさんにでも聞いてみようかな」

どこに居るかは分からないけどフレンド欄を見たらログインしているみたいだ。

「あれ？　メッセージ？」

メニューにビックリマークが付いている。確認するとハスバさんからメッセージが届いていた。

『ハチ君、君のお陰で隠しクエストをクリアする事が出来たよ。本当にありがとう。感謝の気持ちと共に君にこれを送るよ』

メッセージにアイテムが添付されているのかプレゼントボックスのアイコンがついていた。それをタッチしてみると空中にプレゼントボックスが現れたので受け止める。

「なんだろう？」

箱を開けてみると、胸元にひらがなで「はち」と書かれたスクール水着が出てきた。

「ふんっ！」

自然とスクール水着を地面に叩《たた》きつけてしまった。いや、分かって欲しい。いくらゲームの中だと言っても、あの人の様にあそこまで大胆な行動は出来ない。自然と僕の手はハスバさんに宛てたメッセージを空中に浮かんだキーボードを使って送った。

『フレンドになりましたが、今回の贈り物の件でフレンド解消を検討させていただきたく存じます。

解消して欲しくなければ、どこかに良い感じのボスが居ないか今すぐ教えろください』

多少語調が荒いけど、まぁハスバさんの性格的にこれでも許してくれるだろうと、メッセージを送ったら数秒で返事が返ってきた。

『気に入らなかったのなら謝るよ。ボスの件だが、北方向に進んでいくと次の街に進む道がある。そこにボスが1体居る。あとこれは極秘だが、君なら良いだろう。街の南東に小さなダンジョンがある。そのダンジョンの隠し部屋に隠しボスが居るらしいぞ？　一応マップも載せておく。最後に君には才能があると思うよ』

何の才能だ……スク水を着る才能か？　絶対着ないぞ。それにしても凄い速さで文を書くなぁ。

添付されていたマップを見てみると3階層の小さなダンジョンで地下2階から地下3階に下りる階段の部分にハテナマークがあり、そこに隠し部屋に行くルートがあるみたいだ。

『分かりました。とりあえずボスと戦ってみます。イベントの参加申請を忘れるところだった。

メッセージを送ったところで思い出す。イベントの参加申請を忘れるところだった。

「えっと、リミット無制限で個人戦っと……これでオッケー！」

イベントを楽しみにしておきながら参加申請忘れるとかいうマヌケ過ぎるミスは犯さずに済んだ。

「とりあえず適当に歩いて門を探せばどっちに向かえば良いか分かるか」

入って来た門がどこかも分からない。地図とかあれば分かるんだろうけど、所持金2Gの僕に地図なんか買えない。歩いて何か見つけるしかない。

「こういう時はやっぱりこれだね」

取り出したるは木の棒。どこへ向かうかこれに決めてもらおう。

「それっ！」

棒の先端から指を離し、倒れた方向を向く。

「清々《すがすが》しいまでの壁だなぁ？」

示したのは建物の裏手と思われる外壁。まぁ登りますけどね？　おっ、結構登りやすい。

「そういえば【パルクール】ってスキル取れたんだっけ。どんなスキルかな？」

【パルクール】　パッシブスキル　身体能力が上昇し、登攀、跳躍、回避等の行動にボーナスが発生する

登るの結構楽だったけど、【パルクール】のスキルでボーナスが発生したお陰かな？

「跳躍にボーナスが発生する……よし！」

登った建物から目の前にある建物に向かってジャンプする。

「おぉ！　凄い！」

【リインフォース】を使っていないのに使っている時と同じくらい跳躍した。ボーナス凄いな!?

「あれは……旅人の泉か？」

屋根に上り、見えた視界の先に村で見たよりもちょっと豪華な泉っぽいのが見えた。あの周りも広場だし、あそこは泉で間違いないかな？

「先に泉に行ってから決めよう、そうしよう」

方角をチェックするのもああいう広場に行けば何となく分かるだろうとフワッとした考えで屋根の上や壁を伝いながら広場の近くまで移動する。大通りには跳ばない様にそういう所は下に下りて歩いて進み、人の目が無くなったら上って上を進み……と、広場までほぼ直線で移動してみたら、ワイワイガヤガヤと広場にはたくさんの人が居る。ここで人を集めたりする人とかも居そうだな。

「これで、よし！」

泉に触れると『別の泉に転移しますか？』と出たけど今は使わない。せめてボスを倒してからだ。

「ふむふむ、広場のタイルとか見るにこっちが南か」

広場の模様的に北の方角にタイルが伸びてるっぽいし、街中の人の「南で兎狩《うさぎが》り」的な会話が聞こえたので、その人をマークして南門まで向かった。誰かしらを追跡してばかりだな僕……

「例のダンジョンは南東方向だからこの道から外れて真《ま》っ直《す》ぐ進んじゃおう」

アミュレットの【欺瞞《ぎまん》】のお陰か敵は僕に関心が無い様子だったので、走って情報の場所に向かう。30分程走ると、岩が積み重なった小さなドーム状の物が見えてきた。これがダンジョンかな？

下に向かう階段があったので下りてみよう。

「えーっと、これがハスバさんから貰《もら》ったダンジョンの地図で……うん合ってるね」

見える範囲の道と貰った地図情報を照らし合わせてみると向きとか合ってるから、この地図情報は信頼してもいいと思う。ハスバさんに「何も無い手探り感でやるのが好きだ」とは言ったけど情報を既に持っているなら使わない手は無い。

「貰ったのはマップ情報だけだけどここには何が出てくるのかな？」

ヴァイア様が居たあの洞窟はダンジョンとしてはかなり特殊な部類だと思うけど、普通は何か敵が出てくるはずだ。あと、壁に小さな松明《たいまつ》が掛かっているから灯《あか》りとかも必要無いのかな？

「ハスバさんにこっちの方来ましたーって言っておこうか」

マップを貰った事だし、こっちの方に来たとメッセージを送ってみよう。

『機密情報を貰った方のダンジョンにやってきました。これからボスに挑みに行きます』

と、メッセージを書いて送る。さて、それじゃあ行きますかぁ！

「待たれーい！」「んえっ!?」

タッタッタッと音がした方を見るとそこに現れたのはスク水頭巾……ハスバさんだ。ダンジョンの奥の方からこっちに走ってくるスク水頭巾は一瞬本気で敵かと思った。

「ハチ君、まさかこんなに早く来るとは思ってもみなかったよ！」

「結構本気で向かってきたので……」

「もしかして私を助けに来てくれたのかい？」「いえ、全然そんなつもりは無いです」

「おふっ、中々どうして、ハチ君に冷たくあしらわれるのも良い……」

「さて、フレンド解除は……」「待て！　すまなかった。冗談だ」

「冗談じゃなきゃ困りますよ……あとこれ返しますね」

ハスバさんに僕の名前入りスク水を返却する。

「中々良い物なんだが……ん？　そういえば街で会った時と恰好が変わっているな？」

「まぁ戦闘用的な感じですかね？」

これから戦うのにわざわざ装備を外したまま行くのは流石に舐《な》めプだろう。

「ハチ君、どうだろう？　私とパーティを組んでボスを倒さないか？」

「ハスバさんと？　うーん……」

「何か不都合でもあるかな？　流石に1人では辛《つら》いと思うぞ？」

1人より2人。確かにそれはそうだが、僕には組みたくても若干躊躇《ちゅうちょ》してしまう条件が発生する。

【無縁】と【無頼】のソロ時のステータスアップ効果が合わされば全ステータス50％アップ。僕が持つ中でかなり強い効果を持っている称号。それが効力を失うのはかなり痛い。

だからすぐに「はい、組みましょう！」とは言えなかった……が。

「弱いかもしれませんが……お願いします。ハスバさんとパーティを組ませてください」

だが、僕はパーティを組む事を選んだ。

「分かった。ではこっちからパーティ申請を送るぞ」

「はい」

多分ハスバさんの方が僕よりレベルは高いだろう。ならレベルの低い自分にブーストを掛けて、何とかハスバさんに並んだ状態のソロで挑むより、フルポテンシャルを出せなくても僕の補助とかを掛けたハスバさんと一緒に行った方が総合的に見れば強いハズだ。

「ボス一直線じゃなくて少し敵を倒させてください。パーティの連携は取れる様にしたいので」

「分かった。それで行こう」

ハスバさんとパーティを組み、遂《つい》にダンジョンに挑む事にした。

「んー、やっぱり弱くなった気がするなぁ……」

「えぇ……ハチ君、ゾンビとか普通に殴り倒してるのに、それで弱くなっているのかい？」

「はい。理由はちょっと言えませんが……でも、ハスバさん凄いですね。無駄が無いです」

ハスバさんは両手に苦無《くない》を持って出てくるゾンビをなぎ倒していく。凄いなぁ？　的確に首やら心臓を狙って攻撃してスマートだ。恰好が恰好だからカッコイイとは口では言えないけど、思うだけなら問題無いだろう。ついでにハスバさんを上げて話題を逸《そ》らす。

「弱くなっててそんな戦い方をしているのは君だけだと思うが……」

「そうですかね？　あ、でも、街で見た大半の人は武器を持ってましたし、僕だけって言われるとそうかもしれませんね」

ハスバさんが華麗にゾンビを倒して行く中、僕は【リブラ】を使いINTを下げてDEXを上げ、ゾンビの腹に貫手《ぬきて》を突き刺し、臓物《赤ポリゴン》を引き抜いたり、動きが遅いゾンビの後ろに回り、首を捻《ひね》ったりして倒していった。50％下がったら50％上げれば良いという理論だ。

「そもそもパーティを組んだから分かったが、君がまだレベル20を超えていないのが驚きだよ」

「ハスバさんが34レベルっていうのも驚きましたね」

「一応私はβテスターだからね。βテスターはまずテスト上限の30までは上がってるものだから」

「へ、へぇ……」

βテスターなのに正式スタート時にレベル1だったプレイヤーが居るらしいですよ？

「まぁ進み方は人それぞれだ。だから私もファステリアスに居るのだが……来たぞ」

「そっちの方お願いします。僕はこっち側をやります」

「任された」

ゾンビの集団が左右からやって来た。マップ上では真っ直ぐ進めば下りる階段があるけど、戦う。流石にここまで遅い事はないけど、人型の敵を相手に対集団戦の練習が出来るんだから。やらないのは勿体無《もったいな》い。ハスバさんは左の集団に走り寄り、苦無で首を斬りながら突き進む。あの首斬りを手刀で再現してみようかな？　いや、まずは対集団の基本をこなそう。

「せいっ！」

襲い掛かってくる集団の先頭に立つゾンビの摑《つか》みかかりを受け流し、鉄山靠《てつざんこう》で僕の背後から来たゾンビに先頭のゾンビを当てる。するとゾンビが後ろに倒れて、その後ろもドミノの様に倒れる。大体10体くらいか。

「おりゃっ！」

起き上がるゾンビの首に手刀を喰《く》らわせ、首を斬り飛ばす。うん、案外出来るものだ。2体の首を刎《は》ねた所で他のゾンビが起き上がった。今度は3体が横並びで同時に摑みかかってくる。ここで捕まるとゾンビ達に袋叩《ふくろだた》きにされるだろう。横並びだが、完全に横一線ではなく、左端の奴が少し前に出ている。ならまずは奴だ。

「ふっ！」

わざと左腕でガードする。掴む場所を左腕に誘導し、そして掴まれたと同時に腕を引く。ＳＴＲが低いからあまり引く事は出来なかったけど、バランスを崩す事は出来た。バランスを崩したゾンビの脛《すね》に左足を低く、速く前に蹴り出す斧刃脚《ふじんきゃく》。更に右手でゾンビの顎に向かってかちあげ。相撲で使われるけど、これをゾンビの顎に当てて、掴まれていた腕を外し、後ろに吹き飛ばす。そして後ろの奴らも巻き込まれて倒れる……集団戦では囲まれないのと誰かしらを盾に使って自分への攻撃を減らし、誰かしらを他の奴らへの攻撃に使う。それが僕の中での集団戦の基本だ。

倒れたゾンビの心臓《赤ポリゴン》を引き抜いたり、首を２７０度回したりしてゾンビに止《とど》めを刺していく。

『Ｌｖ17にレベルアップしました』

ハチ　補助術士Ｌｖ17　ＨＰ300→310　ＭＰ575→590
ＳＴＲ19→20　ＤＥＦ17→18　ＩＮＴ31→32　ＭＩＮＤ87→89　ＡＧＩ57→59　ＤＥＸ72→74
成長ポイント170

「ふぅ……終わった」

ゾンビを倒したからレベルも上がった。でもお金は落ちないんですね……

「いやぁ……見事としか言えないな……」

「ハスバさん僕より先に終わらせてたじゃないですか。しかもあんな綺麗《きれい》に苦無で倒したり……」

ゾンビを他のゾンビに当てたりして倒していたら、先にゾンビの処理が終わったハスバさんが僕の背後に迫っていたゾンビの頭に苦無を当てて倒してくれた。

「あれはまぁ、βプレイヤーの意地もあるから多少は良い所を見せなければな？」

「へぇ……まぁそれはどうでも良いですけど。次の階行きますか」

「くぅ！　ハチ君分かってるねぇ！　行こうか！」

ハスバさんがゾンビを倒し終わっているのを視界の隅で確認していたから僕の手伝いしてくれるかな？　と多少手を抜いた感があるのは否めない。もちろん攻撃を喰らうつもりは毛頭無いけど。

「ハスバさん１発喰らってませんでした？」

「まぁ喰らったが、このくらいなら問題無い。むしろダメージを喰らってこそ感覚１００％だ！」

「あ、ハスバさんも感覚１００％なんですね」

「も？　まさかハチ君も感覚１００％なのかい？」

「１００％にしないと何かもやっとして嫌なんですよね」

なんか感覚１００％じゃないともやもやを感じて嫌だ。人によっては気にしないんだろうけど、僕は気になってダメだ。

「いや、うん……やっぱり凄いな。君は」

「この話はここまでにして、まずさっきのダメージを回復してください。僕が作った回復薬です」

「これ、効果が高過ぎないか？　まぁ、ありがたく貰っておこう。では……ぐぅ！　苦いなっ！」

渡した野戦生薬を苦いと言いつつも嬉《うれ》しそうに使うハスバさん。これでも喜ぶのか……一日回復の時間を取ってから、ダンジョンを進んで行くと遂に地下3階に下りる階段を見つけた。

「んーあれかな？」

階段の辺りは暗くて見えにくいけど天井に何か通路の様な物が見える。

「あぁ、多分あれだろう。だがかなり高いな……ロープは持ってきたが、私では届かないぞ？」

「じゃあ僕にロープ貸してください。登ってきますから」

壁をスイスイと上がったり下がったりして自由に動ける事を見せる。

「壁をそんな風に登れるスキルがあるのかっ！　これは是非とも覚えたい！」

「あぁそれは……」

言おうとしたけどアトラさんの言葉を思い出す。

『我々の事は他言無用。ハチの力や持っている装備も出来れば秘密にしろ』

これって【登攀《とうはん》】とかも喋らない方が良いのかな？

「秘密です」

「くぅ！　自分で探せという事かっ！　これは探し甲斐《がい》がある！　が、今は宜《よろ》しく頼む」

別に言わなくても良さそうだ。ロープを肩に掛け壁を登ると、暗いけど確かにそこに道があった。

『スキル　【夜目《やめ》】　を入手』

【夜目】パッシブ　暗がりに入ってもある程度の距離まで視える様になる

スキルのお陰で暗かったはずの風景が15ｍくらい先まで視《み》える様になった。これ良いな！

「ハスバさん！　道ありましたー！　ロープを伝って来てください」

道に入り、ロープを下に垂らす。ギリギリハスバさんの所に届くくらいの距離だ。結構登ったな。

「あぁ！　行くぞ！」

ロープが重くなる。筋力が響く場面だ……【オプティアップ】で力を上げ、ロープを引き上げる。

「こういう時はえーっと……ファイト？」

「いっぱーつ！　これ一度言ってみたかったんだよ！」

上がって来たハスバさんに手を伸ばしたら答えながら掴んだのでそのまま引き上げる。

「ほう？　こうなっていたのか。ハチ君は道が見えるかい？」

「一応今【夜目】を取得出来たんで見えます」

「ならこのまま行こうか」

「はい」

流石というか当然と言うべきか、ハスバさんも暗闇の中でも先が見えるみたいだ。暗闇から急に現れるスク水頭巾……これで壁を這《は》いずったりしたら不審者度が途轍《とてつ》もない事になりそうだよ？

「あの、聞きたかったんですけどなんでそういう装備をしているんです？」

「この装備か？　まぁ性能もそうだが、見た目が良いから装備しているんだぞ？」

「見た目……まぁ見たら忘れませんけど……」

「ハチ君の分も作ってもらったんだが、ハチ君は気に入らなかったのだろう？」「はい」

即答である。

「そ、そこまで強く言わなくても良いじゃないか……」

「動きやすさは評価しますけど、別に僕の装備でも動きやすい事は変わりないんで……」

ほぼ裸と一緒だから動きやすいだろうけど、皆との思い出があるこの装備と替える程ではない。

「気になっていたが、その装備はどれも見た事が無い。誰かに作ってもらったのかい？」

「強いて言うなら貰った。が、正しいですかね？　詳しい事は秘密にすると約束しているので」

「素手で戦うのも良いが、武器は使わないのかい？」

「使わないっていうか使えないんですよね……ハスバさんのその苦無をちょっと貸してください」

「構わないが……」

このくらいなら良いだろう。ハスバさんから苦無を受け取ると、バチッと手から弾《はじ》かれる。

「こんな感じです」

「そんな事が起きるのかい？　不思議だ……バグかな？」

「これは僕の職のせいですね」

「何？　いったいどんな……『秘密です』だな」

ハスバさんも分かってきてるな。そんな話をしていると遂に暗闇から大きな扉が現れた。

「これは……あからさまだね。準備は良いかい？」

「どう考えてもこれ開けたらボス戦ですよね……いつでもどうぞ！」

「じゃあ行こうか！」

ハスバさんがドアを蹴破る。開いた扉の先には、地面に転がる無数の動かぬゾンビと4つの玉座に4種類の剣を持ったゾンビが座っている。大剣、長剣、エストック、短剣を持ったゾンビだ。その4体のゾンビが僕達が入って来た事に気がついたのか玉座から立ち上がる。

「おっと、4対2か」

「まだ周りのゾンビが完全に死んでいるかは分からないので注意した方が良いと思いますよ？」

良くも悪くもゾンビだ。自分の手で倒すまで死んでると判断するのは危険だと思う。

「こういう時は向こうから来てもらいましょう。という訳でハスバさん。お願いします」

「私に何をしろと？」

「お尻ぺんぺんでもしたら直ぐに飛んで来るんじゃないですかね？」

冗談半分で焚《た》き付けてみた。

「なるほど！　この私の尻《ケツ》の魔力に抗《あらが》えるかな!?」

自分の尻を叩いて挑発するハスバさん。なんだろう……自分の尻を叩く力が強いのか、やたらとスパァンスパァン良い音が鳴ってる気がする。そしてその挑発が効いたのか、4体のゾンビ全員が本当に玉座から一直線に各々の剣を構えてハスバさんに突っ込んで来た。

「おぉ！　本当にやって来たな！」

「見た感じブチ切れてるっぽいですけど、大丈夫ですか？」

「今ので【挑発】スキルを入手出来たから私としてはグッドだ！」

【挑発】したハスバさんと【戦場に潜むもの】のお陰か僕の方を見る奴は1体も居ない。

「何か1つステータス上げるならどれが良いですか！」

「そうだなっ！　出来ればっ！　ＡＧＩが上がればっ！　助かるかなっ！」

4体の攻撃を1人で捌《さば》いているハスバさんに質問したらＡＧＩを上げろと答えた。この状況でステータスを急上昇させるのも危険だろうし、ハスバさんに【オプティアップ　ＡＧＩ】を掛ける。

「おっ！　少し動きやすくなったな！」

ついでに剣持ちの4体に【オプティダウン　ＡＧＩ】を掛ける。

「ん？　動きが遅くなった……」「とりあえずそのままヘイトお願いしますねー」

「あぁ、このくらいならなんとかなる！」

4体相手に両手の苦無で弾いたり、体を逸らして躱《かわ》していく。やるなぁ？　僕も行くぞ！

「はっ！」

大剣持ちゾンビがハスバさんに上段斬りを放とうとしているそのタイミングでそいつの背後から心臓を狙った貫き手を刺し込む。そのまま腕が貫通して、手には赤いポリゴンの塊が握られている。ポリゴンを握り潰すとガランッと大剣を落とし、そのまま倒れた。あれ？　意外と弱いのか？

1体やられたのを見て、3体が僕に向く。だが、そっちに背後を晒《さら》すのはどうかと思うな？

「隙あり！」

ハスバさんに背を向けた3体は苦無によって首を刎ねられる。武器を落としてあっけなくゾンビ達は4体とも倒れた。

「なんだ？　まさかこれで終わりか？」

「あっけなさ過ぎる気がする……」

ボスが居ると言わんばかりの扉を開けると中に4つの玉座とそこに座る4体のゾンビ。これで終わるのはおかしい気がする。

「とりあえず玉座でも調べてみますか？」

「そうしよう」

玉座に座っていた王ゾンビ？　を4体倒したから玉座に近寄ろうとする。

「待て！　ハチ君！」

ハスバさんの声を聞いて立ち止まる。倒した奴らの武器が宙を舞い、地面に転がっていたゾンビの元に飛んでいく。そして倒れていたゾンビが手を上げて飛んで来た武器を摑む。

「「「「オォォォォ！」」」」

4体のゾンビが立ち上がり、武器を構えて玉座の前に立つ。

「これって、まさか……？」「全部倒さないと終わらないのか!?」

ここには山の様に積み重なったゾンビがある。とてもじゃないがこれを全て倒しきる前に集中力は切れて4体に囲まれ、倒されてしまうだろう。

「「「我ラ、四剣ノ王」」」「喋った!?」

玉座の前に立ち、剣を掲げてゾンビ達が口を揃《そろ》えて喋り出す。

「「「勇気アル者ヨ、オ相手ショウ」」」

そう言い放つとそれぞれが剣を構え、こっちに向かってくる。今度はハスバさんだけじゃなくて僕の方にも大剣とエストック持ちがやって来た。

「おっと、今度は僕も相手しなきゃダメか」

「このゾンビ達を全て倒さないと終わらないだろう？　ならばやるしかない！」

ハスバさんが長剣と短剣持ちのゾンビとの戦闘を開始する。そして僕の方も戦闘開始だ。

「なんだろう……この違和感」

ボス戦のハズなのにゾンビは今まで倒したダンジョンを徘徊《はいかい》していた奴と変わりない。ただ、残っている物量が凄い。本当にこれで合ってるのかな？

「そりゃ！」

十何体目かの大剣エストックコンビの攻撃を躱して倒した直後、なけなしの1Gを玉座に向けて【投銭術】で投げつける。ここまでゾンビ達を倒した直後に剣が宙を舞い、他のゾンビがキャッチした後に玉座の前に立つから、これは本体はゾンビではなく護《まも》られている玉座なのでは？　と思って投げてみたが……

「……違うか。くっ!?」

特にゾンビが動きを止める事もなく、エストックが突きで迫って来たので、横に避ける。そして背後から迫っていた大剣に対処しようとする……だが、エストック持ちは横に避けた僕に対して、そのまま突きからの斬り払いをしてきた。僕の動きを学習し、躱される事を前提にした突きだったようだ……腹部を斬られて僕のＨＰも５割持っていかれた。その場で立ち尽くすと大剣に斬られてしまうので、転がって攻撃の範囲から抜け出す。【パルクール】のお陰で距離に余裕が出来た。

「斬られるって結構痛いね……」

感覚１００％だから実際に斬られた時と同じ痛みを今、感じている。

「でも、お陰で集中力が戻ってきたよ」

お腹《なか》を斬られて自分の集中力が切れていた事を思い知った。ボスなのに雑魚だと侮っていたんだ。エストックなんだから突くも斬るも出来る。相手が弱くても油断しちゃいけない。戦闘の基本だ。

「よし！　来ーい！」

回復なんか必要無い。次喰らったら死ぬ。その緊張感が必要だ。大剣とエストックが、前後から同時に攻撃を仕掛ける。片方は見えてももう片方は見えない。対処出来るのは片方だけだろう。

「【リブラ】　ＦｔｏＸ」

防御《DEF》を50％下げ、技量《DEX》を50％上げる。次の一撃を喰らったら確実に死が来る状態にして更に集中力が上がる。縦振りと突き。同時に僕に当たりそうになる時に受け流す。

「はっ！」

体はゾンビ達に対して横向きになり、右から振り下ろされる大剣の刃に右手を添えて僕の体の前に来る様に、左から迫る刺突は左手で僕の背後に流れる様にそっと手を添える。視界の隅だろうが僕の目は視界に入っている限りしっかり見える。世界がスローになっている状況で剣に付いている傷まで見えるくらいだ……ん？　僕の体が自然に反時計回りに回転しながら大剣とエストックを握り【ディザーム】を発動するとゾンビからそれらを奪い取った。

「重っ！」

エストックは持てたけど、大剣は重くて落としてしまった。流石に片手で大剣は持てないや……地面に転がる大剣と手に持っているエストック。その刀身をよく見れば顔があった。

「ハスバさん！　この剣が本体です！」

四剣の王。その正体はゾンビでも玉座でもなく、剣そのものだった。

「なるほど！」

ハスバさんも回避してゾンビを倒す方法から苦無で剣を受け止める方法に切り替える。

「よいしょ！」

落ちている大剣にエストックを振り下ろす。ガイィン！　と、とても大きな音がする。

「「グオォ！」」

「ははぁん？　なるほどね！　ハスバさん！　剣同士をぶつけると大ダメージが入ります！」

「剣同士をぶつけるか……難しいがやってみよう！」

四剣の王というのなら王同士をぶつけるのが一番効率良くダメージを与えられるみたいだ。

攻略法が分かれば対処も出来る。ハスバさんは【挑発】を使って2体を怒らせながら当たる瞬間に回避して剣同士をぶつける手法でダメージを与えている。

「仕掛けが分かっちゃえば楽だね」

僕はエストック持ちの方に向き直る。今なら大剣を振りかぶる音を聞けば見なくても避けられる。刺突してくるエストックを【ディザーム】で奪い、大剣にぶつける。【ディザーム】の効果が切れ、僕の手から弾かれるとゾンビの手にエストックが飛んでいき、また僕に攻撃を仕掛けてくる。その間に大剣が攻撃を仕掛けてくるが、振りが遅いから体の向きを変えるだけで避けられる。横振りは大剣の上を転がって避ける。何度も両方をぶつけると遂に致命的と言えるほどの罅《ひび》が入る。

「ぐっ！　この痛み！　気持ちいいっ！」

避け損なってそんな事を言えるハスバさんは正直ヤバいと思う。でもハスバさん側の2本の剣にも致命的な罅が入ってる。

「「「「コレマデカ……」」」」

剣が罅だらけになった時、声が聞こえた。4本の剣が玉座の前に集まり、それぞれの剣から何か黒いオーラが出て空中に集まり球状になっていく。あれは……破壊しないと全滅の奴では？

「あれは……DPSチェックか？　何っ!?」

ハスバさんが接近して空中の球を壊そうとすると今まで動かなかったゾンビ達が動き出し、剣の前に並ぶ。このままではあのエネルギー球に接近出来ない……

「近寄れないって事は遠距離から何とかしろって事ですかね……」

ゾンビ達は襲ってくる訳でもなく、ただ立って肉壁として道を阻んでいる所を見るに、遠距離武装であのエネルギー球をなんとかしなければならないという事だ。どうすれば良いんだ？

「さっきハチ君は何か玉座に向かって投げていなかったかい？　あれは使えないのか？」

そうか！　【投銭術】なら何とか……1Gしか無い。これじゃあ絶対足りないぞ……

「ハスバさん」

「何だい？　どうにか出来るのかい？」

あんまりやりたくない事だけどやるしかない。

「お金貸してください！」

「えぇ!?　今かい!?」

「お金を投げるスキルがあるんです！　お金の価値が高ければ威力も高まるってスキルです！」

もう時間も無いから、お金を貸してもらえなければ試す事も出来ない。

「投げるという事は1枚の硬貨で良いんだな？　ならこれを使うんだ！」

危機的状況もあってか、ハスバさんに鉄貨よりも2回りくらい大きな金貨を手渡された。

「これ、使っても良いんですか？」

絶対高い。だって金だよ？

「ここで死んで失うより使って勝てるかもしれないなら君に託す！」

「分かりました！」

最大火力を出す準備として【リブラ】は既に掛かっているので、このまま【オプティアップ　DEX】と【パシュト】を自分に掛ける。これで【投銭術】で投げた硬貨の2発分のダメージが入るはずだ。【レスト】は……エネルギー球には効かないよなぁ……

「最後だ……ハスバさん。ごめんなさい！　パーティを解散してください！」「なっ!?」

当然の反応だ。ここまで一緒に戦ってきたのにパーティを解散しろなんて言われたら裏切られたと思うだろう。

「僕はソロ状態だと自分にバフが掛かるんです！　だからお願いします！」

「なるほど！　そういう事なら分かった！」

すると『パーティから　ハスバカゲロウ　が脱退しました』と文字が出てきて僕の体に力が漲《みなぎ》る。

「【リインフォース】！」

パーティが解除されて全力状態。【リインフォース】を発動し直して、気持ちを改めて、金貨を【投銭術】でエネルギー球に向かって投げつけると、僕の手から黄金の光が放たれた。着弾と同時に白い光がボス部屋を覆う。眩《まぶ》しい！

「「「見事ダ……」」」

最後にそんな声が聞こえた気がした。

『Lv25にレベルアップしました　魔法　ライフシェア　コンバートマジック　インパク　を習得
一部装備に変化』

ハチ　補助術士Lv25　HP310→400　MP590→710
STR20→25　DEF18→23　INT32→40　MIND89→105　AGI59→75　DEX

74→95
成長ポイント250

レベルも上がった。本当に勝ったんだなぁ……

「…チ君！　ハチ君！」「あ、ハスバさん……勝てたみたいですね……」

気が付くと玉座もゾンビも無いボス部屋に立っていた。代わりに宝箱が置いてある。

「やったな！　凄い威力だったぞ！」

変態っぽいハスバさんではなく、そこにはただ、勝利を喜んでいるハスバさんが居た。

「はい、それもこれも全部ハスバさんのお陰です」

「どうした？　あまり喜んでいない様だが？」

「なんか勝ったって実感があまり無くて……」

最後に僕に【投銭術】用のお金を貸してくれたのもハスバさん。パーティから抜けてくれて僕をソロにしてくれたのもハスバさんだ。お陰でもの凄い威力の【投銭術】が発動出来た。あっ。

「あの、そういえば投げちゃいましたけど、あれっていくらくらいの価値があったんでしょうか？」

見た事も無い大きい金貨を思いっきり投げちゃったけど、どのくらいの価値があったんだろう？

「あぁ、あれか？　大金貨だから100万Gだ」「ひゃくまっ!?」

急いでボス部屋をくまなく探す。だが100万Gの大金貨は見つからなかった。あの黄金の光は

100万Gの光だったんですね……

「とんでもない借金が出来ちゃった……ハハハ」

乾いた笑い。ボスを倒したという喜びは全て消え去った。

「気にするなハチ君！　負けて3割持っていかれるより、10割使って勝った方が気持ちいい！」

ハッハッハ！　と腕を組みながら笑うハスバさん。僕に気を遣ってくれているのか、それとも本当にそう思っているのかはハスバさんにしか分からないが僕には罪悪感しか無い。

「別に返そうとしなくても良いぞ？　いつか使う為《ため》に貯《た》めたのがこんな使い方が出来るとは……」

「ハスバさんヤバい人と思ってましたが、見直しました。宝箱はハスバさんが開けてください」

「おぉ！　ナチュラルにちょいディスを入れてくる。技術点高いねぇ！」

ちょっと言い方が悪かったかもしれない。ヤバい人は言わなくても良かったなぁ……

「あの、お金って1Gが鉄貨で10Gが銅貨、100Gが大銅貨で1000Gが銀貨。ですよね？」

「あぁ、それから1万で大銀貨、10万で金貨、100万で大金貨だ。それより先は分からないが」

貨幣の情報が分かったのは大きい。今後大きい貨幣を持てるかは分からないけど……

「今回の報酬は全部ハスバさんが貰ってください。僕は経験値が貰えただけで充分なんで……」

本来の目的はレベル上げだ。装備とかドロップしても今の装備から替えるつもりは無かったから売ろうかと考えてたけど、ハスバさんがそのまま受け取ってくれるのが一番だ。

「分かった。君の性格的に私が断っても罵ってからアイテムを渡してきそうだ」

「今、願望が入ってませんでした？」

流石にこの状況で罵ったりはしないよ？　中身は光っててよく見えない……

「ではオープン！」

ガチャリと宝箱を開けるハスバさん。中身は光っててよく見えない……

「ふむ、王の長剣と金貨3枚が入っていたぞ」

剣を見せてくるハスバさん。さっきまで戦っていた剣より装飾が多い気がする。

「ハスバさん。こういうダンジョンのボスのアイテムって個別なんでしょうか？」

「ダンジョンボスは個別だな。フィールドボスは倒したボスから直接ドロップになるから協力したパーティのメンバー同士で話し合って報酬を決めるのが一般的かな？」

なるほど、そういう違いもあるんだ。

「ボスフィールドで戦闘中にパーティを抜けても経験値を貰えたのはラッキーだったたな」

ボス戦中にパーティ解散なんて事自体おかしな行為だしね。どうなるか分からなかったけどペナルティとか無くて良かった……

「じゃあ僕も開けてみます」

個別と分かったので僕も宝箱を開けてみる。宝箱の中身が光ってアイテムを獲得する。

『王の短剣　王のエストック　王の大剣　を入手しました』

「あれ？　金貨は……？」

ハスバさんの時は金貨が出てきたのに僕の時は出てこなかった……返済の当てがぁ……

「ハスバさん。とりあえずコレ受け取ってください」

「これは……他の3つの剣が出てきたのかい？　ランダムで出てくるのか？」

「多分ランダムか貢献度的な物じゃないですかね？」

参加人数とかでどうなるのか分からないけど……検証とかはしなくてもいいや。

「貢献度はあるかもしれないな……ではその剣はもらい受けよう。うおっ!?」

ハスバさんに3本の剣を渡すと4つの光の玉がハスバさんから飛び出し、1つになる。

「四王剣フォー・オブ・ア・カインド……レア度レジェンド!?」

4本の剣が1本の長剣になった。持ち手から伸びるオーラの刀身が中々にカッコいい。

「おぉ、1本の剣に……フォー・オブ・ア・カインドってポーカーの役でしたっけ？」

「あ、あぁ……確か4カード《フォー》の別の呼び方だが……レア度レジェンドだぞ！　本当に良いのか？」

「100万Gの負債の分っていうのもありますけど、僕じゃ多分それ装備出来ないから持ってても最悪売るだけですね。ならハスバさんが持ってた方がはるかに良いですよ」

装備出来ない物を持っていてもしょうがないしねぇ？

「これは……多分100万以上の価値があるぞ……？　ほら」

ハスバさんが剣の持ち手を捻ると剣の形がエストック、大剣、短剣と変形する。あの4剣の形状に変化出来るんだ。まぁ僕には使えないけど！

「じゃあ返済って事でも良いですか!?」

これで借金返済となるとかなりありがたいぞ！

「もちろんだ。やはりあの時ハチ君に託して良かったと思うよ」

「良かったぁ……借金地獄回避だー！」

戦闘後の後処理でヒヤヒヤしていたけど、何とかハスバさんに借金しなくて済んで助かった。レジェンドだろうが何だろうが、装備出来ない物なら僕にとっては木の棒以下の存在なのだ。

「終わったな、私は街に戻るが……ハチ君はどうするんだ？」

「僕はまだこの辺を見て回ります。そういえばハスバさんはイベントに出るんですか？」

僕はもう少しここに居たいからハスバさんにイベントに出るかだけ聞いておこう。

「あぁ、私は出るぞ。ハチ君も出るのか？」「はい、一応無制限のソロ枠で出ます」

今更だけど、無制限でも多分戦えるよね？

「無制限か……なら当たるかもしれないな？」「ハスバさんも無制限のソロで出るんですか？」

「あぁ出るぞ！　出てこの恰好をまだ見ぬ初心者に見せつけたい！」

「あぁ、当たったら他の人の為にもすぐ仕留めないと……」

この恰好を受け入れられない人も居るだろうから出来るだけ早く倒さなきゃ……

「冗談でもシャレでもなく、君だとそれが出来そうだ……」

割とガチトーンで喋るハスバさん。レベルはハスバさんの方が上だから身構えなくても良いのに。

「とりあえずハチ君はまだここに残るんだな？　ではここでさらばだ」「はい、お気をつけてー」

ハスバさんが門を通り部屋から出て行った。

「ハスバさんもライバルになるのかぁ……」

正直最後の攻撃で僕の手札の大半を見せてしまった感がある。そう考えると何だか複雑な気分だ。

一緒に戦った仲間だけどイベントでは敵になる……まぁハスバさんなら遠慮無く攻撃出来るか。

「とりあえず新しく入手した魔法を確認してみよう」

レベルアップした事で入手した魔法を確認してみる。

【ライフシェア】 消費MP0　現在のHPの半分を対象に与える（対象の最大HPを超えた分も追加される）
【コンバートマジック】 HPを1消費すると10MP回復。10MP消費すると1HP回復する
【インパクト】 消費MP5～100　ノックバック効果が発生する。消費MPが多いとノックバック範囲が上昇する

「やっとそれらしい回復が……【インパクト】は中々使い勝手良いかも？」

ノックバック効果は使えそう……で、この『一部装備に変化』がどんな物か見てみると……

アストレイ・オブ・アームズは全ステータス20％アップから22％アップに。

無形の仮面はHP＋200から250に、MPは＋300から350に。

オーブ・ローブは全ステータス＋30から＋35に。

そして……

掴み取る欲求《イド》　レアリティ　ユニーク　全ステータス＋40（制限中）

耐久値　破壊不可

特殊能力　（※1）リミッター　（※2）幻影手　（※3）畏怖奪掌

（※1　現在のレベルによりこの装備の能力が制限される　※2　両拳を打ち合わせる事で発動可能。1分間実際の腕が見えなくなり、虚像の腕が現れる　一度発動すると1時間再使用不可　※3　恐怖の状態異常中の相手の防御を無視した攻撃が出来る。攻撃に成功した場合、恐怖の状態異常を取り除く）

己の欲する物を全て掴み取った者が生み出したガントレット。秘めた力があるらしい

踏み躙る自我《エゴ》　レアリティ　ユニーク　全ステータス＋45（制限中）

耐久値　破壊不可

特殊能力　（※1）リミッター　（※2）戦意奪略　（※3）幻影脚

（※1　現在のレベルによりこの装備の能力が制限される　※2　この防具を装備し、敵の頭を踏みつけた場合、恐怖の状態異常をその敵に付与する　※3　どちらかの踵を2回連続で地面に当てると発動可能。1分間実際の脚が見えなくなり、虚像の脚が現れる　一度発動すると1時間再使用不可）

どんな状況でも自身の主張を押し通した力ある者が生み出したグリーブ。秘めた力があるらしい

イドとエゴに至っては新しい能力も追加されてる。
「イベントは明日……これは練習しなきゃね！」
ダンジョンから出て、イベントへの準備の為に森に向かった。

■

【初心者】アルター雑談【歓迎】

456：名無しの旅人　なぁ？　あの変態、カッコイイ剣背負って南門から帰って来たんだが？

457：名無しの旅人　そういや、前に誰かと街を逃げてたよな？　あれと関係あるんかな？

458：名無しの旅人　あ、チェルシーさんが話を聞きに行ってる

459：名無しの旅人　何か露骨にガッカリしてんなぁ……？　話を聞けなかったのか

460：ハスバカゲロウ　ハッハッハ！　どうしたんだい君達？

461：名無しの旅人　うわっ出た

462：名無しの旅人　うわっ出た

463：ハスバカゲロウ　君達毎回同じような反応をしていないかい？

464：名無しの旅人　で、スク水頭巾さんはその剣どうやって入手したん？

465：名無しの旅人　教えろー

466：ハスバカゲロウ　情報屋のチェルシーにも教えないのに、教える訳がないだろう？

４６７：チェルシー　教えろーオーボーだー
４６８：ハスバカゲロウ　さっき断ったハズだよねぇ!?
４６９：チェルシー　諦めが悪いんでね？
４７０：ハスバカゲロウ　まぁクエストでボスドロップ品……とだけ言っておこう
４７１：チェルシー　それ大体何でもそうじゃん……
ハチの事を隠すとほとんど何も言えなくなるハスバカゲロウであった。

■

「ま、練習は明日の朝にして、今日はもう休もう」

ログアウトして、ご飯を食べようとしたら、電話が掛かってきた。

「もしもし」

「もしもし影人《えいと》？　ちょっと声が聞きたくなって」

母さんからの電話だ。まぁ、心配にもなるか。

「何か問題でも起きたのかと思ったけど、声が聞きたかっただけか……」

「この前先生に渡した試供品の商品があったでしょ？」

「あぁ、あの賄賂の……」

あの場で新しい化粧品のテスターの機会とか賄賂以外の何物でもない。

「ただの先に渡しただけのお礼の品よ？」

言い方を変えてもそれはどうかと思う。

「あれがやっと発売されたのよ！」

「おぉ、頑張ったんだね！　母さん達じゃなかったらもっと時間掛かってたかも。流石だね！」

あぁ、これはきっと褒めて欲しくて電話してきたんだなぁ……

「ありがとう。母さんやる気出てきた！　また新しい製品の開発を頑張るわ！」

「うん、母さんと父さんならまた新しい製品を作るのもすぐだよ！　日本から応援してるね！」

声が聞きたくて電話してきているなら応援はしっかり言葉にしてあげよう。

「ええ、ありがとう。影人の声も聞けたし、またバリバリ働くわよぉ！」

「父さんにも頑張ってって言っておいてねー？」

「忘れなかったら言っておくわ！　やる気のある内にやるわよ！　じゃあね！」

「あの勢いだと、父さんに僕の言葉伝える前に仕事に打ち込んで忘れてそうだなぁ……」

母さんは気分が乗るとめちゃめちゃ働くけど、気分が乗らないと凄くダレると父さんが漏らしていた。だから僕に電話を掛けてきた母さんを褒めて、やる気にさせるのは僕の役目だ。

「一応父さんにもメールで頑張ってねって送っておこう」

ついでの様な形になってしまったけど、父さんにもメールでエールを送っておく。あとで父さんから届いたメールには『雲雀《ひばり》さんがやる気になった。影人のお陰で父さんも助かるよ……父さんもお仕事頑張るよ！』とあった。よし、僕もイベントを頑張ろう！

「オーブさんこんにちはー」

「ハチ様、いらっしゃいませ」

やってきました白空間。色々練習するならここが一番だ。

「今日は昼からイベントだし、スキルとか魔法とか色々確認したくてね」

「ハチ様は……ソロ無制限部門に出られるのですね」

オーブさんがウィンドウを開いて見ている。僕の情報を確認しているのかな？

「うん、ギリギリまで経験値を稼ぐ方が良いかもだけど、自分の手札を確認しておきたくてね」

レベルを上げて強くなるのは重要だけど、自分の持っている手札《ちから》を理解しないで特定のスキルと魔法だけを使うと、とても狭い視野になってしまう。未使用の能力を急に使うのには勇気がいる。

「なるほど、それは良い考えですね。で、どうされますか？」

「また前みたいにマネキンを出して欲しいんだけど……鎧《よろい》とかって装備させる事は出来る？」

試したい事は鎧を着ていてもらわないと困るので装備状態で出せるか聞いてみる。

「鎧装備ですか。分かりました。少々お待ちください」

また前回の様にマネキンが現れたが、今回は鎧で頭からつま先まで防御されている。

「悪いんだけど屈《かが》んでくれる？」

鎧を纏《まと》ったマネキンが僕の言う通りに屈む。これからやる事を考えるととても心が痛い。

「ごめんよ？」

一応謝ってからマネキンの顔に足を向け、そのまま顔を軽く踏む。

「やっぱり……条件が頭を踏むだから足裏を相手の頭に当てる事で効果が発動するんだね」

黒い靄《もや》がエゴから出ている。【戦意奪略】が当てるだけで発動可能なら、色々とやり方があるな。

「それでこう！」

恐怖状態のマネキンの胴体に向かって掌底を打つと、僕の手が鎧をすり抜けて体に触れる。

「こうなるんだ……」

軽く打ったからマネキンが後ろにこけただけだが、イドの【畏怖奪掌】の防御を無視した攻撃っていうのは鎧をすり抜けるのか……

「マネキンから恐怖の状態異常が消えていますね」

「セット運用しろと言わんばかりだね……」

相手の頭部に蹴りをヒットさせて鎧を無視した一撃……イドとエゴはこれで防具だから恐ろしい。

ヘックスさんには感謝しないと……もちろん村の皆もだけど。

「それじゃあ次……【幻影脚】やってみよう」

コツコツと右足の踵《かかと》を地面に打ち付けると足が勝手にステップを踏んだ。両手も打ち鳴らすと、ステップとシャドーをする幻影の腕と脚。実際はただ立っているだけなんだけどね？

「ハチ様、今動いていないんですか？」

ふむふむ、これは使い道がそれなりにあるかもしれない。

「うん、オーブさんには今僕がどこを向いているか分かる？」

「仮面が付いていて見えないですね」

腕も脚も目線も相手が認識出来ないのは強いな。

「戦闘中はプライバシー設定が緩和されて目は見えますが、どこを見てるか分かりませんね」

「あ、そうなんだ」

目線は戦闘では重要なファクターだと思う。この仮面は僕から相手の顔は見えるけど、相手からは僕の顔が見えないっていう強みがある。良いねぇ。こういうのは小さいけど後々効いてくる。

「オッケー、とりあえず【幻影脚】も確認出来たから次を試してみよう」

屈伸したり、自分の思う通りに動かしたり、【幻影手】の脚版という事で良いな。次だ。

「次はマネキンを味方にしてくれる？」

さて、次は回復関連だ。

「はい、味方に変更しました」

マネキンが味方の判定になったのでマネキンのＨＰも見える。次の魔法をチェックしてみる。

「【ライフシェア】おぉ、ＨＰが持っていかれた……持っていかれたァ！」

「どうかされましたか？」「いや、何となくやった方が良いかなって……」

僕のＨＰの半分がマネキンのＨＰに加算され、ＨＰバーの上に追加のＨＰバーが表示されていた。

「ちゃんと出来てるね。これはパーティ用かな？　もう一回やってみよう【ライフシェア】！」

【ライフシェア】をもう一度使用すると僕の残ったＨＰの半分がまたマネキンに移動する。

「これ、使い勝手が良いとは言えないけど、中々面白い性能してるなぁ……」

ＨＰを人に渡すので気軽に使うのは難しいけど、即座に他の人のＨＰを回復出来るのは良い。

「次は【コンバートマジック　ＨＰ】」

ＨＰを宣言するとＭＰがガンガン減ってＨＰが回復する。自動回復も合わさって中々の回復量だ。

「これ合わせるとＭＰが空になるまでＨＰ増やせそうだなぁ？」

時間は掛かるが、組み合わせたら味方のＨＰ凄く増やせそう。下手したら修正されるかもだけど。

「まぁ回復関連が強化されたと……それじゃあメインディッシュを試してみようか」

新しく覚えた魔法。【インパク】これが楽しみだったんだ。

「何か用意は必要でしょうか？」

「マネキン君。また、頑張ってもらうよ」「はい、味方状態を解除します」

マネキン君には悪いけど試させてもらう。

「【インパク】えっ？」

最低のＭＰ５だけ消費して発動してみたら１ｍ先のマネキン君に【インパク】は届かなかった。

「消費ＭＰが低いと射程が短いみたいですね。どうやら１ｍが射程限界の様です」

「なるほど、それじゃあ【インパク】！」

１００ＭＰ消費してみるとマネキン君が２ｍ程吹き飛んだ。ＨＰは減っていないから本当に吹き飛ばすだけみたいだ。何度か状況を変えて使用してみる事で、段々仕様が分かってきた。

「なるほど、ノックバック量は変わらないけど、消費ＭＰ１で１ｃｍ射程範囲が増えるのね。大体摑めた！　よし、他にも色々練習するぞ！」

それから他のスキルや魔法の練習やら準備等をしてお昼前にブランチを取り、イベントに備えた。

練習を終えた後、森の中で何か良い物があるか探していると見つけた。

雲煙草　膨らんでいる葉に傷を付けると中から大量の煙が出てくる

あとはオーガ戦の時に使いきれなかったボルウ虫の殻に入れて粘り草でくっ付けてしまえば……

煙玉　投げて当てると中から煙が出てくる

煙玉の完成だ。煙を出す効果のあるアイテムを中々見つけられなかったけど【採取の目】を使用して森を歩き回ったら何とか見つけられた。煙玉なんて忍者っぽいなぁ？

「んでこれを【違法改造】！」

煙玉に対して【違法改造】を使うと『煙の濃度』『煙の範囲』『残留時間』の調整が出来たので、範囲をちょっと増やして、濃度を少し下げ、残留時間はそのまま。やり過ぎないのがコツだと思う。

「試してみたいけど、数が少ないからこればっかりはイベント会場で試してみるしかないかぁ」

出たとこ勝負になるけど、自分の手札をバラすのは出来るだけ後半にしたいからね。

「準備完了！　いつでもこーい！」

待っていたら僕の体が青いポリゴンとなり、光のチューブを通ると闘技場に転送されていた。

「うぉぉぉ！」「来た来たー！」「初イベントだー！」

僕以外に何人も闘技場に転送されてくる。鎧《よろい》を着ている人も居ればなんかとても軽装な人も居るし、自分より大きな武器を背負っている人も居る……あんなの扱えるんだろうか？

「皆様、今回はイベントに参加していただき、ありがとうございます。今回の闘技場イベントソロ無制限参加者は980名です。一回戦と二回戦は各フィールドで2名の勝者が決定するまで続き、二回戦の勝者が決勝トーナメント進出です。観戦希望の方は自身が見たいフィールド番号をお選びください。なお、観戦の際には……」

オーブさんが説明をしている間に、周りを見るふりをしてフィールドの端の方に移動しておく。イベント始まるよーと、周りが大盛り上がりしてるから僕が端の方に移動しても特に目立たない。

「事前説明の通り、1フィールドに約20名を割り振り、2名残るまで戦っていただきます。HPが0になるか、場外に出されると失格となります。追加条件で消費アイテムの持ち込みは10個までとさせていただきますので、使用するアイテムを10個選択してください」

目の前に10個の空欄が出てくる。ここにインベントリからアイテムを移せという事か。

「ん？　あぁ、この線から出たら失格になるのね」

足元を見ると光る線が戦う場所を丸く囲っている。これには注意しておかないとね。

「ここに居る方達《たち》が一回戦の相手になりますのでご確認ください」

やっぱりここに居る人達が相手か……ハスバさんが居なかったのは幸か不幸か……どっちかな？

「で、アイテム……煙玉3つは確定としてあと7つはどうしよう……あっ」

消費アイテムを持ち込むとするなら何が良いかと考えていて、ちょっとだけ悪い事を思いついた。

そのアイテムにこっそりと【違法改造】を発動する。よし、スライダーを思いっきり端まで動かす。

「これは流石《さすが》に僕自身には使用を遠慮したいなぁ……とにかくこれで、完了！」

煙玉3つと【違法改造】したブツを7つ空欄に入れて確定。準備は完了したので、端でしゃがむ。

「全てのプレイヤーの準備完了を確認しました。それでは！　これから闘技場プレオープンマッチを開催させていただきます！　皆様優勝を目指して頑張ってください！」

オーブさんの掛け声と共に空中に大きな数字が現れる。

「3！」「2！」「1！」

手を上げながらカウントダウンする人や背中や腰の武器に手を添える人。構えていない人は多分すぐやられるだろうなぁ……

「スタート！」

開始と同時に【擬態】を発動する。フィールド中央の方に居た人達が即座に戦闘を開始した。

カウントダウンしていた人は可哀想《かわいそう》に5人くらいに同時に攻撃されて即、赤ポリゴンと化した。

「おらおらぁ！」「邪魔よ！」「皆ぶっ倒してやる！」

血の気が多い人がいっぱい居るみたいですね……

「邪魔だオラー！」「【ファイアアロー】！」「【ダブルスラッシュ】！」

戦場の中央付近には剣や槍《やり》、ハンマー等近接系の人が、外周付近には弓や魔法の遠距離系の人が居る。障害物が無いから、酷《ひど》い乱戦になっている。これ結構遠距離系の人が生き残りそうだな……

空中には残り人数なのか「16」という数字が浮いている。僕は隠れているから誰も見ていない。

「とりあえず残り人数が5〜6人くらいになるまでこのまま隠れていようかな」

魔法や弾が飛び交っているあの中に入るのは愚策。人が減るまで手を出さないのが吉かな……

「強い奴《やつ》来ーい！」「【マルチアロー】！」「【インパクトスマッシュ】！」

色んな所からスキルや魔法を発動する声が聞こえる。うえっ!?　矢がこっちにも飛んで来た！

「【インパク】」

スローな世界で迫る矢が僕に当たる前に手をチョップの形で前に出し、矢が手の前を通った時に【インパク】を発動して矢を弾《はじ》く。【電磁防御】は勝手に発動してしまうけど【インパク】なら当たる瞬間に使えば消費MPも抑えられる。あと練習中に分かった事だけど、MP消費が多くなると次発動するのにクールタイムが発生してしまうので【インパク】を使ったガード？　パリィ？　を使う時は消費MPは20以下で使用する事が望ましいという結論が出た。

「あれ、マルチロック的な技なのかな……それとも単なる範囲系か？」

【マルチアロー】って言ってたし、同時に何体も撃てる技なんだろう。にしても20人の個人戦《バトルロイヤル》。逆に見る場所が無いのか、観客は100人も居ない。これイベントとして大丈夫なんだろうか……

「さぁ！　トーナメント本戦に出場出来るプレイヤーはこの中に居るのか！」

上でオーブさんも煽《あお》っているけどやっぱこれ……完全に前座扱いになってるよね？　いや、本戦トーナメントに比べたら完全に前座も前座だけどさ……

「人数が減るとフィールドが縮小していきます！　フィールド外の人は気を付けてください！」

オーブさんの警告と共に光の輪が縮小する。なるほど、最初は遠距離系の人が強いけど、終盤は狭くなって近距離系の人が強くなる感じか……範囲にのまれない様に匍匐《ほふく》前進で進むか。

「正々堂々戦うべきなんだろうけど……バトルロイヤルだからね」

厄介な攻撃、目立つ行動、弱っている所。見せたら狙われる場面は沢山ある。バトルロイヤルはそういう物だ。空中の数字も10を切り、残り半数となった事で更にピリピリとした雰囲気になる。違和感を持った人も居るみたいで、弓持ちの人とか周りを見ている。あの人は消えて欲しいな……

「おかしい……」「何がだよ！　オラァ！」「ぐわぁ!?」

デカハンマーの人良いねぇ？　その調子で弓持ちを追い詰めてくれると助かる。誰か巻き込んだみたいだけど、一撃で倒すって凄《すご》いな？　ＳＴＲめちゃめちゃ高そう……1人減ったし、やるか。

「そりゃ」

【違法改造】済みの煙玉を中央に投げる。小さい爆発音と同時に煙が周囲に広がった。戦場全てが煙に包まれた。ここからは時間との勝負だ。円の外側に立っていた魔法使い。まずは君だ。

「【リインフォース】【リブラ　ＳｔｏＡ】」

今回は一撃の威力よりも速さが重要なのでＡＧＩを上げる。そして魔法使いに走り寄る。

「なっ!?」「【インパク】」

魔法使いの胴体に掌底を打ち込みながら【インパク】も使う。割とギリギリな場所に立っていた魔法使いの男の人は光の線を越え、体がポリゴンになり消えていった。場外ってこう消えるのね？

ノーダメージでも、ノックバックで場外に出してしまえばこの通り。これで人を減らす！

「【インパク】」「ぐあっ!?」「【インパク】」「えっ!?」

煙と【擬態】で地面と同じような色合いの僕の存在を確認するのが遅れた人達を【インパク】で場外に出す。ハンマーで人を一撃でキルしたりは出来なくてもこうやって戦う事は出来る。

「なんだぁ？　この煙は？　まぁ良いか！」「くっ……狙いが……ぐあっ！」

聞こえてくる声的に弓の人がやられたみたいだ。これは次の戦いでも同じ戦法が使えるかな？

「２名の勝ち抜けを確認！　グランダ様とエントリーナンバー８１５様です！」

あ、僕の名前そう呼ばれるんだ……プライバシー設定のせいかな。

「あん？　８１５？　名前じゃないのか？」

「あ、どうも。えっと……グランダさん？」

「あぁ、グランダは俺だ！」

戦場に残ったハンマーさんもといい、グランダさんと会話する。また当たるかもしれないので情報が入手出来ればラッキーくらいの気持ちだ。というか頭から角が生えてる。あの時のオーガみたい。

「そのハンマー凄い大きさですね……」

「こいつは『撃槌《げきつい》・ドミニオンブレイカー』っつうレジェンド武器だ！　俺の為《ため》にある武器だぜ！」

ハンマーを褒めたら喜んで説明するグランダさん。隠しクエストで入手したらしい。

「戦闘中見ていたと思うが、ジェットのお陰でＡＧＩが少なくてもそこそこ敵を追えるしな！」

「凄かったです」

見てないけど……まぁ、あの質量でジェットの推進力が組み合わさったらそりゃ強いか。

「ま、決勝で会ったら痛くない様に一撃で決めてやっからよ！」「は、ははは……」

この人普通の時は良い人だけど戦闘時は容赦無い感じだ。オラオラ系だけどサッパリしてて良い。

「僕も決勝まで残れる様に頑張ります」

「おう！　おっと？　ここでやるんじゃないのか？」

僕とグランダさんの体がポリゴンになって空中に飛んでいく。別の場所で戦う事になるみたいだ。

「勝ち上がった方のＨＰとＭＰを回復します。他のフィールドの戦闘終了までお待ちください」

さっきのフィールドより少し立派なフィールドの宙に浮いた状態で待機させられた。

「お待たせしました。無制限ソロ、一回戦が全て終了しました。勝者は95名ですので、二回戦は5組に分け、19名で戦い、２名の勝ち上がり。10名で決勝トーナメントを行います。それでは二回戦。スタートします！」

ちょっと待って？　勝者って98人じゃないの？　もしかして3人くらい他のプレイヤーを全滅させたヤバい奴が居る？　戦場に体が再構成されていくが、僕の他に18人の一回戦を勝ち抜けたプレイヤーが居る。計算すればすぐ分かる。95÷19だから5。僕の居るフィールドの他に4つのフィールド。ヤバい奴がおよそ3人居るとすれば、僕がそいつに当たってしまう確率は……

「アハッ！　また全部倒しちゃえば良いんだよねっ！」

あっ、計算する必要ありませんねぇ!?

語彙力が無いが、ヤバいとしか言い様が無いプレイヤーだ。お腹《なか》や太ももを大胆に露出した黒い服を着て両手に小さめの禍々《まがまが》しい斧《おの》を持っている。ピンク髪のツインテールの女の子。頭に小さな角と背中にコウモリっぽい小さい翼。あと矢印みたいな尻尾も生えてる……悪魔的な？　最初の言葉が無かったら可愛《かわい》いと思ったけど言動が如何《いかん》せん怖過ぎる。

「【擬態】」

もはや本能的に姿を隠す。アレに目を付けられたらとてもじゃないけど、次に進める気がしない。

「ようよう？　嬢ちゃん？　俺と遊ぼうぜ？」

チャラい槍持ちの男が1人。厭《いや》らしい目付きでその子に近寄る。よくあんな事出来るな……

「何？　私と遊ぶの？」

「あぁ、ついでにイベントの後でお茶でもどうだい？」

僕にはあんな不用意に近寄る事なんて出来ないよ……

「私に勝てたら良いよ？　早速やろっか！」

19人居る戦場にもかかわらず今動いているのはたったの2人。チャラ男とピンク髪のヤベー奴だ。ピンク髪とチャラ男が向き合う。何でも良い。あの超怖い女の子を倒してくれるなら誰でも良い。

「それじゃあ可愛い女の子とお茶する為に頑張りますかねぇ！【トライスラスト！】」

槍で3回突くだけに見えるけど槍の穂先が光っている。あれがスキルが発動している証拠かな？

「そんなんじゃ遅いよ！【斧噛《おのかみ》】！」

槍を避け、両手の斧を上下から挟む様に振ると、鰐《わに》の顎《あご》がチャラ男を飲み込む様に閉じる。

「あっぶな……」「お茶はまた今度みたいだね？」

閉じた鰐の顎の中から斧が1本飛び出してチャラ男の脚を1本持っていく。あれは投げ斧《フランキスカ》か。

「アハッ！」

右手に持っていた斧をチャラ男さんの頭に落とし、キルを取るピンク髪の女の子。怖過ぎる……

「何人掛かって来てもいいよー？」

左手に戻ってきている斧。遠距離対応出来る近接武器とかズルいなぁ？

「こ、子供にビビってられっかぁ！」「私だって勝ち進んで来たんだから！」「うぉぉぉぉ！」

正直このままずっと隠れていたい……

「うおぉぉ！　すげぇぇ！」「可愛い！　怖い！」「兎串《うさぎ》いかがですかー！」

周りを見渡すと観客席には沢山の人が居た。あぁ……一回戦の時イベント失敗なんじゃないか？なんて思ったけど単純に僕の居た所に華が無かっただけか……両手の斧で攻撃と防御。遠距離攻撃も出来て、ブーメランの様に戻って来た斧にも攻撃判定あり。戦法が完成してる……

「近寄るのさえ難しくない……？」

あの斧。見た感じある程度直線的に戻ってるからそこに気を付ければ対処は可能か？

「アハハッ！　楽しい！　楽しいよ！」

悩んでいる内にドンドン人が減る。人が減ればフィールドは狭くなる。狭くなったらあのヤベー奴に近寄らないと……一回戦で彼女以外が全滅するのも分かるな。煙玉を使っても、彼女なら普通に他の人をキルしそうだ……【擬態】のお陰で、今の所は多分気付かれていないと思いたい。

「そこの君」「……」

「地面で伏せてるそこの君」「ん？　僕？」

横から誰かに話しかけられる。殺気的な雰囲気を感じなかったから、別に構えずにやり過ごしを選択したけど【擬態】を見破られたみたいだ。これ攻撃されてたらちょっと危なかったかも。

「あの子……倒せると思うか？」

「一人じゃ、無理ですね……」

他を注意しながらあんなの相手に戦うとか……無制限に出た事をちょっと後悔しかけた。

「私も協力すれば倒せるのか？」「出来て場外勝ちくらいですね」

場外勝ちが関の山だ。というかこの人はなんだ？　ピンク髪から視線を逸《そ》らすのは危険だけど、若干左の方を向き、ピンク髪と話しかけてきた人を視界内に捉える。その人は紫色の長い髪に赤と桃色の袴姿《はかますがた》に鎧という恰好《かっこう》で、腰に刀を佩《は》いている。凄い美人だ……おっと、また1人やられた。

「煙玉を投げるので、その隙に誰か1人くらい戦闘不能の状態にしてくれれば良いですかね」

「戦闘不能？　倒す訳じゃなく？」

「倒しちゃったら戦場が狭くなるので、合図が聞こえたらキルしてくれれば勝てる……かな？」

「なるほど、承知した」

近距離戦闘をするにしても戦場のど真ん中にいるピンク髪を動かさないと場外に出すのは大変だ。

こっちのタイミングで収縮をコントロール出来るならあのヤベー奴を攻略出来る……かな？

「アハハハハッ！」「残り6人……あの人強いなぁ……」

両手の斧を交互に投げて1人ずつキルしにかかるピンク髪。もう話し合ってる時間は無いな……

「とりあえずもう投げるんで、後は頑張ってください」

袴の人の返事は聞かない。成功すれば勝てるかもしれないし、失敗なら初イベントはここまでだ。

「なにこれ？」

なにこれ？　と言いながらも煙玉を斧で叩《たた》き落とすピンク髪。だが、叩き落としたと同時に煙が出る。

煙のある内にピンク髪に走り寄る。怖いけど勝つにはやるしかないなぁ！

「新しい人が来た！」

足音で気付かれた。というか視界が悪い中、当然の様に僕に正確に斧を投げてくるなぁ？

「出来れば退場してくれると助かるんだけど」

斧を回避しながら接近する。戻ってくる斧は……対処出来るかはその時の僕次第だ。

「退場させたかったらっ！　勝つしかないよねっ！」

片手の斧を左右に振りながら僕の迎撃をする。上半身を裂くような横振りをした後、返しの振りは膝部分を狙ってくる殺意高い攻撃を避けて、ピンク髪の顔を見たらめっちゃ笑顔だった。怖っ。

「っ！」「へぇ？　これ、避けられるんだっ！」

嫌な風切り音が背後から聞こえたので、地面に伏せると僕の上ギリギリを斧が飛んできた。怖っ。

「そろそろ僕もやらせてもらうよ！」「そう来なくっちゃ！　【斧噛《おのかみ》】！」

「それは見たよ！」

上下に斧を構えて挟む様な動きの後、鰐の顎が出てくる……だとしたらここは前に出る！

「【ディザーム】」

距離を詰め、【ディザーム】を発動して振り上げている左手の斧を奪い取る。上からの斧はピンク髪の顔に触れそうなくらい近寄って持ち手の部分に右手を当てて受け流す。

「!?」

斧の片方を奪ったからなのか、鰐の顎は現れなかった。笑顔は驚愕《きょうがく》の表情になる。

「【インパク】」

練習していたから分かったが、この【インパク】手からだけではなく、体の表面ならどこからでも出せる。だから肩から【インパク】を発動し、戦場の中心からピンク髪を動かす事に成功した。

「やるねっ！　でもダメージが無いけど……？」

「そういう、魔法なんでねっ！」

ダメージが無い事を不思議に思っているピンク髪。だってノックバックだけだからね。斧を片方奪っても、もう片方の斧で激しく攻撃してくるピンク髪。【ディザーム】で奪った武器は一度使用してしまうと弾かれてしまう。それがたとえガードだとしてもだ。だから何とか斧に攻撃を受けない様に立ち回るのが辛《つら》い。だが、ここで斧を2本持たれたら対応出来なくなるから死守せねば……

攻撃が当たっても死ななきゃ安い！

「良いっ！　あなた凄く良いっ！　あなたの事好きになっちゃったかもっ！」

「冗談はやめてほしいんだけど……」

こんなヤベー奴に好かれても困る。見た目は可愛いけど、命がいくつ必要か分からない……

「【インパクト】」

さっきから結構攻撃が掠《かす》っている。掠っただけなのに僕にとってはかなりダメージがデカい……

だからもう一度【インパクト】で距離を開けつつ、場外に近付く。この距離ならいけるか……？

「これで終わりにしようか」「へぇ？　今から勝てるの？」

振り下ろす斧を避けつつ、右手をピンク髪に向ける。これ最近使ってなかったなぁ……

「【フラッシュ】」「うっ!?　眩《まぶ》しっ！」

至近距離で閃光《せんこう》を喰《く》らわせる。向こうが何か隠し球を持ってても、隠したまま終わってくれ。

「【レスト】」「あうっ……」

力が抜けるピンク髪。倒れられても困るので受け止めて肩に担ぐ。ここからは時間との勝負だ。

「あぁもう！　何だよこの煙！　【ウィンドカッター】！」

煙を払う様に風の刃が飛んでいく。それで僕とピンク髪の姿が露《あら》わになってしまった。今まで暴れていた奴が無防備な姿を晒《さら》したら……急いでもう一度煙玉を使う。でも遅かったみたいだ。

「そいつは俺の獲物だ！　【ファイアボール】！」「やってくれたわね！　【フェニックスアロー】！」

残った奴らがこっちに向かって攻撃してくる。今ここで肩に担いでいる彼女に攻撃が当たっても倒せる保証は無いし、折角のチャンスを邪魔される訳にはいかない。

「頼む！」「了解！」

合図を出すと残った煙の中から返事が聞こえる。上の数字が6から5に減る。戦場が小さくなるけどダメだ。これじゃあ場外に出すより先にピンク髪に攻撃が当たる。

「おりゃ！」

斧を火の玉に向かって投げると打ち消す事が出来た。後は火の鳥みたいな矢を何とかする！

「【インパク】！」

片手がフリーになったので、ピンク髪をお姫様抱っこして背中で【インパク】を発動。火の鳥の矢を防ごうとする。背中での発動だから距離感が曖昧だし、MP100で発動する。だが、【インパク】を発動して火の鳥は防ぐ事が出来たが、矢が抜けてきた……二段攻撃だったみたいだ。クールタイムが発動して【インパク】が使えない……ヤベー奴を抱えているし、避けられない。

「すまない！　大丈夫か!?」「……もう！　残しておきたかったのに！」

体が帯電する。【電磁防御】が発動してしまった。これで1時間は使用出来なくなったので、決勝トーナメントでは【電磁防御】を使う事が出来ない。これは痛い……

「はぁぁ！　【刃雷《じんらい》】！」「がはっ！」

居合一閃《いっせん》。鞘《さや》から抜いた刀から雷の刃を放ち、正面の1人を消し炭……もといポリゴンにした。

こっちの人もめっちゃ強い……とりあえずピンク髪が起きる前にさっさと終わらせよう。

「まともに戦ったら絶対勝てないけど、僕の勝ちだよ」

目の前の戦場限界の外にピンク髪を投げると、ライン外に出た事でピンク髪がポリゴンになった。

本当はそっと地面に置きたかったけど、僕の方が先に出たから負け。なんて笑えない。本当だよ？

「最後の１人だ」

上に出ている数字も３となっているので、最後に奴を倒す為に駆け寄る。

「くっ、この！【ウィンドカッター】！」

発動しちゃった【電磁防御】に物を言わせて直進。バチッと音を立て相手の魔法はかき消された。

「なっ!?」「ふっ！」

驚いた相手に胴体に蹴りを入れるフェイントをかけ、膝から先を一度畳んで上から蹴り下ろす。

プロレス等で使われるブラジリアンキックで、ガードしている胴体ではなくノーガードの頭に蹴りを叩き込む。蹴りが頭に入って地面に倒れる流れでそのまま頭を踏むとエゴから黒い靄《もや》が出てくる。

「ひっ……あっ……」「はぁ！」

恐怖している男の胸部に貫き手を突き刺し、赤ポリゴンを引き抜く。

「ふぅ……終わった」

防御無視だと僕でもイドとエゴのお陰でキルを取れるな？（但しタイマンに限る）

「２名の勝ち抜けを確認！　アイリス様とエントリーナンバー８１５様です！」

【インパクト】を使ったガードはちゃんとその攻撃回数発動しないと防ぎ切れないし【インパクト】ガードは難しいのかもしれない……初見で相手の攻撃回数を見抜かないといけないのは辛いっす。

「やった！　勝ち抜けだ！」「あ、あぁ……」

決勝トーナメント進出を喜んでたら若干アイリスさんが引き気味で返事をした。あっ……

「あっ、これは……」「ひっ……」

これが普通の反応か……僕に余り引かなかったハスバさんに会いたくなってきたな……

まぁ心臓を抜いた奴が喜んでいたらそれは恐怖の対象か。あれ？　僕もピンク髪の側？

「オーブさん。次の戦場に送ってください」

アイリスさんから視線を外し、空中に居たオーブさんに話しかける。ここに残る意味ももう無い。

「分かりました。では転送します」「あっ、ちょっと……」

今更呼び止められても困る。もう転送途中なんで。

「トーナメントで会いましょう」

軽く首だけ振り返り、それだけ言い残して転送が完了する。これでトーナメントでアイリスさんと当たっても申し訳無さで手加減してもらえるだろう。決勝トーナメントはもう始まっているのだ。

「というかアイリスさんはなんか見た事あるような気がするんだよなぁ……」

ポリゴンになっている最中にアイリスさんの顔を思い出す。ゲームだからキャラメイクの関係で現実の顔と全く違う可能性もあるけどなんか見た事がある様な気がする……んー？

「もしかして知り合いだったり？……まさかね？」

知り合いだとしてもゲームの中じゃまた別だ。現実とゲームでの付き合いは別ってね？

「いやぁでも大分疲れたな……」

ピンク髪の相手をした事で、大分精神を削られた。正直このままだと最後までトーナメントを勝ち上がっていけるか若干怪しいな……どこかで一旦休みたいが、【レスト】を使うと何故《なぜ》かHPやMPだけじゃなく、脳というか精神的な物が楽になるから一度どこかで自分に使用しておきたいけど、待機中じゃ魔法もスキルも使えないんだよねぇ。

「皆様、お待たせしました。無制限ソロ決勝トーナメントに参加する8名を紹介します」

え？　また減ってるんだけど？　残り2人のヤベー奴また全滅させたの？

「ここまで戦闘してきた全ての敵を倒す脅威の強さ！　ロザリー！」

コロシアム内に白い軽装鎧を着た真っ赤な髪の女性が現れる。美人や可愛い人は全滅させなきゃ気が済まないのかなぁ？　観客席からは歓声が聞こえるし。あの人かなり人気があるみたいだな。

「同じく、戦闘してきた全ての敵をその魔法で吹き飛ばしてきた大魔法使い！　ガチ宮！」

金ぴかローブに糸ようじみたいな形の杖《つえ》を持つ眼鏡をかけた男。お約束の様に現れた時に眼鏡をクイッとやった。とりあえず全滅させた奴2人が誰か分かった。最後まで当たりたくないなぁ。

「正統派剣士！　尖《とが》っていない分、逆に倒すのが難しい！　タナカム！」

鎧と直剣。そして人が好さそうな顔をしてるけど、さっきの2人に比べたら霞《かす》んでしまうな……登場した時も会釈をしてるし、サラリーマンっぽい……勝手なイメージだけど。

「正確な狙い！　相手を追い詰める様はまるで狩り！　レイカ！」

あれは……マスケット銃？　そういう武器もあるんだ。というかもうすっごいお嬢様感……金髪の縦ドリルだ。あんなのアニメくらいでしか見た事無いぞ？

「両手に持った拳銃から逃れられない！　戦う姿は見所満載！　小悪魔！　キリエ！」

衝撃。肌を露出した恰好と太ももにある2つのホルスター。水色のツインテールとさっき戦った顔。絶対ピンク髪の姉妹かなんかだ……

「その一撃はまるで爆撃！　耐えられるプレイヤーは居るのか！　グランダ！」

おっ！　グランダさん決勝トーナメントまで上がって来たんだ。何だかちょっと嬉《うれ》しいな？

「華麗に素早く斬り伏せる！　その抜刀をしかと見よ！　アイリス！」

戦場に降り立つアイリスさん。ん？　ロザリーさんとアイコンタクトしているような気がする？

「正直言ってここまで公式動画で使えそうなシーンがありません！　何とかしてください！　エントリーナンバー815！」

えぇ!?　僕だけ愚痴言われたんだけど!?　コロシアムに他の7人と並ぶ様に実体化するが、あんまりこっちを見ないで欲しいな……？　この8人でトーナメントかぁ……

「ねぇ？　君もしかしてキリアを倒した人？」

「へ？　キリア？」

突如キリエさんに話しかけられた。やめてくれよ……

「私と似たようなピンクの髪の女の子。私の妹なの」「あっ」

「その反応……ふーん？　君がやったんだぁ？」

察し。僕はこの姉妹にロックオンされてしまった様だ。

「どうやったかは知らないけどお礼はしないといけないかなぁ？」

２丁の銃を僕に突き付けるキリエさん。リボルバー２丁かぁ……もうこの姉妹は地獄姉妹か（胃が）キリキリシスターズとでも呼べばいいかな？　いや、言ったら殺されるな。

「はい！　これからトーナメントの組み合わせを決定します。上をご覧ください」

オーブさんが声を掛けてくれたお陰で注意が僕から上空のトーナメント表に移る。

トーナメント表の空欄に名前がシャッフルされる。頼む！　あの人とは出来るだけ反対側に……

「決まりました！　アイリス様対エントリーナンバー８１５様！　グランダ様対ガチ宮様！　レイカ様対タナカム様！　ロザリー様対キリエ様となります！」

こっそりガッツポーズをした。真反対ですよ真反対！　これであの姉妹の呪縛から解放される！

「はぁ……流石にこれじゃあダメそうね……」

キリエさんが露骨にガッカリしている。諦めてるって事はロザリーさんはそれほど強いのか……

「よろしく頼む」

凛《りん》とした佇《たたず》まいのロザリーさん。あれをクールビューティって言うのかな？

「せめてもう少し強そうな人と当たりたかったですの！」

マスケット縦ドリルさんのレイカさんがタナカムさんに悪態をついている。喋《しゃべ》り方《かた》までお嬢様だ。

「あはは……お手柔らかに」

大人な対応のタナカムさん。いや、単純に気弱なだけなんだろうか？

「よっしゃ！　ぶっ倒してやるぜ！」「我が魔法でぶっ倒してやるぜ！」

牽制《けんせい》しあっているグランダさんとガチ宮さん。あの２人、意外と似た者同士なのかもしれない。

「あの、さっきは済まなかった……」

「いや、別に気にしてないからもういいよ」

悪いけどつんけんとした態度を取らせてもらう。初戦は勝ちたいんでね？

「ではトーナメント初戦を開始させていただきます！」

オーブさんの掛け声と共に僕とアイリスさん以外の人が６人がコロシアムから消える。

「私は……姉に勝ちたい」「えっ？」

「私の願いを聞いてもらう為にも、私自身を認めてもらう為にも」

「あ、はい……」

そんな大層な理由があったの？　僕とりあえず上位目指すかぁ。くらいの理由なんだけど……

「さっきの事は謝る。だが、私も手を抜く事は出来ないという事だけは理解してくれ」

その場で深く礼をするアイリスさん。これ、不意討ちしたら凄《すさ》まじいバッシングを受けそう……

「分かりました。僕も手を抜きません」

相手がこれだけ真剣なら僕もそれに応えなければならないだろう。禁じ手でも何でも……

正直何を考えているか分からない人よりも真っ向勝負を仕掛けてくるタイプの方が戦いやすい。

「じゃあ、やりましょうか」

【リインフォース】【リブラ　ＩｔｏＡ】【オプティアップ　ＡＧＩ】を発動し、速さを上昇させる。

「勝たせてもらう！」

宣言しながら腰の刀に手を伸ばす。居合の構えをしている。さっきの技ならもう通用しないよ？

アイリスさんに向かって一度両拳を打ち鳴らして走り寄る。

「【刃雷《じんらい》】！」

鞘から抜き放たれる雷の刃に最後の1Gを指で弾きながらスライディングで距離を詰める。

「なっ!?」

鉄貨は避雷針代わりというか、さっき【刃雷《じんらい》】の使用時、雷の刃が飛んで行った時に横幅が結構広かったのに1人に当たってその背後のプレイヤーに当たっていなかったのを見るに、範囲ではなく、単体に対しての高速の一撃だと思ったので、デコイがあればそれで無効化出来るのでは？　と思って投げてみた。結果としては大成功。【刃雷《じんらい》】を無効化してアイリスさんに接近出来た。

「くっ！」

刀をまた鞘に戻すアイリスさん。アイリスさんのスキルは居合によって発動する感じなのかな？

「【熱刃《ねつぱ》】……えっ!?」

【幻影手】の腕は殴りかかっているけど、僕の実際の右腕は刀の柄頭《つかがしら》を押さえている。その為、アイリスさんは刀を抜く事が出来ない。ついでに右足の踵《かかと》も2回地面を打つ。

「はっ！」「っ……えっ？」

アイリスさんには右の蹴り上げが見えているけど、僕が実際にやるのは足払いだ。【幻影手】と【幻影脚】で混乱している所悪いけど、僕だって刀相手に抵抗されない様に徹底的にやる。虚像の左手で目潰しの構えをする事で咄嗟《とつさ》に目を守ろうとするアイリスさん。だが、それはブラフだ。

「長い髪は戦闘に適してないよ？」「ぐっ!?　がはっ！」

腰まで届くような長い紫髪を脇から伸ばした本当の左手で引き、頭部を強制的に上を向かせる。そして刀から離した右手で喉に手刀を落としながら、アイリスさんを地面に倒す。【幻影手】を発動して見えない様にしていなければ周りの人にドン引きされてもおかしくない……

「これ、ある意味僕の十八番《おはこ》なんだよね」

アイリスさんの顔を踏みつける。もちろん【幻影脚】の偽の脚はアイリスさんの顔の横に置いて踏んでいないアピールをしている。

「あっ……あぁぁ！」

恐怖によって身動きが取れなくなるアイリスさん。こうなってしまえばもうどうしようもない。

「姉と戦うのはまた今度にしてね？」「こふっ……」

アイリスさんの胸に直接貫き手を刺すのはセクハラだーとかなんとか言われるかもしれないなぁと思い、腹部からアッパー気味に刺し込んで心臓を引き抜く。やっぱり防御無視は強いね？

「「うわぁぁぁ！」」「何だアイツ!?」「モツ抜き……いや、ハツ抜き？」

あっ、【幻影手】の効果切れてる……

「勝者！　エントリーナンバー815！」

オーブさんが僕の勝利を宣言する。アイリスさんに勝った……けどとても申し訳ない気分だ……

僕が勝っても観客席から拍手など聞こえない。ドン引きだ。やっぱり心臓抜きは衝撃的過ぎたか。

「では次の試合に進ませていただきます」

僕がポリゴンになり、空中に戻される。そして入れ替わる様に2人の男がコロシアムに現れる。

グランダさんと金ぴかローブのガチ宮さんだ。

「うぉぉぉ！」「【イクスプロシブ】！」

勝負は一瞬。グランダさんがジェットハンマーで距離を詰めたが、ガチ宮さんがコロシアム全域を包む程の爆発魔法で自爆してグランダさんをキルしていた。あの方法で勝ち上がってきたのか。

次はアレかぁ……でもガチ宮さんは爆発前に何か使用してたし、突破する方法はあるかもしれない。

「勝者！　ガチ宮！」

それからタナカムさん対レイカさんの試合が始まったけどレイカさんが「ぶち殺しますわー！」って言いながらマスケット銃から青い波動を乱射……魔法銃的な物なんだろうか？　最初の４発程は剣で弾いていたタナカムさんだったが、５発目が足に当たり、そこから崩れて行った。

「勝者！　レイカ！」

そして……

「私、あの人に妹の分のお礼をしたいんだけど、ロザリー。負けてくれない？」

「キリエ。悪いがそれは無理だ。私も妹をやられたんでな？　私も奴にお礼をせねばならない」

キッと上空を睨《にら》むロザリーさん。これ絶対僕の事だよね？

「β最後の大会以来ね？　あの時にあんなの居た？」

「いや、素手で戦う奴は見た事が無い。きっと新人だろう」

僕も一応はβテストをやってたけども……え？　β最後の大会って何？　そんなのあったの？

「ま、いいや。やりましょうか！」

「あぁ、どっちが勝っても奴に礼をするのは変わらない。行くぞ！」

2人とも僕が勝ち上がってくるって確信してない？　それはガチ宮さんに対して失礼では？

「ほらほらぁ！」「「「うおぉぉぉ！」」」

側転をしながらキリエさんが銃を撃つと、ミニスカートの中がチラチラ……男は盛り上がる訳で。

「はぁぁ！」「「「ロザリー様‼」」」

弾をレイピアで弾くロザリーさん。こっちは女性の歓声が多い。僕の時とは大違いですね？

「ロザリーもサービスしたらぁ？」「私は君の様にはしたなくないんでね！」

見ている限りキリエさんの銃もあの発射数……ただのリボルバーじゃないいな？

「【アイシクルフォール】！」

上空から氷柱《つらら》がキリエさんに降り注ぐ。氷柱を避けるキリエさんも凄いけど、氷柱の間を抜けながらレイピアで攻撃を仕掛けに行くロザリーさんもヤバい。上と正面の二面からの攻撃を避けるのは流石に厳しいのかキリエさんに攻撃がヒットする。

「【ムービングバレット】！」

キリエさんが銃で撃った場所にワープした。氷柱の範囲から逃げ出せた様だが……カッコイイポーズでその場に止《とど》まっているな？　発動後に硬直がある感じか。

「本当に厄介な技だ……」「悔しかったらロザリーも銃を使ってみたらぁ？」

「あんな金の掛かる物を使う気にならないな」「貯め込んでるクセにぃ……」

銃ってやっぱりお金掛かる武器なんだ。そりゃあ弾とか矢に比べたら高そうだしなぁ……

「攻撃出来ない時間が勿体《もったい》ない。【フレアウェーブ】！」「くっ！」

地面に刺したレイピアから炎の波が出る。さっきから範囲攻撃がエグい。

ん？　キリエさん割と当たってるけど死んでないな？　キリエさんのＭＩＮＤが高いのかそれとも範囲攻撃の威力が低いのか……いや、あの恰好でＭＩＮＤ高いは無いな。なら勝ち目が無い事も
……

「さらばだ」「あっちゃー……」「「「キリエちゃーん！」」」

色々考えている内にキリエさんがロザリーさんの範囲攻撃魔法に捕まり、沈められた。男達の哀《かな》しみのキリエちゃんコールがコロシアムに響く。君達スカートの中が見たかっただけだろう……

「勝者！　ロザリー！」

僕、ガチ宮さん、レイカさん、ロザリーさんの４人が勝ち進んだ。ガチ宮さん対策なぁ……

「準決勝！　エントリーナンバー８１５様対ガチ宮様の試合！　宣伝に使える試合を頼みます！」

オーブさんに念押しされた。どうしろと……僕が勝つ為には心臓を抜く残虐ファイトをするか、見栄えのしない場外勝ちをするしかない。長期戦は僕が負けちゃうからね。

「君はβプレイヤーか？」

ガチ宮さんが話しかけてきた。これ、どう答えるべきかな？

「一応……とだけ」

「見た事無いが……まぁ俺の戦法ならロザリーにだって勝てるんだ！　お前も終わりだぜ？」

金ぴかローブが眩しくて鬱陶しいな……でも戦法って言ってるから最初の攻撃は爆発魔法で決ま

りか。これは最後の防御の手段を使うしかないな……頑張って2位になれれば良いし、スローな世界を見過ぎたせいか、頭痛がしてきたからイベントはここがクライマックスかな。あの爆発がどのくらいの威力か分からないけど距離を詰められなければ僕の負け。だからAGIを高めておく。

「それじゃあ行くぜ！　【イクスプロシブ】！」

ガチ宮さんが杖を振りながら何かを飲み、僕も距離を詰める為に前に走る。コロシアムの中心で光が集束している。僕、爆発の中心、ガチ宮さんの位置関係になったらアウトだ。爆発の中心、僕、ガチ宮さんの位置関係に持っていく為、体勢が崩れていても構わない……もっと前に！

2秒と掛からずにコロシアム全体が爆発に包まれる。背中に衝撃を受け、HPが吹き飛んで、僕からガラスが割れる様なエフェクトが出る。気を失いそうなレベルの痛み。死ぬほど痛いぞ……

「はっ!?　なんでこれを喰らって生きてるんだ!?」

「死んだよ。1回ね」

実際に僕のHPは爆発で全て吹き飛んでいるハズだった。だが、姫様から貰《もら》った小鬼姫のお守りの効果でHPが1だけ残った。役目を終えたお守りは色が抜けて明らかにもう力が無い。

「おりゃ！　あれ？」

吹き飛んだ勢いに乗り、跳び膝蹴りを当てようとしたが、ガチ宮さんの体をすり抜けた。急いで着地姿勢を取ってガチ宮さんの後ろに着地する。

「残念だったな。霊体化薬の効果で俺には攻撃出来ないぜ？　回復してもう一度ぶっ放してやる！」

何か飲んでいたのはダメージを受けない薬だったのか。高そうだな……

「ねぇ？　今、回復薬を飲んだ？」

「あぁ？　お前をぶっ倒す為のＭＰを回復しただけだぜ？」

「ふーん？」

爆風で吹き飛ばされ、ガチ宮さんとの距離は１ｍも無い。何か使う分には届く距離……

「何を……ふごっ……!?」

「じゃあ回復は出来るんだね？」

ガチ宮さんの口に向かって【違法改造】した野戦生薬をぶっこむ。

「こはっ!?　苦っ!?　にっがぁ!?」

僕の行った【違法改造】は『回復量』に全振りして『味』を犠牲にした野戦生薬。何もしてない野戦生薬でも中々苦いのに『味』が最大にマイナスされた野戦生薬とか多分吐く。

「まぁまぁ、遠慮せずにこれも回復薬ですから」

そう、『回復量』を最大に振った事でこの【違法改造】野戦生薬の回復量は脅威の60％。味さえ我慢出来れば最高のコストパフォーマンスだ。味さえ我慢出来ればね……

「おぷっ……オロロロロロ……」

あぁ、口から虹が……

「とりあえず全部使っちゃいますね？」

霊体化薬も吐き出させるとか出来るかな？　野戦生薬を全てガチ宮さんの口にねじ込む。

「こぽっ……やめっ……オロロロ……」

地面に転がり、口から虹を出すガチ宮さん。おっと、このままだとまた使えないとか言われそう。痙攣《けいれん》しているガチ宮さんの襟元を摑《つか》んで持ち上げる。うん、もう霊体化は解除されているみたいだ。よく見たら耳が尖ってるからエルフ的種族なのか。

「霊体化は終わったみたいだね？　【ディザーム】」

無理矢理立ち上がらせ、フラフラのガチ宮さんの手から杖を奪う。ここからは僕のターンだ。

「か、かえs……」「【インパク】」

顎に下から掌底をしながら【インパク】を発動する。するとガチ宮さんの体が空中に跳ね上がる。

「【インパク】【インパク】【インパク】」

落ちてくるガチ宮さんの体に【インパク】掌底アッパー。打ち上がるガチ宮さんが落ちて来たらまたアッパー。杖は僕が没収しているから反撃も出来ずにアッパーループで場外付近まで運ばれる。

「これで……終わり！」

締めで落ちてきたガチ宮さんの腹部にテコンドーで使われる回転蹴り《ターンチャギ》を放つ。回転の力に引っ張られるのではなく、活《い》かす様に軸足を素早く入れ替え、蹴りの威力を増幅させる。ＤＥＸを上げた訳じゃないけどしっかりと「入った」感覚が伝わり、ガチ宮さんが場外まで吹っ飛ばされる。

「ふぅ、もう出し切っちゃったなぁ……」

持ち込んだ物は全て使い切った。防御用のスキルもクールタイムで使えない。最後の砦《とりで》の姫様のお守りも壊れた。この状態で決勝と言われても勝てる気がしない。多分だけど上がってくるのはロザリーさんだと思うから僕はボッコボコにされかねない。どうやったら死なずに済むかなぁ？

「勝者！　エントリーナンバー815！」

オーブさんの宣言がコロシアムに響く。これで僕は決勝進出だ。

「あいつ……なんなんだ？」「普通じゃねぇ……」「あれはいったい何だったんだ？」

色んな声が聞こえてくる。ただ工夫して戦っているだけなんだけどな……？

「それではレイカ様対ロザリー様の試合を開始します！」

僕と入れ替わりにレイカさんとロザリーさんがコロシアムに出たが……何か様子がおかしい。

「ちょっと良いですの？　私、棄権するですの」

「なっ!?」

まさかのレイカさんが棄権を宣言した。マジですか？

「レイカ様、本当によろしいのですか？」

「ええ、このまま戦っても無様を晒すだけですの。それなら3位で良いですの」

「分かりました。ではレイカ様の棄権を認めます。ロザリー様は決勝進出です」

「はぁ……分かった」

あぁ……ちょっとこれはヤバい。ロザリーさんの機嫌が悪くなってる。ではここで問題です。

ロザリーさんの鬱憤の矛先が向くのはだーれだ？　答え……僕ですねぇ！　というかサラッと3位で良いって言ってたけどガチ宮さんに勝つって言ってる様なものだよね？

「ガチ宮様は先程強制ログアウトしてしまったので、レイカ様が3位に決定です」

えっ……これひょっとしなくても僕のせい？

「あら、あの人に勝つつもりでしたのに……まぁ楽が出来ましたわ。あの人には感謝ですの」

うん、感謝されるのは嬉しいけどこの後すぐに僕がその場に戻されるよね？

「では……エントリーナンバー815様対ロザリー様の決勝戦を開始させていただきます」

レイカさんがポリゴンになり、僕がコロシアムに引き寄せられる。あっ、もうやるんですか？

「やはり上がって来たな？」

「ど、どうも……」

一瞬獰猛《どうもう》な笑みを見せた気がする……妹思いって事にしておこう。

「君をこr……妹の仇《かたき》を取らなければならないのでな？　覚悟してもらおう」

今殺すって言いかけたよね？

「それでは決勝戦！　開始です！」

オーブさんの声が響く。

「お手柔らかに……って言っても聞いてくれないんですよねっ!?」

レイピアによる高速の突き。顔を狙ってくるあたり殺意に溢《あふ》れてる。

「当たり前だろう？　私の可愛い妹にあんな事をしたんだ。死を持って償ってもらわなければ」

僕には兄弟も姉妹も居ないけど、自分の為にキレてくれるって案外嬉しいかもしれないな……

その怒りを向けられている僕はたまったものじゃないけど……

「それに関しては悪いと思ってますけど、僕だって切り刻まれるのは嫌ですから」

誰が好き好んで切り刻まれるというのか。そもそもPvPなんだからアイリスさんもやられる覚悟を持っていない訳じゃないだろう。僕はその覚悟が若干出来てないけど……

「まあいい、私の可愛い妹を傷付けた罪は償ってもらう！　【覚醒】！」

ロザリーさんが何かスキルを発動する。体から迸《ほとばし》る白いオーラを見るに、明らかにステータスが強化されている事が分かる。とりあえずこれはもうどうしようもないな。

「さぁ、決着を付けるとしよう」

「そうですね」

「ん？」

ここで僕も【覚醒】……なんて出来たらカッコイイのかもしれないけど【覚醒】なんてスキル持ってないんだなこれが。正直これ以上スローモーションになると頭痛で限界だ。やっぱり人間と戦うと脳を酷使するな……

「はぁ！　【クリムゾンスラスト】！」

先程よりも更に速い突き。紅《あか》い螺旋状《らせんじょう》のエフェクトがレイピアの先からロザリーさんを包む様に出ている。スローな世界でタイミングを完璧に計れる訳じゃないけど出来るだけ引き寄せて……

「【インパク】」

自分の腹部に【インパク】を放つ。すると後ろに体が吹き飛ばされる。

「なっ!?」

「へへっ……」

ロザリーさんの驚く顔が見える。攻撃は当たってないのに相手が吹き飛んでいるんだ。それに僕

は自分に対しての【インパク】を止めていない。するとどうなるか？　答えは単純。僕の体は後ろに吹き飛び続ける。最初から負ける《勝てない》と思ってたけど、攻撃を当てられて負けるつもりは無い。あれを受けたら、それこそ上半身と下半身がバイバイして死ぬ。それならまるでレイピアを喰らった様に見せかけ、自力で場外負けになってやる。

「ぐわぁぁぁ！【インパク】」

悲鳴は大きく、詠唱は小さく、相対しているロザリーさんにはバレバレの猿芝居だったとしても、観客席から見ている人達には分からないだろう。ロザリーさんが派手な技を使ってくれたから観客達はこれをロザリーさんの必殺技だと見ている。実際、ロザリーさんは【クリムゾンスラスト】を発動中で僕は【インパク】を自分に使って当たらない様に逃げているだけだが……やばっ、ロザリーさんの方が速い。これ場外まで追いつかれずに行けるか？

「くそっ！」

「さよなら」

ジリジリと距離を詰められるが何とか場外に逃げ切った。体がシュワシュワする感覚と共に僕がポリゴンになる。あぁ、頭痛い。ダメだ……ログアウトしよう。

「はぁ、はぁ、ちょっと水でも飲もう……」

コロシアムはセーフティエリアなのかすぐにログアウト出来た。街中って判定なのかな？

「遠距離攻撃手段、範囲攻撃、防御手段ももう少しあると良いのかなぁ？」

冷えた水を飲みながら一人で反省会。もうコロシアムに出る事は無いだろうけど……確かに場外勝ちが出来るのは僕との相性が良いかもしれない。けど地獄姉妹《キリエ・キリア》やロザリーさんに狙い撃ちにされそうだ。そもそもあの街に行くだけでも見つかったら大変そうな気がする。

お金は無い。ヤベー奴に目を付けられた。特に仲の良い人も……ハスバさんは、まぁ問題無いか。装備更新も別に無いし、街に行く理由も無いかも？　あ、泉が無いから村には行けないか……

「まあ、良いか。ちょっと寝てからまたやろう。頭をリフレッシュだ」

酷使した脳を休ませるために仮眠を取る事にした。次に入ったら、街を少しだけ見て回ってから他の所に行ってみようかな？

■

【イベント】アルター　イベント感想【終了！】

1：名無しの旅人　あれはヤバかったなぁ？

2：名無しの旅人　どれだよ。ヤベー奴多過ぎて分かんねぇよ

3：名無しの旅人　そら無制限パーティのジェイドさんの所よ！

4：名無しの旅人　あぁ、確かに連携の練度が凄かったなぁ……攻撃全然通らないもん

5：名無しの旅人　キリエちゃんに踏まれたい

6：名無しの旅人　ロザリーさんの技凄かった

7：ハスバカゲロウ　だいぶ盛り上がってるねぇ？

8：名無しの旅人　あ、ケツ叩いて19対1になった人だ

9：名無しの旅人　草
10：名無しの旅人　なーにやってんだか……
11：ハスバカゲロウ　好奇心に勝てなかったよ……
12：名無しの旅人　俺はやっぱレイカ様だな！　あの似非お嬢様感がたまらん！
13：名無しの旅人　誰かPT戦とソロ戦で目立ってた人をピックアップしてくれる偉い人ー！
14：名無しの旅人　パーティ戦の方を見てたけどジェイドさんとこ以外だと女の子の4人パーティとか結構良い感じだと思ったよ。特に顔のレベルが。後は1人だったけどモンスター3体連れて戦ってたサモナーも居たな……恰好が奇抜過ぎだったけど
15：チェルシー　ソロの方は私が教えてあげよう。情報纏めただけだからタダだよ
16：名無しの旅人　ありがてぇ、ありがてぇ！
17：チェルシー　じゃあ有名どころから。ロザリー　レイピアと魔法の範囲攻撃で1回戦と2回戦を全滅させて勝ち上がって最終的にソロ無制限の優勝者
アイリス　ロザリーの妹。刀を扱える数少ないプレイヤー。決勝トーナメント初戦で負けちゃったけど組み合わせが悪かったと言える。1回戦でハスバカゲロウを葬ったヒーロー
キリエ　二丁拳銃を使う女の子。結構飛び跳ねながら攻撃するから男性は露出の多い恰好が気になって勝てない男性キラー。決勝トーナメント初戦でロザリーと当たったのは不運だった
キリア　キリエの妹。両手に持ったフランキスカをブンブン投げたりしてとても危なっかしい。1回戦はその斧で全滅させたかなりの猛者。が、2回戦で負けてしまった

グランダ　STR極振りのハンマー男。一撃が当たれば勝ちみたいな奴。ジェットハンマーのせいで逃げるのも中々難しい
ガチ宮　INT極振りの爆破魔。霊体化薬と爆発魔法でフィールド全域を吹っ飛ばす。雑に強い。決勝トーナメントのアレは災難だったね……
タナカム　剣士。パリィで銃弾を防ぐのは凄かったが、流石にずっとは出来なかった
レイカ　似非お嬢様。ロールプレイだろうけどちょいちょい化けの皮が剥がれる。持ってる銃は多分魔法銃。βでは見てないから製品版からのプレイヤーと思われる
やっぱりだけど、β勢が多いね。
18：名無しの旅人　はぇ……すっごい。でもなんかちょいちょい書き方が気になる
19：名無しの旅人　1人とんでもねぇ奴が居たんだ……
20：チェルシー　最後に1人。名前はエントリーナンバー815。武器は素手
21：名無しの旅人　素手!?　このアルターで!?　正気かよ……
22：チェルシー　心臓を抜いたり、ガチ宮を連続で打ち上げたり、意味不明
23：名無しの旅人　あれは格ゲーの運びの様な美しさだったよ。ガチ宮が吐いてたけど
24：名無しの旅人　うわぁ……何だかとんでもない奴が出てきたみたいだなぁ

■

頭痛でダウンしてるハチ《影人》は自分が話題になっている事を知らない。

あとがき

あとがきまで読んでくれるんですか!? ありがとうございます！

『えむえむおー！ 自由にゲームを攻略したら人間離れしてました』の作者の鴨鹿《かもしか》です。

こんな所まで読んでくれるとは、貴方《あなた》相当な本好きですね！ 因《ちな》みに自分は本編を読んで、満足しちゃってあとがきとかスルーしちゃうタイプの人です。そんな人間があとがきを書いてます！ 読者の方の中には私がネットで書いている時から読んでいた人ももしかしたら居るのかもしれません。正直、自分も小説は趣味として書いていただけで、まさか書籍化するとかおもってもいませんでした。オーバーラップさんありがとう！ あと、編集のHさんもありがとう！ 感謝感謝！ くち喧嘩《げんか》とかする事も無く、無事に作業を進められてホッとしてます。そして、やはりイラストれーたーの布施《ふせ》龍太《りゆうた》様。ぼんやりしたイメージ案を送ってそれが絵として戻って来た時の感動。てんさいです。マジで頭の中を覗《のぞ》かれたのか？ と思いました。滅茶苦茶《めちやくちや》良いイラストです。わりあいで言えば、この本の魅力の8割行ってても過言じゃないと個人的に思ってます。9割かも？ りそうのハスバさんが描かれていたのがやはり衝撃的でしたねぇ……さて、ここまで読んだあなたが次にする事が何か分かりますか？ そう！ なんでも良いからチャレンジする事です。継続すると誰かが見てくれて、それが実を結ぶかもしれません。つまらない一言かもしれませんが、私がこう、何とか入れたメッセージに気が付いてくれると嬉《うれ》しいです！

OVERLAP NOVELS

えむえむおー! ①
自由にゲームを攻略したら人間離れしてました

発行　2023年11月25日　初版第一刷発行

著者　**鴨鹿**
イラスト　**布施龍太**
発行者　永田勝治
発行所　**株式会社オーバーラップ**
〒141-0031
東京都品川区西五反田8-1-5
校正・DTP　株式会社鷗来堂
印刷・製本　大日本印刷株式会社

ISBN　978-4-8240-0660-8 C0093

【オーバーラップ　カスタマーサポート】
電話　03-6219-0850
受付時間　10時～18時（土日祝日をのぞく）

作品のご感想、ファンレターをお待ちしています

あて先：〒141-0031　東京都品川区西五反田8-1-5 五反田光和ビル4階　ライトノベル編集部
「鴨鹿」先生係／「布施龍太」先生係

スマホ、PCからWEBアンケートにご協力ください

アンケートにご協力いただいた方には、下記スペシャルコンテンツをプレゼントします。
★本書イラストの「無料壁紙」　★毎月10名様に抽選で「図書カード（1000円分）」

公式HPもしくは左記の二次元バーコードまたはURLよりアクセスしてください。
▶ **https://over-lap.co.jp/824006608**
※スマートフォンとPCからのアクセスにのみ対応しております。
※サイトへのアクセスや登録時に発生する通信費等はご負担ください。

オーバーラップノベルス公式HP ▶ **https://over-lap.co.jp/lnv/**